时光册页

张伊南 著

中国言实出版社

图书在版编目(CIP)数据

时光册页 / 张伊南著 . -- 北京：中国言实出版社，2023.3

ISBN 978-7-5171-4415-1

Ⅰ . ①时… Ⅱ . ①张… Ⅲ . ①散文集－中国－当代 Ⅳ . ① I267

中国国家版本馆 CIP 数据核字 (2023) 第 050289 号

时光册页

责任编辑：张馨睿
责任校对：张　丽
封面题字：张平均

出版发行：中国言实出版社
　　　　　地　　址：北京市朝阳区北苑路180号加利大厦5号楼105室
　　　　　邮　　编：100101
　　　　　编辑部：北京市海淀区花园路6号院B座6层
　　　　　邮　　编：100088
　　　　　电　　话：010-64924853（总编室）　010-64924716（发行部）
　　　　　网　　址：www.zgyscbs.cn　电子邮箱：zgyscbs@263.net

经　　销：新华书店
印　　刷：成都市兴雅致印务有限责任公司
版　　次：2023年3月第1版　2023年3月第1次印刷
规　　格：880毫米×1230毫米　1/32　9印张
字　　数：230千字

定　　价：78.00元
书　　号：ISBN 978-7-5171-4415-1

自　序

时光，无声流逝。

距离我的第一本散文集出版，已经六年了。

在匆促的时光里，听课，阅读，行走，写作。

六年时光里，我在网络课程中，找到了较系统的专业课，先后学习了中文、新闻、历史、哲学等专业课程。

尽管边听课、边遗忘，但听课给我带来的知识视野的拓展，思想观念、学习方法潜移默化的更新，无疑是有价值的、有作用的。

六年时光里，我参加了河南省文学院、《奔流》杂志社和《大观》杂志社举办的文学创作培训班，参加了河南省第六次青年作家创作会议以及郑州市作家协会第四次会员代表大会。

培训学习时，专业作家的授课，有宏阔视野，有深邃思想，有悲悯情怀，有飞扬诗意。灵光闪烁的警句与箴言，使我震撼和引我共鸣，深受启发与鼓舞。我融入了一个良师益友的亲切融洽的大家庭。

六年时光里，我到过北京、天津、武汉、西安、济南、威海、杭州、绍兴、湖州等地旅行。沿途大好河山，风景斑斓。我阅览，赏读，观察，体悟，一幅幅画卷，珍藏心间。

从黎明朝晖，到薄暮夕照；从绿树繁花的暖春，到硕果压枝的凉秋……

日落日升，花谢还会再开。不畏风雨霜雪，亦无惧岁月苍凉。

时光流转，走过四季，走过岁月。

指尖，在散发墨香的书页间，轻声翻动。

目光凝注，默念，感知，思索。阅读，有思想的启迪，有真心的感动，有深刻的愉悦。

时光无声流过。

优秀作品的光芒，照亮我的心灵，照亮我笔下这一方稿纸。

笔尖，在空白洁净的纸页上，轻声划过。

写字，记录，修改，整理。

思想，情感，宛若永恒凝固在纸页上。

一字一字，一行一行，一页一页，写作。

这样写下来，就是时光册页。

就是，用心、用情，书写的时光册页。

作　者

2022 年 7 月

目 录 / MU LU

1

辑一

生活记忆

春节序曲

一年中最温馨、欢愉、难忘的时光，便是除夕。

20世纪80年代，每年春节，我们一家人都要回老家过年。除夕午后，父亲专注地写春联，我在一旁当助手，然后是贴春联。母亲满心欢愉，在厨房和面、剁肉、切菜、拌馅、包饺子。待到暮色四合，村子的夜空，鞭炮齐鸣，烟花绽放，一派欢腾热烈景象。面对此情此景，父亲总是嘹亮地吟出一句诗："今夜里炮声连天，到明日又是一年。"一段音乐旋律，时而激越欢快，时而婉转温情，从收音机里传出来，增添了节日的喜庆气氛。父亲对我说，这是一首民族交响乐，名字叫《春节序曲》。

进入新世纪，央视每年都直播《一年又一年》除夕特别节目。我们一家人非常喜欢看这个节目，观看全国各地群众、海外华人喜迎佳节的盛况，以及穿插直播的春晚准备的最新动态。节目中，背景音乐始终是交响乐《春节序曲》中最舒缓、抒情的旋律，尽管循环播放，但不会感觉单调，反而增添了喜庆祥和的节日气氛。

聆听着旋律柔和悠扬、舒畅亲切的音乐，母亲、妻子在厨房忙碌着准备丰盛的年夜饭；父亲在旁边指导，我学写春联，然后是贴春联；儿子坐在沙发上，专注地观看电视直播。在旋律婉转回荡、祥和欣悦的除夕之夜，一家人团圆欢聚、欢声笑语，充满对新年的美好祈愿与憧憬。

许多年来，每年除夕，我们一家人都看直播，都听《春节序曲》，都在音乐的喜庆节奏里，忙碌地准备过年。一家人的憧憬与希望，每年都有不同的全新的含义，都在迎新的辛劳中生发、滋长。

然而，一刻不停向前推进的生活，也会发生无法预料的变故。

2017年早春时节，母亲因病不幸去世。窗外，杏花粉白，迎着寒风绽放。凝望满树繁花，我宛若看到了母亲慈爱的笑容。

2018年，春节一天一天临近，街道张灯结彩，年味渐浓。此时，父亲突发疾病，离我而去。

除夕上午，我和热心帮忙的亲属们共同办理完父亲的后事；中午，招待大家吃饭；午后，亲属们都各自回家过年了。

我、妻子和儿子，也回家了。

我打开电视，央视《一年又一年》熟悉亲切的直播节目，映入眼帘。此时，聆听着温暖欢快的《春节序曲》，我的心里却哀伤曼延，泪水瞬间充盈眼眶。

音乐的旋律依然在耳畔回荡。过了一会儿，我止住了眼泪，和妻子在厨房忙碌着准备除夕团圆的晚餐……

时光流转，物换星移，几度春秋。

风，变得寒冷，道旁法桐，枝丫疏朗。然而，仍有稀落的黄叶，缀系枝头，在冬日清冷的晨光中摇曳，咏唱着生命的欢歌。

工作人员正在一棵棵树旁，专心地安装彩灯，圆形、菱形、方形、三角形，形态多样；赤红、橘黄、深绿、浅蓝，色彩缤纷。

晨辉，橘红。此刻，当你来到河畔的城市书房，在节日的喧闹里，这里是充盈喜庆年味和弥漫浓郁书香的安静所在……

日出，唤醒大地

河畔，节日里的城市书房敞开怀抱

迎接清晨赶来的第一批读者

火红的中国结，垂挂

明净的玻璃窗上，张贴有艳红的剪纸、福字

空气中弥漫着浓郁的书香气息

书架上，崭新的书籍，一册一册

整齐排列

安静地等待着读者地翻阅

茅盾文学奖系列丛书

通红的封面、封底、书脊

增浓了节日的喜庆

临河的落地长窗，午后的阳光清澈的流泻

几位读者临窗落座，安静阅读

在节日的喧闹里

莫要惊扰他（她）们阅读的专注

莫要惊扰他（她）们的思索、想象、憧憬

书香城市，沉浸在笃定从容的憧憬里

夕照，红艳。此刻，当你漫步城市街道，彩灯一批批点亮，
这里是满目灯火璀璨、流淌节日欢乐的繁华所在⋯⋯

城市，融进薄暮

华灯点亮，点亮的还有

道旁的整齐的灯笼、中国结

火红的柔光，点亮心间

暖心，清朗

夜空下的城市，处处流荡着节日的欢乐

树，被精心装扮
红，黄，绿，蓝
耀眼繁星，缀系枝头
彩树，携手相连
节日的街道，流淌成灯火璀璨的河
流淌在人们的心中，心中灯火璀璨
灯火城市，沉浸在喜庆欢愉的氛围里

书香，灯火，装点城市簇新的节日，靓丽的新年……
辞旧迎新的节日时光，在愉悦的辛劳中，阔步向前。

除夕午后，我打开电视，央视《一年又一年》节目已经开始直播，熟悉的背景音乐《春节序曲》回响在耳边。

我在电视机前的茶几上，铺展开剪裁好的、大红的对联纸，拿起毛笔，蘸好墨汁，专注地写春联。今年的对联是我尝试着编写的，有"春归河洛皆锦绣，福临嵩邙尽朝晖"，有"辞旧岁喜结硕果，迎新春更上层楼"，还有"旧岁月清风迎送，新年景繁花相随"……儿子长大了，在旁边帮忙。妻子在厨房劳碌，准备年夜饭。

音乐的旋律，悠扬、温馨、亲切、深情，激荡心灵。我忽然想起，这首童年时父亲给我介绍过的、耳熟能详的交响乐，会不会有歌词？

我在百度上急切地搜索。

"……塞外风吹骆驼草，岭南雨打野芭蕉；东海冷暖催渔歌，西疆杨柳摇丝道。都市霓虹绽新花，田野放飞春耕谣……"伴随急促、铿锵、磅礴的旋律，歌词欢快、热烈、优美，生动地表现出大地万物涌春潮、神州处处春光好的壮美图景。

认真聆听，威风锣鼓震天敲，烟花爆竹传喜讯的节日欢庆景象，仿佛呈现在我的眼前。

视频字幕显示，歌词由集体创作。舞台背景是耀眼的中国红，"福"字金黄。合唱团武警战士身着橄榄绿，气宇轩昂，英姿飒爽。

找到了，我惊喜地找到了由武警北京总队战士男声合唱团演唱的《春节序曲》视频。

"……迎着这春光就把春闹，三山五岳挺直了腰。烟花爆竹传喜讯，好日子越过越富饶……"

这是《春节序曲》中最抒情且旋律舒缓的填词，凝练、贴切、传神、深情，极具诗的意境与画面感。

听着音乐，我仿佛触摸到了春天的草叶萌发的清新气息。

每逢佳节倍思亲。

在新年钟声即将敲响之际，在辞旧迎新阖家团聚的美好温馨时刻，我多想学唱这首词曲俱佳的《春节序曲》，唱给似乎从未离我而去的父亲和母亲听，让父母真切地感知热烈欢腾、喜迎新春的浓烈节日氛围……

刊于《青年文学家》2022 年 7 期

音乐相随

一

儿子刚上初一时，主动提出想学习钢琴。我和妻子本来想让儿子课外报一个数学或英语辅导班，但他学习钢琴的意愿非常强烈。看着儿子眼中的渴望与执着，我们给他报了小区附近的钢琴辅导班，周六、周日，寒假、暑假上课。他已经学习两年了。

春节期间，我们到郑州人民公园附近的星艺琴行，买了一架电钢琴，放在家里客厅临近窗户的角落里。儿子每天放学回家，写完作业，都要练琴。

晚上，我坐在沙发上，安静地看着他练琴的背影。琴声悠扬动听，白日工作的疲惫和生活的烦忧，仿佛暂时被忘却。此时，唯有琴音相伴。

"这是什么曲子？"

一天傍晚，我一边问儿子，一边走近看琴架上打开的五线谱，琴谱左面正上方有一短行日文标题。

"是《风居住的街道》。"

儿子没有停止弹奏，脱口而出。

　　我在百度搜索到了这支日本经典钢琴曲目，看了曲目介绍，并认真聆听由钢琴与二胡搭配的原声。钢琴音，舒缓、温暖、浪漫；二胡声，通透、空灵、忧伤。两者结合，有无法言说的独特韵味。

　　风，在街道里居住；然而风，又怎能在街道里长留，注定漂泊无定，无法把控自己的命运。但，风，新鲜的清爽的风，会再次归来。只是，归期无法预知。在琴音营造的意境里，我读出了一种忧伤。

　　音乐的阐释和解读的空间是无尽的，这就是音乐的魅力。

　　我最早接触日本音乐，还是在少年时。1984 年，日本电视连续剧《血疑》在中央电视台播出，在黑白电视的年代里，年少的我记住了山口百惠和三浦友和的清新、明朗、挚情的荧幕形象，也记住了主题曲《感谢你》的优美动人的旋律。

　　当时，我学唱了主题曲的中文歌词，时隔三十多年，至今记忆犹新。

　　时光荏苒。

　　2016 年初秋，我在网络上搜索到了央视音乐频道《影视留声机》栏目播出的《百韵惠影——山口百惠影视歌曲欣赏》。

　　仔细聆听，熟悉的感人的旋律再次回响耳畔：

　　"在喧闹的街上，你亲切的声音，在我耳边回响；我们共同享受着樱花烂漫的春光。炎热的夏天，转眼就已过去，又将迎来秋日的辉煌；金风送爽，满地落叶泛金黄……"《血疑》中的插曲《美好的回忆》，优雅的旋律，与诗化了的中文填词俱佳，令我惊喜。

　　如果说，主题曲《感谢你》的艺术格调是凄婉、哀伤和忧郁的，那么，插曲《美好的回忆》则是温情、欢欣与愉悦的。柔和的旋律，纯真的歌声，表现的是恋人欢聚时的美好的情景，它是《血疑》这部长剧中最明丽的色彩。

由山口百惠、三浦友和共同主演的《风雪黄昏》是一部以战争与爱情为题材的电影。"我遵守约定回来了，可是节子已经不在了。"片尾曲缓缓响起，尽管没有歌词，但旋律凄美、悲凉、哀伤，低回无尽，蕴含深情，升华了影片的悲剧主题。的确，《风雪黄昏》是青春之诗，是青春祭。

2019年春末，我在网上看过央视一期《等着我》节目，讲述一位24岁的姑娘寻找在飞机上邂逅的一见钟情的男子。男子，帅气、文雅，令姑娘怦然心动。这种爱纯净、美好，没有任何的功利目的。因为爱，让她不顾一切地寻找。

当节目中红色的大门慢慢开启，一位容貌俊朗、文质彬彬的男子走向舞台时，音乐也缓缓响起。这段雄浑而悲壮的音乐，令我感动。旋律像是钢琴协奏曲《出埃及记》，但又分明不是。我想，大概是一曲西方的交响乐。

之后，我通过微信问过在天津音乐学院就读的表姐的儿子，也问过儿子的钢琴老师，遗憾的是，他们也不知道这首交响乐的名字。

今年初夏的一个午后，我在手机上随意打开了一个关于烈士就义的短视频。背景音乐就是《等着我》节目中曾经响起的熟悉的恢宏悲壮的旋律。我将视频转发给早年学习音乐专业的表哥。两个小时后，表哥微信发来一首音乐链接，并回复："我也不知道，搜索一下，是久石让的。"

我打开链接聆听，欣喜万分，就是这首曲子，千寻万寻，我执着地找了两年。这首交响乐，是日本音乐家久石让作曲的，是动画电影《幽灵公主》的开篇曲与结束曲。

这首具有史诗气质的交响乐，有雄壮昂扬、蕴含深情的恢宏旋律，也有婉转悲怆、低回无尽的忧伤调子，气象宏阔，荡气回肠。我专注倾听，心弦与之共振共鸣，心灵受到深深震撼，久久无法平静。

此刻，音乐打动了我。

二

西方音乐，我所知甚少。但有几首乐曲给予我感动，始终留存在记忆里。

1992 年秋季，我念高二。一个下午，天空澄澈高远，清风掠过道旁梧桐，无数黄叶画着优雅的曲线飘落。学校组织全体师生到影剧院，观看电影《蒋筑英》。

我清晰地记得影片结尾，当一支红烛点燃的那一刻，背景音乐响起，激昂磅礴的旋律感染了剧院里的每一名观众。

一支支红烛点燃，接着，屏幕上万千红烛，散发出耀眼光芒。音乐的交响始终伴随，激荡人心。

师生们从座椅上起身，站立，聆听，凝视，热烈鼓掌。

红烛燃烧自己，照亮他人，恰如蒋筑英短暂而绚烂的人生。而这首交响乐，给予我的，不是伤感与悲观，而是昂扬进取的力量。

我当然不知道这首交响乐的名字，之后很多年，我也没有再听过，然而它深深地刻印在我的心里。

直到互联网普及之后，大概是 2004 年初春，我尝试在网络上搜索这首交响乐。如愿找到了，是俄罗斯作曲家柴可夫斯基作品《第一钢琴协奏曲》中的开篇乐章。

从此以后，我每次倾听这首钢琴协奏曲，都仿佛听到了辽阔、温暖、奔腾的江河之声，感觉每个音符都是生命的律动与强音，胸怀因激昂的旋律而开阔，我获取了无畏前行的信念与意志。

难忘 2001 年的寒冬夜晚。晚风凛冽，雪花曼舞纷扬。单位临时要求加班，三个多小时后，我骑自行车回家。雪还在下，街道一片莹白。五公里的路程，如此难行，大多数是推车走。我艰难地回到家，已过十一点。

母亲还在等我，热了晚饭，放在餐桌上。我让母亲去休息，然后，打开电视，调低音量。

当时流行的点歌台，临近午夜，已经寥落冷清，唯有背景音乐送到耳畔。没有歌词，只有哼唱，旋律清澈通透、优美欢快，循环播放。多么好听的音乐啊！有它相伴，身心疲惫的我，慢慢地得到休息，慢慢地恢复了体力。

有悦耳动听的音乐相随，心灵从未有过孤寂与荒芜。它忠实地陪伴我度过每一段艰难的时光。

然而，这首歌是什么名字啊？直到2008年元旦前夕，晚饭后，我抱着已满两周岁的儿子到超市购物。超市里，满目中国红，充盈着喜庆祥和的氛围，一支歌接着一支歌播放。蓦然间，我听到了久违的熟悉的旋律，歌曲结尾的一段哼唱，引我静听，我一阵惊喜。

"你好，这首歌是什么名字？"我急忙问了一位年轻的戴眼镜的男服务员。

"四周一片玫瑰般的绚丽，你感到脚踏在坚实的大地，再也不会感到凄凉痛苦，一个婴孩将降生在世上……"译词有圣洁、庄严的气象。

仔细聆听美国歌手约翰尼·马蒂斯的演唱，我感知到一种温馨、静谧、空明的音乐溪流从心间淌过。

前段时间，一位文友在微信朋友圈里转发了一段音乐视频。视频画面左上方，有一竖行楷体字：燃情岁月。

随意打开观看、倾听，是一位秀发垂肩、容貌俊丽的姑娘，正在专注地演奏小提琴。

音乐舒缓，唯美、精致、优雅，恬静地流淌。这首动听的曲子，我从未听过。

　　我很容易地在网络上搜索到了这首曲子，是美国电影《燃情岁月》的主题曲。我仔细听了交响乐与电影原声。

　　交响乐是大气、雄浑、悲壮的，很好地表现了影片凄美动人的悲剧主题；而电影原声融合了唯美的画面……观赏令人神往的田园生活，耳听纯净、优雅、空灵的旋律，我分明又感知到了一种忧郁与感伤的音乐氛围。

<h2 style="text-align:center">三</h2>

　　业余时间，我接触最多的是中文流行音乐。静夜，戴上耳机，歌声响起，一切都安静下来，唯有歌声相伴。对于民族交响乐，我了解得很少。然而，《黄河》和《红旗颂》，却使我震撼和倾心，始终镌刻在我的心里。

　　"……河西山冈万丈高，河东河北高粱熟了。万山丛中抗日英雄真不少，青纱帐里游击健儿逞英豪……"童年时，父亲经常给我唱这首明快昂扬的抗日战歌。父亲教我唱《保卫黄河》时，认真投入，手打节拍，精神焕发，仿佛回到了自己的奋发进取的学生时代。父亲对我说："《黄河大合唱》是抗日战争时期，由冼星海作曲、光未然作词的一部组曲，歌曲《保卫黄河》是其中的一个乐章。"

　　成年后，我才知道这首歌曲有交响乐。《保卫黄河》是钢琴协奏曲《黄河》的第四乐章，也是激荡人心的抗战时代的最强音。近年来，我曾在网络上多次聆听这段气势宏伟磅礴、意境深邃阔大的交响乐。迅疾高亢的琴音，与激越繁复的管弦伴奏，巧妙融合，相得益彰，眼前宛若展现出黄河汹涌奔腾、咆哮倾泻的壮阔宏大的图景。它是一首抗战时代的坚强不屈的英雄战歌，也是一首彰显民族抗争精神的音乐史诗，给人激励与鼓舞。钢琴协奏曲《东方红》响起时，那婉转、悠扬、深情的旋律，使我的心灵受到强烈的激荡，这首曲子拥有撼人魂魄的感动。

如果说，钢琴协奏曲《保卫黄河》是抗战峥嵘岁月里激越雄壮的战斗警号，那么，管弦交响乐《红旗颂》则是和平建设年代中宏阔昂扬的庄严颂歌。

童年时，父亲对我讲过，20世纪70年代，他在一所中学教书时，课间休息，广播里经常播放交响乐《红旗颂》，旋律激昂，气势恢宏。父亲给我哼唱过这支曲子，并对我说："《红旗颂》是交响乐，只是，我没有见到过歌词。"

近年来，在红色题材的影视作品里，我多次听到过《红旗颂》的气势恢宏的激昂旋律。

一年元旦，我在央视音乐频道观看新年音乐会，认真聆听了交响乐《红旗颂》。民族史诗般的音乐语言，波澜壮阔，气象宏阔，华美动听。沉浸在管弦音乐的交响中，我自己的精神为之振奋，深受震撼。

只是，我和父亲一样，也一直没有听到过《红旗颂》的填词演唱。

去年初冬，我在网络上偶然欣赏到了一位歌唱家演唱的歌曲《红旗颂》。熟悉的激昂旋律响起，质朴深情、大气沉稳的歌声传到耳畔：

"每当看见了那高高飘扬的五星红旗，每当听到那人们都用颂歌来赞美你；你总是能让我们，心潮澎湃，激动不已；做你的儿女，我深深地感到，无比的幸福……"我总感觉，这首由交响乐改编的歌曲，其振奋贴切的歌词，与恢宏昂扬的旋律是完美契合的。无唱词的交响乐，给予人纵横驰骋的广阔想象空间；而填词的歌曲，感情丰沛，诗意飞扬，充盈青春的朝气，可以使人精确地领会把握《红旗颂》这首经典曲目的内在精神和主题意义。

专注倾听，我的眼前宛若有一面迎风飘扬的红旗，在召唤指引着自己，心灵得到洗礼与净化，得到坚韧无畏的力量，身心融入庄严、澄明与崇高的音乐境界。

四

时光匆匆，日子平淡从容流过。

深秋来了，天气凉了。严冬来了，天气冷了。转眼间，春节一天天临近，辞旧迎新的日子即将到来。除夕头一天晚上，我在手机上翻看自己转发的朋友圈信息记录。

"满城烟花绽放今宵繁华，满地雪花等候青春萌芽……" 2017年除夕夜，在辞旧迎新、阖家团聚的美好时刻，我向亲朋好友送上的新年祝福，就引用了春晚歌曲《满城烟花》的一段歌词。

这首由作曲家王备谱曲的音乐作品，"灯火满城催问今夜行人，还有多久的行程……"旋律悠扬、温馨、亲切、深情。仔细聆听，它唤起了我的回忆。

烟花，满城。雪花，满地。那个歌声婉转回荡的除夕夜，那个祥和的、喜庆的、欣悦的除夕夜，父亲、母亲都还健在，一家人团圆欢聚，笑语欢声，充满对新年的美好祈愿与憧憬……

风吹金黄麦浪，又到一年收获时。

一天晚上，担任语文老师的妻子，在手机上听她的学生的朗诵录音：《待到春暖花开时》。这是2020年年初时，赞颂逆行武汉参加抗疫的医护人员的作品，录音是准备参加郑州市"红色经典诵读"展示活动的节目。伴随着学生饱含深情的朗诵，背景音乐响起，诵声优美动听。这段熟悉的旋律，我曾经在一个电视节目上听过，只是不知道名字。

我让妻子通过微信询问学生的家长。不多久，家长回复，制作自己女儿的朗诵录音时，插入的背景音乐是《航拍中国》节目的主题曲。

我在百度上搜索，这首乐曲也是由作曲家王备谱曲的。

《航拍中国》主题曲，旋律清澈、空灵，音域恢宏、辽阔。仔细倾听，自己的身心得到了洗涤、净化，慢慢沉静下来，仿佛有山川、河流、草原、大漠、海洋⋯⋯一幅幅祖国雄浑壮美的锦绣画卷，从眼前梦幻般掠过⋯⋯

刊于《散文选刊（下半月·原创版）》2022年1期，本篇在"2021年度中国散文年会"评选活动中，荣获二等奖

生命里，始终有你

求学

"嘹亮的钟声在天空中振荡，东方现出黎明的曙光；钟声唤起了年轻的一群，我们和着钟声一起歌唱。让嘹亮的歌声响得更嘹亮，让四面八方发出回响，全国的青年向我们走来，我们团结一起，奔向前方。"

东方现出一线曙光，学生们起床，集合，列队，训练。学生们的歌声，嘹亮、雄壮、激越、昂扬，响彻校园，响彻晨空。

军校生活，火热而充实，父亲满心欢愉。假日里，军校老师带领学生，游览中山陵、明城墙、夫子庙、玄武湖、莫愁湖、秦淮河。灵秀的自然风光，厚重的历史文化，令父亲流连沉醉。这座城市的晨曦与落照，铭刻在父亲学生时代最美好的记忆里。

1955 年，十九岁的父亲怀抱青春的憧憬与梦想，从河南故乡，千里迢迢，去南京上学。

当时，还没有修建长江大桥。父亲和同乡，几名已经被军校录取的学生，在浦口车站下了火车，乘坐轮渡过江，来到了新街口附近的雷达技术专科学校。

父亲描画着在南京求学的蓝图，计划通过几年的努力，实现自己青春的宏愿。

然而，初到南方的父亲，仅两个多月，因水土不服，患上了严重的肠胃病。学业不得不中断，在军校师生的帮助下，住进了原南京军区医院，住院治疗二十余天。军校拍电报给家里，告知父亲的病情。爷爷心急如焚，联系了当时在郑州铁路局工作的伯父，两人一起乘火车赶到了南京。

父亲病愈出院了。然而爷爷担心父亲的身体，怎么也放心不下自己的儿子离家千里之遥，独自一人留在南京。爷爷反复考虑，还是为父亲办理了退学手续。

伤心与失望，不甘和遗憾，各种感情相互交织。父亲，怀着低落的心情，恋恋不舍地告别了老师和同学，离开了南京的校园，踏上了返乡的路途。

但父亲继续读书准备考学的信念，从未泯灭。

返乡后，父亲大病初愈，休养了一段时间，便开始在洛阳师范附属小学担任语文教师。同时，利用课余时间复习备考。

第二年，坚韧勤奋的父亲，如愿考入新乡师范学院。

父亲的大学专科毕业证朱红的封面上，印有三行简体字，那些字本泛着金黄的色泽，现已黯淡无光。封面四边边缘早已磨损，朱红色褪色露出了黄白色的边线。

毕业证内页左面是加有钢印的一寸黑白照片。父亲年轻时面容俊朗，富有朝气，短发乌黑，这与我童年对他的印象反差很大。仿佛从我记事起，父亲就是头发稀疏的中年形象。

毕业证内页右面显示的是繁体字。父亲于 1956 年 9 月考入新乡师范学院物理系，1958 年 7 月专科毕业。

在内页第二页的学习成绩表上，父亲的《普通物理》《高等数学基础》等课程成绩均为良好，唯有《物理教学法》成绩为优等。父亲生前曾多次说过他的《物理教学法》课程成绩是优等，他高兴的样子，像是一个考出好成绩的小学生。

父亲的大学本科毕业证的朱红封面相比专科毕业证封面，色泽要鲜亮、红艳得多。父亲于 1960 年 9 月再次回到母校新乡师范学院，在工作的同时，他继续坚持学习五年，取得了本科学历。后来毕业证不慎遗失。1985 年 8 月，新乡师范学院为父亲补发了本科毕业证。证书内页左面加有钢印的一寸黑白照片，是父亲中年时候的样子。

虽然父亲在南京求学时间短暂，没有留下任何的证件以作永久的纪念，但记忆却美好深刻。我童年时，父亲曾多次给我讲过他在南京的求学经历。《嘹亮的钟声》，这支父亲在南京军校学唱的歌曲，他经常唱给我听。这支雄壮、清新、优美的歌曲，深深镌刻在我的童年的记忆里，时常回响在我的耳畔。

教书

作为一名共产党员，父亲刚参加工作时，教学热情饱满，认真钻研业务，赢得了师生广泛的赞誉。父亲曾多次对我说过，1960 年他曾荣获全省先进工作者的荣誉称号。他在郑州参加全省文教战线群英会的盛况，欢喜之情溢于言表。

父亲的荣誉纪念证，封面鲜红，也是补发的，1983 年由省政府补发。

父亲爱重自己的教师职业，他扎根三尺讲台，在洛阳从事中学物理教学工作有三十六载。

年少时，我经常看到父亲坐在家里的书桌前，在一盏台灯发黄的光线里，认真备课，批改学生作业，直至深夜。父亲长期担任班主任。有一年中招考试前夕，一位学生患病请假。傍晚时分，下起了大雨。父亲还没等雨势完全减小，便撑开雨伞，带着我，步行两公里多的路程，赶到患病学生的家里看望。父亲送去了复习资料，关切地询问病情。学生的父母，非常感激父亲。后来这位学生，读高中，上大学，还设法找到我父亲的联系方式，返乡时，专程来看望过父亲。

父亲七十多岁时，思维依然清晰敏捷。亲朋好友的子女的物理功课，他总是热心辅导。记录公式，绘制图表，解析习题。每次讲课之前，父亲在笔记本上认真工整地备课。之后，父亲对照备课笔记，详细地讲解。

2016年春末，1961届的八位学生——八位历经岁月风霜的老人，专程到我家来看望父亲。父亲非常高兴，换了一套整洁的西服，早早到小区门口等候迎接。平时生活节俭的父亲，叮嘱我一定要找一个环境好的饭店来款待他的学生。

就餐期间，父亲认真看了学生们送来的黑白毕业照和班级通讯录。

"师生谊，师生情，师生情谊深远厚重。……师恩萦怀，镌铭心胸。……风雨沧桑师生欢喜相聚，互为共勉笑看夕阳嫣红。"

一位学生即兴朗诵了送给父亲的诗歌。笑语欢声，场景温馨，父亲仿佛回到了刚毕业参加工作时的青葱岁月。

父亲的一位学生对我说："我们上学的时候，你爸刚毕业，很帅气，对我们非常好！"

父亲的学生们专程到我家，看望了患病卧床的母亲。母亲心情格外好，满脸欢容。

相伴

2003年春末，我返回故乡工作。孩子在哪里，父亲和母亲就去哪里。已经退休的父亲，和母亲一起，也重返故乡。

每逢我周末回家，父亲、母亲都要忙碌着买菜、买肉，做饭。周末，我也想尽早回家，陪伴父亲、母亲，帮忙做饭。然而大多数时候，我因为日常工作和生活琐事，临近中午才能回家。

多少次，也不知道有多少次，我看到身材偏瘦，有些驼背，稍微斜肩，各自提着一大塑料袋蔬菜食品，缓慢地、吃力地走在回家路上的父亲和母亲的背影。

每个人都有父母的背影珍藏在心中。而我，有属于自己的、永远无法重现眼前的父母的背影。父母的背影，令我伤心、内疚，内心隐隐作痛。

一刻不停的、向前推进的生活，会发生无法预料的变故。

2014年入冬后，母亲患中风偏瘫卧床。

我工作期间，主要是父亲照顾母亲。凭借情感牵系与信念支撑，已满八十岁的父亲，不顾自己身患多种疾病，护理着母亲的日常生活。每当看到父亲温和细致地照顾母亲的场景，我内心涌动着深切的感动，真正明白了什么叫作相濡以沫相携相助。

母亲病重期间，我带孩子到医院看望母亲。当母亲看到孩子走进病房的时候，她缓缓侧过身子，伸出双手，将来到病床前的孩子揽入怀中，低声唤着孩子的名字，露出温和的微笑。

2017年春节刚过，久病的母亲不幸去世。窗外杏花，迎着早春料峭的寒风，凛然绽放。我凝望满树繁花，心里充满哀伤。

生活平凡，岁月无声流过。每当夜深人静、辗转难眠的时候，我常戴着耳机，从手机上找一首老歌，"我拥抱村口的百岁洋槐，仿佛拥抱妈妈的身躯……"

母亲离去了，父亲每天不用再忙碌了。然而，对于父亲，关于母亲这个精神信念支撑，却在无声间坍塌。

从初春，到盛夏，再到深秋，日子平凡从容流过。

我经常看到父亲坐在沙发上，电视声音开得很大，然而他却没有看电视屏幕，静静地坐着，闭目沉思；有时眼角会有泪水淌出，沿脸颊悄然滑落……

临近春节，父亲也因病永远离开了我。

启蒙

父亲去世后，我细心整理了父亲的藏书，同我的藏书一起，分类摆放在家里的书柜里。我时常翻阅父亲生前留下的哲学、文学类书籍。

在我年少的记忆里，家里有两个木制的深红色书柜，摆放最多的是物理类专业教学书籍，书柜中还有一些哲学、文学类书籍。《马克思恩格斯选集》是竖版繁体字，恩格斯的《反杜林论》《自然辩证法》，列宁的《唯物主义和经验批判主义》是横版简体字。翻开书页，父亲用深蓝色钢笔在许多段落，划有竖线、横线或括号标注，书页四边空白处有许多文字批注。这些书，年少的我几乎无法读懂，也不知道那些书是哲学著作。

时光飞逝。2009年11月初，当我购买了《马克思主义哲学名著导读》《马克思主义原著选读》等教材，尝试着学习哲学时，我才恍然明了父亲是一个用心学习哲学的人，他早年读过的书是经典的哲学著作。

"现代唯物主义，否定的否定，不是单纯地恢复旧唯物主义，而是把两千年来哲学和自然科学发展的全部思想内容以及这两千年的历史本身的全部思想内容加到旧唯物主义的永久性基础上。……因此，哲学在这里被'扬弃'了，就是说，'既被克服又被保存'……"经典著作《反杜林论》，书页早已泛黄。第一编《哲学》第十三节《辩证法·否定的否定》中的这段经典论述，父亲用钢笔标注的蓝色的下划线，清晰可辨。

静夜，心绪平静。我沿着父亲年轻时的求知轨迹，开启了哲学著作的阅读之旅，体悟哲学家思维的敏锐、思想的深邃和语言的精妙。尽管我是有选择的阅读原著，未曾通读，有些也无法完全读懂。但，开卷有益。

父亲虽然是一名理科生，但他对文学，尤其是对古典诗歌有着浓厚的兴趣。

"万壑树参天，千山响杜鹃。山中一夜雨，树杪百重泉……"

"谁家玉笛暗飞声，散入春风满洛城。此夜曲中闻《折柳》，何人不起故园情。"

"凤凰台上凤凰游，凤去台空江自流。吴宫花草埋幽径，晋代衣冠成古丘……"

在我童年的记忆里，父亲认真地教我背诵唐诗的情景，至今记忆犹新。

我七岁的时候，父亲曾给我买过一本连环画《王勃写序》。书中序文对仗工整、典故贴切、文辞秀雅，以及那些图文并茂的文学故事，令年少的我印象深刻。

"这本书非常好，里面有《滕王阁序》的赏析文章，你可以看看。"我上初二时，父亲买了一本上海教育出版社出版的枣红色封面的《古典文学名篇赏析》，叮嘱我认真阅读。

翻开书页，《江山留胜迹，千古诵华章——〈滕王阁序〉的艺术构思》映入眼帘。落霞孤鹜，秋水长天，渔舟唱晚，雁阵惊寒。黄昏秋景，寥廓绚烂、流丽飞动。"老当益壮，宁移白首之心？穷且益坚，不坠青云之志……"序文，风骨苍劲，清新天然，抒发了诗人穷且益坚、不甘平庸、不失其志的执着态度，展现出蓬勃向上、昂扬奋进的时代精神，其英思壮彩，珍词秀句，使我真切感受到了古文的无穷魅力。

父亲阅读的小说并不多。在我的记忆里，家里的书柜里仅有《水浒传》《老残游记》《复活》，以及一本由人民文学出版社出版的《红楼梦》的第四册。父亲说，他早年买了一套《红楼梦》，共四册；1979 年由于工作调动，搬家时，不慎遗失了前三册，这令他非常惋惜。父亲能够背诵优美而哀伤的《葬花辞》，他对我讲："卷七十六还有一组联诗，'寒塘渡鹤影，冷月葬诗魂'，意境凄清，冷艳；联诗同《葬花辞》交相辉映，恰是林黛玉哀怨悲剧一生的诗意写照。"

现代文学中，父亲非常喜欢丁玲的长篇小说《太阳照在桑干河上》。"当大地刚从薄明的晨曦中苏醒过来的时候，在肃穆的，清凉的果树园子里，便飘起了清朗的笑声。……浓密的树叶在伸展开去的枝条上微微地摆动，怎么也藏不住那累累的沉重的果子……"年少时，父亲时常给我背诵小说中这段清新的、优美的、富有诗意的文字。文字编织的意境，令人神往。我的眼前，宛如展现出一幅清晨的果树园收获的画图，仿佛闻到了在透明的薄光中流荡的果实的香甜味道。

"路漫漫其修远兮，吾将上下而求索。"年少时，父亲曾多次给我讲过屈原的这段千古绝唱。学生时代，我阅读鲁迅小说集《彷徨》、茅盾小说《幻灭》时，偶然发现，两部作品的篇首，均引用了屈原《离骚》中的这段名句。在新文学启蒙作家的不朽作品里，屈原的求索精神闪动不灭，犹如耀眼的火光，激励我不畏困难，不惧失败，永不止息，开拓生活的新路，追求生命的真义。

父亲期望我种下求索的种子，经风历雨，萌芽，伸枝，展叶，绽放最美的理想之花。

在我的学生时代，父亲想方设法、不厌其烦地辅导我的物理功课。然而，在哲学、文学方面，父亲对我潜移默化的影响则更加持久。这可能是父亲生前所始料未及的。

珍藏

道旁杨树修长，无数的叶片由青绿泛金黄，在风里翻飞，划着优美弧线，悠然飘落。

秋天来了。天气凉了。

父亲去世，已将近四年。

前段时间，我在家打扫房间，整理书柜时，在《中国文学史》第三卷、第四卷这两本书的间隙，我偶然发现了两页白纸，书写的蓝色笔迹潦草，涂改较多。那是 2018 年 2 月 14 日（腊月二十九）的寒冷夜晚，在黄晕的灯光下，我匆忙写出的第二天父亲葬礼上要用的"答谢辞"：

尊敬的各位长辈、各位亲属：

今天是农历除夕，首先感谢大家在百忙之中赶来料理我父亲的后事，参加我父亲的葬礼。对此，我内心不安，深表感谢。

我的父亲于 2018 年 2 月 13 日（腊月二十八）下午 5 点 10 分，因肺部感染、呼吸衰竭，在医院不幸去世，享年 83 岁。尽管父亲年事已高，患病住院近 40 天，家人已做心理准备；但一直积极治疗，本希望可以平安度过春节。还是没料到父亲病情突然恶化。对父亲的突然离世，我的心里仍然无法承受。

父亲生于 1934 年 11 月 9 日，作为一名光荣的人民教师，父亲业务精湛，师德高尚，辛勤耕耘，在洛阳从事中学物理教学工作长达 36 年，赢得了一批又一批学生的尊敬和爱戴。退休 20 多年来，仍然热心帮助辅导亲朋好友的子女功课，继续发挥余热。

父亲对子女既慈爱又严格。他教我育我，培养我长大成人。

父亲对亲属朋友、同事乡邻，真诚、热心，深受大家的赞誉。

父亲对母亲感情深挚，在母亲生前患病卧床的三年时间里，父亲承担起日常护理母亲的繁重任务，承担了 80 岁老人本不应该承担的繁重劳作，从未抱怨自己辛苦，不给子女增加负担。作为孩子，我深感内疚，深深自责。一切都已无法弥补，无法挽回，突感追悔莫及，伤心莫及。

愿父亲九泉之下安息。

除夕本是辞旧迎新、喜庆祥和的美好日子，各位长辈、亲人，不顾小家，全力帮助我料理父亲的后事，对此，我深感歉意。再次感谢大家。祝大家新春吉祥，阖家幸福。

还是在发黄的灯光下，重读白纸上的潦草文字，我的心情依然沉重哀伤。

在书柜最顶层的一排书上，我发现了一个陈旧的档案袋，好奇地将其打开，原来是父亲年轻时候的旧照片。一张张黑白照片，记录着父亲曾走过的青春的岁月。

有两张照片吸引了我的目光。

一张照片中，父亲佩戴校徽，坐在第二排，最左边。照片上方标注，"新乡师范学院物专二班全体同学毕业留念"，时间是1958年3月。

另一张照片中，父亲佩戴绸条，站在第二排，左数第六。照片上方标注，"出席河南省文教群英会洛阳市代表团留念"，时间是1960年5月。

同大学毕业证上父亲年轻时候的照片一样，合影照片中的父亲，面容俊朗，短发乌黑，充盈着青春的朝气。

父亲生前小心珍藏的大学毕业证、荣誉纪念证、照片和藏书，我会妥善保存，将一生与之相随。

父亲，从未离我而去。父亲的音容笑貌、一言一行、一点一滴，始终铭刻在我的记忆里，伴随我的一生。

父亲的生命之树，深深扎根在我的心里，枝繁叶茂，庇护着我的人生之路。

父亲啊，在我的生命里，始终有你，始终有你与我相伴……

无尽的怀念

母亲的工会会员证，朱红色的封面上，印有银白色的两行简体字。内页的白纸早已泛黄，蓝色钢笔字迹也已泛黄，但清晰可辨。一寸泛黄的黑白照片，是母亲 22 岁时的青春模样——我非常喜欢母亲这张年轻时候的照片。

母亲生前非常珍视这个工会会员证。在我 40 多年的漫长记忆中，不知经历了多少次搬家，但母亲始终将它保存在身边，从未遗失。

会员证内页显示，母亲出生日期是 1938 年 4 月 9 日，入会日期是 1960 年 7 月 1 日，发证单位是巩县棉麻纺织厂工会。母亲说棉麻纺织厂在 1961 年停办了。

1963 年，父亲和母亲结婚，父亲在洛阳教书，母亲婚后仍是农业户口。在我幼年的记忆里，母亲一直在娘家务农。

我出生和成长都在外婆家。

小时候，我和姐姐的棉衣、棉裤、棉鞋，都是母亲亲手做的。记得家里有一本《人民画报》杂志，彩页里夹着许多母亲裁好的厚纸鞋样。红色的竹编筐子里，不同颜色的线，各种型号的针、顶针、锥子，一应俱全。每逢秋末，天冷之前，母亲会认真地准备布料、棉花和鞋面。男孩是蓝黑色条绒鞋面，女孩是枣红色条绒鞋面。母亲白天忙完了地里的农活，晚上在昏黄的灯光下，赶做棉鞋。母亲做的棉鞋，针脚整齐美观，穿着舒适暖和。每年冬季，我都有新棉鞋穿。母亲用千针万线，织就的温暖，呵护着我走过风雪严寒。

1983年，父亲教龄满25年，母亲、二姐和我，户口迁往洛阳。当时大姐已到武汉上大学。

宁静夏夜，月光如水。火车停了，停在了故乡的小站。母亲背着行李，牵着我的手，还有从外地返乡的几位同伴，走出站台，走下河堤。

南面不远处的河边，一条木船上，一盏油灯闪烁着黄晕的光芒。我们一行人向着灯光走去。伊洛河淙淙流淌，月光在水面平铺了一条发亮明净的路。船夫摇动着双桨，汩汩水声相送，将母亲、我、几位同乡，送过南岸。

一条小路，两侧杨树成行，在麦田中延伸。河风吹来了成熟的麦穗的清香。母亲牵着我的手，步伐轻快。耳畔是几位同乡的脚步声，爽朗的谈笑声，还有路旁杨树茂盛枝叶间，蝉儿的合奏，繁密如雨。

走了一段路程。年少的我，腿脚疼痛，走不动了。母亲就背着我，往前走。我趴在母亲背上，头贴紧母亲乌黑的秀发，两手搂着母亲的脖颈，母亲艰难地走着。

那是麦收时节，一个静美的夜晚，母亲带着我，乘坐火车从洛阳返乡时我的记忆。

多少年过去了。母亲黑发变白发，衰老了。母亲病重住院时，从轮椅到病床，或从病床到轮椅，大多由我抱起母亲。

此时，母亲双手搂紧我，面容安然踏实，嘴角漾起笑容。我艰难地抱着母亲，正如年少时母亲艰难地背着我一样。

母亲去世，已近四年。

深秋来了，扫墓的日子到了。天气晴好，风，并不寒冷。

青草泛黄，长势茂盛，几乎无法辨认母亲坟茔的具体位置。

我和家人仔细地清理了一丛丛黄绿相间的茂草。黄土堆，已经矮小了很多的黄土堆，裸露了出来。

坟上保留了一株构树。树，并不大，枝叶葱绿依然，坚韧地迎风摇曳。

四围麦田凝碧，在临近中午的明澈光线的照射下，流泻银光。南面几百米高铁线上，传来列车疾驰而过的呼啸声。

哦，是不是母亲在喊我？

刊于《散文选刊（下半月·原创版）》2021 年 10 期

二 所

我出生和成长都在外婆家。

外婆家东北面连接居民区，西南面紧邻"二所"。"二所"便是回郭镇政府第二招待所。一层房屋，青砖黛瓦。一排一排，布局整齐。房前屋后，种植梧桐、槐树、枣树，还有石榴、月季、秋菊。

母亲曾对我讲，1975年10月，《人民日报》在头版头条以《伟大的光明灿烂的希望》为题，向全国介绍巩县回郭镇社办工业的经验。1976年之后，国内外慕名到回郭镇参观访问的人络绎不绝。当时，位于镇区南面、紧邻县第三高中的第一招待所不能满足接待的需要，于是改造了地方国营企业的职工宿舍，建起了第二招待所。

20世纪80年代初，我童年的时候，"二所"接待的功能还有，部分房屋由镇政府机关干部及家属居住。夏日午后，我和同伴穿行在一排排幽静的屋舍间，在林荫里嬉戏，观赏斑斓绽放的月季花、艳红如火的石榴花，采摘淡紫清雅的桐花，还有尚未成熟的青枣。

"二所"东面，是一片开阔的空地，种植有一方方油绿的蔬菜，蜻蜓，蝴蝶，在菜田上空翻飞，在阳光的照射下，羽翅震动，闪着耀眼的银光。

"二所"南面约两百米，玉米林，一望无际，英气逼人。叶片灿亮碧绿，玉米红缨吐放。青纱帐间，一条小路通向远处的村庄，挺拔修长的杨树分列路的两侧。黄昏小路，洒落细碎残阳。晚风轻拂，枝头蝉儿高唱。在夏日晚霞的红光里，我和同伴们在路上经常打羽毛球，笑语欢声回荡乡间。薄暮里，传来母亲的亲切召唤，召唤我和同伴赶快回家。

如置身画境一般的童年时光，梦境里时常浮现眼前。

"二所"北面有一排二层的砖瓦房。我和同伴曾上到二层，发现一间仓库里整齐地堆放着用纸箱装着的物品，一直堆放至斜屋顶处。我好奇地打开了几箱，映入眼帘的是一沓沓、一张张印刷精美、洁净齐整的烟纸，"国花""飞机""狸猫""金鸡""仙桃"……蓝、白、红、黄、灰、绿，色彩斑斓，赏心悦目。烟纸上"河南巩县回郭镇卷烟厂"标注赫然醒目。

母亲对我说，新中国成立前，回郭镇的卷烟业远近闻名。1949 年，在回郭镇成立地方国营新中烟厂，1956 年将"建中""新兴"两家烟厂合并，取名仍为"新中烟厂"。厂址在镇中心老街，这便是新郑卷烟厂的最早前身。1959 年 8 月，烟厂迁往新郑县，当时职工已达 1200 多人。童年时我和同伴发现的"二所"附近的这个存放烟纸的地方，是 20 世纪 70 年代新建的烟厂所在地，规模要小得多。只是，我们发现存放烟纸的仓库时，烟厂已停办多年了。

母亲年轻时曾在巩县棉麻纺织厂工作。棉麻纺织厂也许也在这里，然而童年时，我没有找到它的踪迹。

2017 年早春，杏花含苞待放的时节，母亲因病永远离开了我。

前段时间，我通过微信联系大我十多岁的表哥，询问棉麻纺织厂的情况。表哥说："棉麻纺织厂的位置就在'二所'，是'二所'的最早前身。"

"二所"寄托着母亲青春的希望，也是我童年的乐园。

青春回望

一

"圆梦须有恒。梦想的实现不会一帆风顺，面对生活的磨难，希望你们内心强大，迎难而上，百折不挠，向失败讨经验，不断开拓人生的新境界，收获美好幸福的生活。"

"最终成为'第一'的人，实际上是从做自己喜欢的事情开始。敞开胸怀拥抱世界，追求目标享受过程，扬帆起航，筑梦精彩未来！"

……

又是临近毕业的季节了。

初夏正午，走进郑州大学新校区的宁静校园。梧桐夹道，浓荫匝地，满目凝绿相迎。树间灯杆，整齐成行。每个灯杆上方固定着左右对称的梯形条幅，条幅上方白底，印有各专业学院老师的肖像、简历；下方或浅绿、粉红，或浅蓝、橘红作底，印有毕业赠言，字字珠玑，灵光闪烁。

校园道旁，绿树间，条幅整齐成行，醒目耀眼，如一面面崭新的旗帜，成为初夏宁静校园一道蔚为壮观的风景线，指引着学子们走好人生的长路，迎接美若黎明的未来。

校园文化，诗意飞扬，融融温情。

我长久地凝视着这些饱含老师对朝夕相处四年学生的殷切期盼和美好祝愿的临别寄语。

二

回忆，漫溯久远。

1993年我在家乡的一所高中上学，暑假后，就读在高三理科班。冬末，临近元旦。一次月考，我因物理、化学成绩不理想，经过冷静考虑，我说服了家人，转入文科班学习备考。

半年后，我参加了1994年夏季高考。成绩令人沮丧，我的分数虽然过了投档线，但未过专科录取线。这样，我怀着悲凉与不甘的心情，来到黄河北岸的一座城市，上了一所普通中专。

后来的人生发展证明，我转学文科是有优势的，并没有错，只是觉悟得太晚了。27年后的今天，我的脑海里时常有这样的提问：如果我复读学习文科一年，再参加高考，是不是会有一个比较好的结果？

那时的校园，流行的文学有小说《平凡的世界》《穆斯林的葬礼》，还有散文《我与地坛》……那时的校园，流行的歌曲有《睡在我上铺的兄弟》《风雨无阻》，还有《梦醒的我》……

"梦醒的我不会再哭泣，不管会有多少风和雨，握紧双手告诉我自己，让汗水都留给回忆……"

每当夜深人静，我在寝室，躺在上铺，戴着耳机，静静地听这首歌曲时，深深地为歌声传达出的决绝、坚毅的情感所感染，心灵不知经历了多少千折百转的激荡。

我茫然了近两年，在茫然中冷静思索。如何在低谷中攀升，在挫折中奋起，我等待答案。

冬日假日，清晨。虽是晴天，但冷风阵阵，市区公园游人很少。在沉静光线的照射下，并未结冰的宽阔湖面，微波荡漾，水光如银；湖畔疏朗垂柳，湖心古朴凉亭，跨湖壮观拱桥，倒映水中，增添了清雅的别样风致。

我和几位同学，沿如画的湖畔随意散步。

当时我正在考虑改学专业。改学专业，需要信念、意志，与漫长时光的坚持，能否有一个结果，尚未可知。

眼前清冷、幽静的公园景致，给予我静心思索的空间。

经过冷静考虑，我准备报考新闻学专业高等教育自学考试。1996年4月底的上半年考试已经来不及了。我写信给在郑州一所高校就读的同学，让他帮忙购买下半年安排考试科目的专业教材。一周后，同学热心地回信，并邮寄了四门教材：《新闻理论教程》《新闻采访学》《文学概论》和《中国现代文学作品选》。

一点经验也没有，匆匆忙忙学习备考。沉浸在阅读中的感觉真好，我找回了我自己。

10月下旬，秋风萧瑟、黄叶飘零的时节。我第一次参加了自学考试。"新闻理论"和"文学概论"两门课程，考试非常顺利。

然而，临进考场，我才知道考试科目不是"新闻采访学"，而是"新闻采访与写作"，"导语""倒金字塔结构"等基本概念我全然不知。

接下来，考试科目不是"中国现代文学作品选"，而是"中国现代文学史"。

"解放区第一个新的秧歌剧是什么呀？"

走出考场，我问一位在电视台工作的考生。

"是《兄妹开荒》。"她微笑着回答。

冬天来了，冷风拂面，冰凉。

考试结果可想而知，由于两本教材买的不精准，四门课程仅通过了两门。然而，我毕竟迈出了最艰难的第一步。

我与学校辅导老师联系，购买了郑州大学文化与传播学院新闻系编写的专业教材和资料。《中国现代文学史》教材，是我在郑州中原路一家书店购买的。

教材精准，考试也就顺利了。

这段坎坷曲折的经历，使年轻的我，刻骨铭心。然而，也给我带来了宝贵的经验，学习文学，不仅要学习文学理论、文学史，而且要学习文学作品。

1999 年 6 月，我取得了郑州大学新闻专业自考专科学历。我没有停息前行的脚步，当年 10 月，开始参加新闻学专业本科考试。

三

当时，我在一拖公司冲压厂生产科工作，任计划员。专科毕业后，分厂领导让我兼任通讯员，采访写作拖拉机和汽车冲压件生产的动态报道。因为可以学以致用，我热情很高，工作之余，深入车间采访记录，从标题，到导语，再到文章主体，认真推敲，精心写作，并向拖拉机报社投稿。当时的《拖拉机报》，是由中国一拖集团有限公司党委主管主办、有正式国内刊号的一家企业报。从炎夏，到深秋，再到严冬。经过编辑老师修改润色，我采写的多篇新闻稿件，被报社刊用。年底，我被分厂党委评为"优秀通讯员"，并获得了鲜红的荣誉证书。

为了提高采写水平，我订阅了《新闻与写作》杂志。

第二年 7 月，我被分厂推荐到拖拉机报社记者部学习两个月。报社在紧邻厂区南面的一个院落里，同厂区机器轰鸣的喧闹比起来，这里异常幽静。梧桐、翠柳，葳蕤葱茏，鸟儿在枝丫间啾啾鸣唱。一栋两层楼房，掩映在疏朗枝叶摇曳的光影里。记者部、编辑部都在二楼，房间窗棂明净，办公桌整洁。在书架上，我第一次看到了《新华文摘》这个非常有影响力的杂志。

我跟随记者老师深入厂区各分厂采访生产动态，到总厂进行会议采访，之后，返回报社，在老师的指导下，写作稿件。忙碌辛苦，但愉悦充实。

朝日初升，沿山间曲曲折折的溪流前行。溪流，飞瀑，清音回响。绿树，繁花，倒映水中。掬一口清泉，摘一枚柿子，捕一只蝴蝶，拔一根翠竹，那自有无穷的乐趣。……假日里，我和分厂科室同事一起，到栾川重渡沟游览。

清俊山水，爽朗歌声，入眼入心，激发了我的写作灵感。8月中旬，我尝试写作了平生第一篇散文稿件《一程山水一程歌》，仅有200多字，心怀忐忑地投给了副刊编辑老师。

报社两个月学习时间过去了，我返回单位工作了，没有稿件刊用的消息。转眼到了年底，依然没有消息。我不再报以可以刊用的希望。

辞旧岁，迎新年。早春二月，草木萌发新芽。

一天，临近中午，我在单位翻看当天的报纸，视线掠过副刊，版面中央位置，有一篇散文"一程山水一程歌"！

"这个人怎么和我去年写的稿件的标题一模一样呀？"

我心里一面想，一面仔细看，我惊喜地看到了自己的名字，看到了熟悉的文字。真没有想到，等了半年之久，稿件刊载出来了！

时间是2001年2月16日，那年我25岁。

从这篇散文开始，我逐步走上了文学阅读与散文写作的征途。

四

难忘2001年那个风雪交加的寒冬夜晚。当时，我的十门新闻学专业本科课程均已通过。然而,大学英语考试,对我来说,是一个难关。于是,我报名参加了英语辅导班。

每天下班,傍晚时分,我骑自行车二十多分钟,到学校上课。

凛冽的冷风吹过,雪花纷纷扬扬,寂然飘落。街道已经有一层厚实的积雪。莹白的雪,在橘黄色的街灯映照下,熠熠生辉。起风了,扬起无数雪花,漫天飞舞。

六点半下班后,我一阵犹豫,还是骑车去了学校。路上还算顺利。平常近七十人听课的教室里,此时仅有不足三十人等待上课。

刘老师,年近五十岁,敬业而又风趣。他按时赶到,走上讲台。

"同学们,晚上好!虽然下起了大雪,但天气没有能够阻挡大家学习英语的信念与热情。让我们共同配合,一起努力,争取明年春天考试成功!"刘老师的真诚鼓励,引来一阵热烈的掌声。

寒冷的雪夜,我的心间分明有春天般的温暖涌动。

2002年10月12日,晨辉明澈,我到郑州大学参加论文答辩。我记得在中原路北门进入校园。西侧,法桐青绿枝叶,开始泛出金黄色泽,簇拥着文化与传播学院教学楼分外华丽。

答辩在二楼一间教室进行,几位老师安静严肃地坐在靠近讲台的一排课桌的后面,注视着我。我坐在一张课桌前,准备答辩。

"请你把《新闻评论的社会作用》这篇论文的主要内容叙述一遍吧?"一位年长的男老师对我说。

我尽量使自己心情平静,简要叙述了论文的内容。

"请你讲讲什么是'舆论'?"一位年轻的女老师问我。

"'舆论'就是'众人的意见',具体讲就是……"我回答得并不流利。

论文答辩通过了。但是英语这门课程,我没有通过考试。直到2003年10月,我重新参加英语考试,终于考过。

五

2016年初春，我整理自己的散文文稿，准备出版我的作品集。我翻开自己保存的刊发第一篇散文的报纸，感觉实在单薄幼稚。我补写了100多字，以不足400字的篇幅收入作品集中。

2019年9月下旬，我在开封参加河南省文学院举办的基层作家培训班，我和在郑州读大学的一位滑县籍文友，同住一室。2020年8月底，这位文友微信联系我，说"当听"微信推送平台，可以推送我的作品。我于是将四篇散文作品、个人简介及照片发给他。"万里同行，当听一语。"9月底，这位文友发给我一个链接。"一程山水一程歌"，原来平台编辑老师选择了一篇我二十年前的作品。

文字间搭配了三幅唯美的山水景观照。点听语音，在古典音乐的空明、清雅的旋律中，一位女学生纯净、洪亮的朗诵声，传入耳畔。看了页面下方的朗诵者简介，是一位滑县籍、在北京第二外国语学院新闻系就读的大学生。

"……峰回路转，依然是重峦叠嶂、郁郁葱葱。

"忽然，在青翠竹林的掩映中显现出农家的几间屋舍、几缕炊烟，显现出农家孩子们奔跑、嬉戏的灵动身影。

"于是，我们的嘹亮歌声，悦耳水声，和着孩子们的笑语欢声，回荡山间，回荡心中……"

这篇近二十年前的文字作品，化为了朗诵的清音。认真聆听，往事一幕幕，奔涌而来。

六

新房子，90平方米，在高新区的一个小区。今年春节后，刚刚装修完。这里到郑州大学新校区很近，仅有两公里多的路程。

　　我第一次到郑州大学新校区，是在 2019 年 5 月下旬，我记得那一天我办理完购房手续，已经临近中午。

　　我和家人从科学大道南门走进校园，校园风光簇新、幽静、优美。

　　这所学校，一直影响着我的专业学习。2017 年初春，我在"爱课程"网站"资源共享课"中，找到了较系统的中文专业网络课程。《中国现当代文学史》这门课程，我选择了郑州大学文学院教学团队的在线课程。

　　怎么也想不到，2019 年 4 月下旬，我参加全省第六次青年作家创作会议，见到了一同参会的郑州大学文学院的三位青年教师。我曾经听过三位老师的网络课程，他们分别是：主讲《中国当代新历史小说》的刘宏志老师、主讲《贾平凹的文学地理》的魏华莹老师、主讲《〈白鹿原〉：文化"挽歌"与"恋歌"》的李勇老师。

　　去年初春，同三位年轻而博学的老师建立联系后，我关注了《文学评论》和《中国现代文学研究丛刊》两个理论期刊的微信公众号，时常阅读专业评论，拓展知识视野。

　　"迎难而上，百折不挠，向失败讨经验……"

　　"从做自己喜欢的事情开始……"

　　校园道旁，掩映在绿树间、灯杆上的标语成行，宛若一面面簇新的旗帜，在匆匆流逝的岁月里，始终在我的心间迎风招展。

　　回望自己的路。青春年少时，有挫折，有坎坷，有伤处，有痛处；也有坚韧探索、积蓄力量、突出重围的喜悦与欣慰。

　　生活长路漫漫，有坦途，也有崎岖；未来的征途，有险峻的山峰，也有美丽的风景。

　　我曾在临近毕业的季节，走进校园。然而，已经四十六岁的我，并没有"毕业"，我行进在弥补青春年少缺憾的路上，行进在阅读写作的路上，朝着"毕业"的方向，一步步行进，筑梦精彩未来。

重 建

年少时，我的文学作品阅读量很少，唯有法国小说《约翰·克利斯朵夫》卷六《安多纳德》，使我印象深刻。安多纳德家庭遭受不幸，父母双亡，为教养弟弟奥里维成长自立而承担生活重担、牺牲个人幸福的故事，深深感动了我。这位善良、坚强、凄美的女性文学形象刻印在我的心中。然而，年少时光，由于生活环境的限制，我并没有机会走入文学的百花园，阅览经典作品的斑斓风景。

大约十二岁的时候，一个霞光染红天际的夏日黄昏，母亲让我到姐姐的单位宿舍，给姐姐和她的从南方来河南出差的大学同学送晚饭。当时，她的同学大概是在紧张复习，准备考新闻学专业研究生。在她们俩吃饭间隙，我在宿舍的一张桌子上，随手翻看了一本《中国新闻事业史》教材。由此，我知道，中国的报纸开始出现于唐代，到了宋代出现正式官报：邸报。这次偶然短暂地翻阅，在我心中种下了以后学习新闻学的幼芽。

时光飞逝，我文学作品的阅读视野依然狭小，接触新闻专业书籍的机会几乎没有。转眼到了高考前夕，我惊喜地在一位亲属家发现并借阅了一本《中国新闻事业史》教材。作为紧张复习功课之后的调节休息，每天晚上睡觉前，我躺在床上翻阅浏览这本书。我知道了瞿秋白的《饿乡纪程》《赤都心史》，范长江的《中国的西北角》《塞上行》和斯诺的《红星照耀中国》。然而，我并不曾有机会读到原著。

高考后，我来到黄河北岸的一座城市，在一所学校学了一个自己并不感兴趣的专业。冬天来了，天气凉了，街道两侧高大的梧桐的繁茂叶片大多已泛黄，只有些许绿意隐约显现，风起处，在空中画着曲线飘落。"在那热闹的街上走过，忽然有一种孤独的落寞，从来没人告诉我，如何冲破这迷惑……"走在异乡的街道，心底忽然响起曾在多少个不眠的夜晚静静聆听的忧郁苍凉的歌声，此刻，落寞迷惘之感迅疾弥漫心间。我的路又在何方？

经过一段时间的沉寂与思索，我尝试着走上了一条独立探索自身出路的征途，一条怀抱年少时梦想，漫长的学习新闻学的理想重建之路。在准备新闻学专业考试中，我学习过文学史、文学概论和现代汉语等文学基础课程，这是我系统学习文学专业知识的开端。刚毕业的几年，我的兴趣主要在阅读新闻专业书籍，千方百计找到了瞿秋白、范长江、斯诺的通讯名作，沉浸在一篇篇简洁流畅、生动感人的报告文学所营造的氛围之中。从凝重典雅的《赤都心史》"固然不错，我自然只能当一很小很小无足重轻的小卒，然而始终是积极的奋斗者"，到雄浑苍凉的《中国的西北角》"无办法的等待，或一味地希望着他人，绝不会有美满时期的到来""本着认为有意义的事情，百折不回地做下去……"再到清新明快的《红星照耀中国》"虽然他们几乎全体都遭遇过人生的悲剧，但是他们都没有太悲伤，也许是因为年纪太轻的缘故……这意味着对于生存有着一种自信的感觉"，三位语言风格迥然不同的先驱一样拥有克服万千艰难困苦、执着追求宏阔理想的无畏精神，深刻洞察和敏锐分析新闻事件的非凡能力，以及真挚热忱、悲悯民众疾苦的崇高人格。这些经典名作中的犹如格言警句般的话语，已深深刻印在了我的心里，它们指引我如何在困难逆境中克服悲观消极情绪，积蓄力量，自信无畏，向着重建理想的目标继续前行。

浅黄色封面的左上方是一幅范长江的肖像，面容庄重沉静，目光坚毅深邃；右侧是竖排宋体字"范长江新闻文集"，留意细看，紧挨着有竖排深黄色的浑厚刚健、风骨凛然的手迹"为中华民族之独立与自由而呼号"。这是作者1938年为《新华日报》创刊纪念而作的题词，也是他一生为之奔走奋斗的写照。2004年初秋，我在上海福州路书城购买了这本书。从高考前夕阅读专业教材知道了《中国的西北角》《塞上行》，到阅读原著，十年光阴已经无声流逝了。正是有"为中华民族之独立与自由而呼号"的远阔豪壮之胸襟，有将生死置之度外，克服艰难险阻百折不挠的坚强非凡之意志，才能完成西北和塞上之行的壮举。爬雪山时风寒刺骨，空气稀薄，愈近山顶，呼吸愈难；应走西北，而误入西南，险些困陷沙漠中心；因向导荒唐，竟让汽车开入险道，幸被发现，车停驶时，前轮隔断崖边沿仅有四五尺……这些旅途危险不胜枚举。令人印象深刻的是《蒙边惨剧》一节，在戈壁里行车时，坐在二车的作者，亲见头车翻倒，一个青年和一个老人被压车下造成重伤，然而同行的人中并没有医生，作者曾做过看护兵，一个人勉强初步消毒、止痛和绑扎，挺身而出紧急治疗伤病。"此时我俨然做了战后的救护工作，内心笼罩着无限的凄凉！"这样的凄凉之感，力透纸背，感人至深。在《坠驼受伤》一节，当骆驼受惊猛跳，作者从驼背跌下，失去知觉醒来后，为了安定同伴，连说"没有什么""咬紧牙关，支持痛楚，站立起来"；费力骑驼，继续前进，腰痛不能支。同伴主张休息几日，待腰伤缓解再走，作者坚持不可。作者顾全大局、忍受伤痛、自我牺牲的精神，跃然纸上，令读者感染，引人共鸣！此处，通讯报道已真切融入了作者的主体体验与深挚情感，这是真正不朽的生命之作。

《范长江新闻文集》中的旅行通讯《中国的西北角》和《塞

上行》，客观描写了20世纪30年代中国西北与塞上自然环境之恶劣、社会政治之黑暗、田园村庄之凋敝、人民生活之苦难。然而，在如此苍凉沉重无望的现状中，作者依然执着地找寻明朗蓬勃悦目的亮色，给身处艰难困苦情境的民族与大众以光明与希望！

在青海道路，作者望见了夹道以伴行人的青茂杨柳，携手相连的果园菜圃，北川河中的冰滩，以及山巅的白雪，这些皆给人以胸怀开朗之感。在兰州城的黄河南岸，作者望见了成林的初放梨花，绿中吐白，河上清风送来阵阵花香，给人以恬静清逸的心境；在塞上草原，作者望见了一望无边的绿色风景，没有一丛林、一棵树打破这种青茵的平顺。风过绿地，犹如微浪的海洋，给人以辽阔悦目的自然美感。当飞机驶过宁夏上空，作者望见了厚厚的冰块封盖着的黄河，尽管冰层下面有急流的河水，但黄河冬景给人的沉寂的感觉，让人不禁联想到了此时的中国，期待她加速骨子里的变化，如黄河一样尽快冰消冻解，恢复万顷波涛一泻千里的蓬勃景象。在内蒙古吴家集，作者一行微明启程，看到了各家的小学生清早出来，短短的身体，小小的制服，牵手并肩，三五成群，活活泼泼地走向学校，作者充满自信地写道："通过这小小集镇的街市，不但这个市集因他们的早起而活跃，中国困苦艰难的前途，也因为他们这样生气蓬勃，而显得有无限的光明！"从小学生的早起上学，看到了市集的活跃；从小学生的生气蓬勃，预见到处于困苦艰难的中国未来必定有无限的光明前途！

十多年前，我在写作一篇专业论文时，第一次遇到需要将新闻文体与文学文体的交叉关系和主要区别梳理表述清楚的问题，费力查找了许多资料，才有了初步的粗浅认识。"一个缺乏哲学头脑，没有理性思维，文学、历史等社会科学知识浅薄的人是难以胜任新闻工作的……"在查找资料的过程中，我从一本新近出版的新闻理论教材中偶然发现了这段话。这段话令我震撼，一字一字刻入了心中。现在看来，当时我的阅读视野仅仅局限于新闻通讯作品，属于广义散文中的报告文学类别。我认识到了自己文史哲基础知识的不足，尤其是文学知识的浅薄。比如，现代文学史中专章表述分析的鲁郭茅巴老曹以及沈从文、艾青的重要作品，我所阅读的仅是单篇或节选，没有完整系统的阅读。这个无形的阅读压力使我不安和自责。当时的我，已经迈进了三十岁的门槛。

《边城》厚重的黑色封面压印有竖排的凸起字，是沈从文先生清秀的行楷手迹；封面正上方是一幅油画，两岸吊脚楼，高低错落，黄泥的墙，乌黑的瓦，竹窗上垂挂着几串火红辣椒；一水中流，映着吊脚楼的倒影，石板桥横跨其上，河边一株凋零了枝叶的老树，恰是暖黄色调的深秋景象的逼真描摹。绘画的下方是两个浅黄色的横排楷体字：边城。从"落日向上游翠翠家中那一方落去，黄昏把河面装饰了一层银色薄雾"，到"雨落个不止，溪面一片烟。……细雨依然落个不止，溪面一片烟"；从"白光向上空冲去，高至二十丈，下落时便洒散着满天花雨"到"从鼓声里使人想到那些极狭的船，在长潭中笔直前进时，水面上画着如何美丽的长长的线路"等。在一个寒冷的冬日夜晚，在窗外无声落雪的静寂中，我读着这样明净澄澈如水一般流动的优美文字，自己如同置身于宁静祥和、恬淡空灵的边城画境，仿佛清新和风吹掠心灵，清爽溪流淌过心田。"然而一切光景过分的幽美，反而会使人从这光景中忧愁。"兄弟两个年轻人同时钟情于"触目为青山绿水，一对眸子清明如水晶"的翠翠，而傩送与翠翠在端午黄昏曾有相遇相识的经历，并种下了心灵契合的根芽。朴实爽直的天保自知唱歌不如弟弟，为成全弟弟的幸福，也为了忘却伤心的情感，决定离开故乡，驾油船下辰州。现实的人事是不能两全的，哥哥做出了无奈的明智选择，去开拓新的生活，然而故事却向如此残酷的方向发展，天保不慎掉落滩下漩水里溺亡。弟弟伤痛万分，下辰州走了六百里，沿河找寻哥哥的尸骸，毫无结果。"但那个死去的人，却用一个凄凉的印象，镶嵌到父子心中"，催送满怀自责与内疚，赌气出走。老船夫自知孙女婚事落空，在雷雨之夜伤心去世，最终只留下了辫子上扎了白绒的翠翠，在渡船上无望地等待那个在月下唱歌，使自己在睡梦里为歌声把灵魂轻轻浮起的年轻人。这是人性善的悲剧，是人性美的颂歌。"母亲死去，书出版时心中充满悲伤"，这个带有牧歌情味的凄凉忧伤的故事，是作家思乡情结茹养出来的一颗明珠，传递出作家心坎上那一股沉郁隐痛，仿佛有一种魔力，给予我的是浸入灵魂的感动！

《边城》走入了我灵魂的深处，是我文学阅读的真正启蒙。我在文学史的"无声"指导下，尝试着开始较系统的文学阅读，之后体味到了文学的非凡魅力，真正建立了学习文学的自觉。文学阅读的热忱与坚持，有时连我自己也感到惊讶，这样的阅读一直延续到现在，延续到十二年后的今天。

"封闭的自己琢磨，琢磨不到前人的肩膀上。"我一直有一种清醒，在文学史"无声"指导下的阅读，也有相当程度的盲目与肤浅。我一直希望在系统学习中得到"有声"指导，提升阅读的感悟力和理解力。我面临着克服自身局限、重建知识结构的现实问题，系统听课的打算一直萦绕在我的心头。

"劳歌一曲解行舟，红叶青山水急流。日暮酒醒人已远，满天风雨下西楼。"景愈丽，情愈哀，诗人极为浓郁的伤别情感充溢在"满天风雨"之中。这首情景交融、密合无垠的唐代送别诗，给人以悲美的享受，具有打动人心的力量。"诗家清景在新春，绿柳才黄半未匀。若待上林花似锦，出门俱是看花人。"初春柳叶刚刚发黄，这个鲜嫩滋润的"黄"正在向绿过渡，还没有过渡完成，所以说"半未匀"，还没有匀，摄取了早春清雅、清丽景象之魂。聆听唐诗艺术专题讲座，使我的唐诗学习得到了"有声"指导，一定程度上克服了阅读鉴赏的肤浅与狭隘。五年前，我在网络上偶然找到了视频公开课，我先后听了先秦诸子散文、唐诗艺术、唐宋散文、明清小说、现代文学名家名作、西方文学经典鉴赏等专题讲座。尽管这些是知识普及类的讲座，仍是"片段"，仍不系统，但在拓展阅读视野、向深度阅读迈进中，给予我很大的帮助。

只是，系统听专业课的打算始终压在我的心头。

生活充满着事先无法预料的转机与希望。

"这部长篇小说体现了作者追求创作时代性的艺术理想……从'五四'个性意识的觉醒到'五卅'群体意识的觉醒，揭示了青年知识分子梅行素受挫又寻找的心灵变迁历程。"2016年麦收时节，我在网上欣喜地发现，在资源共享课里有专业教学课程视频。专业学习的大门在我眼前开启了。在听《中国现当代文学史》"茅盾创作"专章时，老师讲述了小说《虹》，激发了我阅读原著的兴趣。

"旭日的金光，射散了笼罩在江面的轻烟样的晓雾……"我在网上购买了这部作品，翻开了书页，明朗流畅、高昂激越的文字所描画的奇伟清丽的巫峡风光，透出作家胸襟开阔、昂扬从容的恢宏气度。这挣扎着穿出巫峡的长江，仿佛眉目间挟着英爽的气质、品行坚毅、认定了目标永不回头的梅行素过去生活的象征，而船行巫峡，心境激越豪迈的她，自信将来的生活也该像夔门以下的长江那样浩荡奔放。从"五四"到"五卅"，作为近现代中国最初觉醒的知识女性，梅女士在克服自身弱点、冲破环境束缚、寻求新生活的过程中，对新知识、新思想的热切渴求，令我印象深刻。"虽然臂下的重量是增加了，梅女士的脚步却更轻快。她觉得一个全新的世界已经展开在她面前，只待她跨过去，就有光明，就有幸福。"梅女士在回家时，腋下多挟了一包从同学徐绮君那里借来的"新杂志"，这是热切渴求新知识、渴求"五四"思想启蒙的知识青年拥有强烈愉快和极度兴奋心情的生动写照。"然而当她想把自身这件事当作问题来研究时，她又迷失在矛盾的巨浸里了。她不知道转向哪一方面好。她归咎于自己的知识不足。她更加热烈地想吞进所有的新思想……"在情感的困境与挣扎中，梅女士依然是求助于新的书报，在新思想的洪流下，她寻找暂时的安慰与解脱，暂时地忘记自身的未了的问题。"离开这崎岖的蜀道，走那些广阔自由的大路！"接受了"五四"思想启蒙的梅女士获得了精神的力量，拥有了一颗从无法忍受的、可憎的环境中"破壁飞去的心"。从成都封建家庭，到泸州师范学校，从成都惠公馆家庭教师职位，到冲出夔门最终抵达了上海，随着视野的开阔，梅女士总想把不懂的变为懂，看不到的变为看到，她清醒地意识到，什么事情都得从头学，渴求新思想的热望愈加浓烈。"这些书籍在梅女士眼前展开一个新宇宙"，在同乡梁刚夫、黄因明的引导下，她开始学习革命理论著作，艰难地完成了思想觉醒，以战士的姿态，与人民大众携手走在"五卅"运动的光荣行列。"从永安公司的屋顶花园，正当十字街头，撒下无数红的黄的白的传单来，被湿风吹着在满天里飞。而像欢迎这些传单，下面动乱着的头颅的森林中便腾出雷一般的呐喊"，读着这样形象真切的细节描写，自己仿佛置身于历史的场景之中，仿佛回到了由赤诚与热血熔铸而成的革命年代。"时代的壮剧就要在这东方的巴黎开演，我们都应该上场，负起历史的使命来。"掩卷沉思，这样慷慨激昂的誓言依然回响在耳畔。作品寄托的人的理想追求遭受挫折与不断寻找重建，人突破社会枷锁、自身束缚而成长的寓意，给予我深刻的生活启示。

我又何尝不是努力设法突破生活环境的局限，行进在重建知识结构、重建心中理想的路途上？

今年仲春，我在听《外国文学史》第七章《19世纪中期文学》的概述时，老师提到了教材中没有详细讲述的《红字》，大意是小说揭示了宗教与人性的矛盾，反映的社会内容非常深刻，透露出现实主义的萌芽。"但是，恰恰是她自己的同胞亲手在她的胸前钉上了红字。"我记得听《中国现当代文学史》的《现代文学第二个十年》时，老师讲到了丁玲小说《我在霞村的时候》，提到了霍桑的《红字》。当时因为想把课程尽快听完，所以读原著的打算暂时搁置了。我急切地在网上购买并阅读了这部小说。赫斯特承受着"红字"那般的重负，具有坚韧生活、无所畏惧的精神力量，具有仁爱宽厚、乐于助人的美好品质。因此，赫斯特的生命是闪光的，"红字"已不是她罪孽的标志，而是善行的象征。面对狄梅斯代尔一颗如此破碎、如此屈从、如此不能自立的心灵，赫斯特怀着热切的希望，决心用她自己的能量使情人振作起来。"但是，你必须把那一切苦难抛到你身后去……别去碰他！一切重新开始！这一次尝试失败后，你难道就丧失了一切可能性了吗？不是这样！未来充满着尝试和成功。"这段坚定清晰、积极自信的话语令人印象深刻，使人思索，促人觉醒。"这次他们既然答应送我到延安去治病，那我就想留在那里学习……我还可以再重新做一个人……"《我在霞村的时候》写出了主人公铮铮的傲骨，尽管受尽折磨，受尽侮辱，但是仍然坚强不屈，保持着向往光明的美好灵魂。她的际遇和命运同赫斯特有某种相似之处。这两部中外小说的对比阅读，使我有了新的发现，这是盲目、封闭的阅读所无法获得的认识。

听课，阅读，陪伴我度过了近两年的充实时光。

又到麦收季节。

在听《外国文学史》第九章《20世纪现实主义文学》罗曼·罗兰专节时，老师分析了小说《约翰·克利斯朵夫》的思想内涵和艺术成就，激发了我重新阅读这部年少时就已经接触过并为之深深感动的小说。安多纳德这个还不满十八岁的温柔而坚强的姑娘，在父母双亡后的绝望中，逞着奋斗的傲气，藏着献身的热诚，为了奥里维的成功，任何工作，任何屈辱，她都能忍受。

一个很规矩的、在远东当领事的男子，回法国过假期时，认识并爱上了安多纳德。她最初并不爱他，后来慢慢对他有了感激的、深刻的温情。但为了不离开弟弟，她拒绝了这桩婚事，牺牲了自己的幸福。这件伤心事使安多纳德在许多悲苦之外再受一次悲苦。第一次参加高等师范入学考试，奥里维落选了。安多纳德身心交困，几乎无法支撑奥里维复读一年重新考试的生活，但她非撑不可，她把自己的疲乏藏起来，加倍努力。当她不得已到德国教书时，奥里维走进中学宿舍心都凉了，同时，她在火车里也痛苦万分。"弟弟每天都给她写一封十二页的长信；她也居然能每天写一封信，哪怕只有短短的几行。"这是真正的情书，真正深挚的分隔两地相互挂念的亲情之书。第二年奥里维重考被录取，进了高师，一生便不用再愁生活，前途有望了。此时，长期独自苦撑生活、完成了使命、心力交瘁的安多纳德，终于病倒了。"她拿下脖子里的圣牌，挂在兄弟颈上。……她还认得他，对他有气无力地笑着，嘴唇还在那儿哆嗦，眼眶里含着热泪。……我将再来，我的亲爱的人儿，我将再来……"圣牌，笑容，热泪，老歌。生离死别的时刻，相携相助心心相印的手足之情充溢字里行间，穿越时空，闪动不灭。安多纳德的牺牲精神包裹了我的身心，照亮了我的生命。

"咫尺，天涯。"尽管克利斯朵夫和安多纳德没有握过一次手，只是在包厢里看过一场戏，隔着火车车窗和隔着马路见过两次面，"但两颗灵魂一朝在过眼烟云的世态中遇到了，认识了以后，那感觉是永久不会消失的"。这是永远保存在心灵深处、相互牵挂、共振共鸣的灵魂之爱。

在安多纳德牺牲精神的感召下，克利斯朵夫与奥里维建立了深挚的友谊。克利斯朵夫最初来到巴黎，腐化堕落的艺术氛围和道德沦丧的社会风气使他深感震惊和失望，当他结识了安多纳德、奥里维这对善良、纯洁、富于理想主义气息的姐弟，结识了在简陋的公寓中每天都做着自我牺牲、善良真诚的普通劳动者的时候，他真正感知到了法兰西精神的悲壮。他逐渐认识了一个真正的、人民的法国，看到了法国的菁华和希望，他在精神上受到了激励与鼓舞。被誉为"欧罗巴的良心"的罗曼·罗兰主张通过爱与艺术来改造人的灵魂，呕心沥血地塑造了德国音乐家克利斯朵夫和法国青年诗人奥里维的艺术形象，歌颂了他们之间的坦率而深厚的友谊，以此希望法兰西和德意志两个民族能够逐步消除历史的隔阂与矛盾，避免社会悲剧的发生，实现民族间的谅解与和睦。如果没有这种系统地听课，我是无法深刻认识作家的精神高度和宏大格局的，也无法深入理解作品的思想内涵和艺术成就。

今天这个时代，可以让每一个人、每一个有提升愿望的人，都有平等机会克服自身局限，获取教育资源。在这个时代，随着网络教育面向社会学习者从有限开放到充分开放，我的专业系统学习也一定程度上克服了封闭与局限，获取了切实的指导和帮助。

我坐在开往北方的高铁列车里，看到蓝天下金黄的麦田广阔无垠、铺展天际、宛如油画，收割机在田间行进作业，农人们忙碌收获；看到一条发亮蜿蜒的河流，一行修长葱绿的杨树，一列高耸云天的线塔，一座簇新整齐的村庄，在车窗外匆匆掠过；看到华北平原的收获的田园景象，喜悦欢愉的心情油然而生！我想，二十年以来压在心头的遗憾，在近两年时光里，得到了一定程度上的弥补；尽管是有限的弥补，但是对于我，这毕竟是一个崭新的开端。

行进在重建之路上，有网络助力，与经典相随，一路风景斑斓。

刊于《大观·东京文学》2019 年 1 期

寻

晨辉，光色橘红。新区楼宇林立，街道宽阔，绿地青青，一切，苏醒了。

街心花园里，粉白的红叶李，金黄的连翘，明艳的紫荆，争先恐后地灿然绽放，错杂如锦如绮。

一簇淡白如云，一片深红似霞，怒放的樱花绚丽烂漫，如梦似幻。

浅紫色的藤萝沿着石栏花廊的立柱向上攀缘生长，密密匝匝的花朵缀系于绿叶藤蔓之间，覆盖着廊架，远远望去，像一挂瀑布，似一片流云。

鸟儿们早早地起来了，在枝头放开婉转的歌喉，你来唱，我来和，弹奏着优美悦耳的晨间交响曲。

每个清晨，我沿着这条新区的长街，步行到单位上班。只是这片温煦缤纷、赏心悦目的春光，却并没有给我带来完全轻松、欢愉的心情。

春节假期刚过，我和同事们就开始筹备年度行业专题工作会议。一个多月以来，我每天从事会议文件和主题报告的起草工作，文字工作繁重而枯燥，我时常感觉到力不从心，难以应对。同时，这些年来，在文学之路上一直不懈追寻的我，仍有遗憾。

虽然我利用业余时间阅读了不少文学作品，但仍然感觉自己视野还有些狭窄。一个人一天的精力有限，有时也分不清是工作影响了学习，还是学习影响了工作。

我学的专业是新闻学，学习过一些文学基础理论和文学史知识。由新闻专业学习转入文学学习，这里有一个较长时间的认知转变过程。

毕业后的很长时间里，新闻与文学在我的头脑中是互不关联的。我曾自信地认为，学好自己的新闻学专业知识，多读一些消息、通讯、评论等新闻作品，应付日常工作就绰绰有余了。因此，文学作品的阅读量并不多。

当我建立起学习文学的自觉时，已经错过了学习的黄金年龄。但每个人都要从自己开始，只要迈出第一步，就必有收获。

很显然，我利用业余时间阅读文学作品，就会减少陪伴家人的时间，尤其是减少陪伴孩子的时间。有时，我为了迅速看完一部中篇或长篇小说、一本散文集，或是一位重要作家的作品分析，就不能同妻子一起陪孩子做作业、看电视、带孩子到户外活动……每当我看到孩子失望的眼光、委屈的表情，一种强烈的内疚和自责会满满地充溢胸中。

"放下书本，多陪陪孩子，孩子的健康成长远比追寻自己的理想重要！"一个洪亮的声音在我的心中响起。

"多陪陪孩子，你会经常看到孩子破涕为笑、天真无邪的欢容。"我如梦初醒。

看来，要统筹兼顾的不仅是工作，还有家庭。

单位办公楼后院，是一方花园。坐在办公室里，凝眸窗外，四季风景，刻印心间。

窗外四季

一

天地回暖，枝条萌发新绿
簇拥庭院，春风和畅
天光流转，枝条溢满翠色
荫护庭院，夏送清凉
天朗气清，枝条霜染叶红
装点庭院，秋意悠长
天雨成雪，枝条披上银装
寒凝庭院，冬韵飞扬

二

时光流转
从冬至春
窗外
蜡梅，杏，桃
橙黄，粉白，绯红
次第绽放
花开，一身华丽
花谢，漫天花雨
循着节令
海棠，艳红花蕾
娴静绽放
叶片，葱绿
枝头，缀系层层洁白花朵

永恒的时光之花
一片素净，优雅
见证时光流过的风姿
花谢花又开，花事绵延
石榴，蜀葵，凌霄
静待夏季
静待生命绽放，绽放时光之花
窗外
一树永不凋谢的繁花
眼中
一帧永葆生机的风景

一个多月以来，窗外，单位后院的花园里，不畏料峭春寒傲然盛开的杏花，净白似雪；接着是粉红的桃花，静静地开出一片娇妍，炫人眼目。现在都无声凋落了。一季庄严的青春生命，自己却因用心处理繁重工作和琐碎家事，没有仔细留心。

今天，筹备会议的紧张工作即将结束，我的心情有说不出的轻松。

午后明净的光线透过玻璃窗，斜射在办公桌上。凝眸窗外，那一树繁花压枝的海棠，微微泛红的白色花瓣衬着层层新绿叶片，迎风而立，一片灿烂，枝条花叶俯仰之间仿佛在向人们表示生命的愉悦，虽暂时，却永久。

一派蓬勃景象，一段闲适心情。

当我和同事们忙完一天的工作，走出办公楼时，暮色已经在天地间完全合拢了。天空不知什么时候淅淅沥沥下起了雨。

"爸爸，下午下班后，给我买几只铅笔和写字本，另外再买几罐杏仁露。"早上送孩子上学时，孩子认真地给我安排了"任务"。

和同事们告别后，我忽然想到早上孩子交代的事情，赶忙到一家超市，买了一些孩子需要的文具和食品，又顺带买了一把雨伞。

新区的这条长街，由于不是主干道，白日也并不喧闹，此时在潇潇春雨中静默着。我撑着雨伞，在片片雨线中穿过，唯有刷刷雨声响彻心中。

"若是晨光终于不来，那么，也起来吧。我们将点起灯来，照耀我们幽暗的前途。"许多年以来，这段话一直鼓舞激励着我。是的，人生就是有限者在无限中的追寻，即使身处"晨光终于不来"的逆境，也要点燃希望和信念之灯，照亮人生长路，走过阴霾风雨，追寻心中理想。

追寻心中文学理想，学习中国现代文学的先驱者和灵魂——鲁迅的作品，对于我来说，是重点和难点，犹如攀登一座高山，跋涉一条大河。

但使我深感不安的是，一直以来，还没有抽出时间深入系统地阅读鲁迅的著作。

鲁迅在现代中国政治经济文化全面弱势中，以文学的孤军诏告中华民族困馁至极的奋斗与绝望至极的希望。没有认真系统地阅读鲁迅的文学作品，怎么能够真正了解中国现代文学的发展轨迹？又怎么能够从其丰富的文学遗产中汲取营养和力量？

今年春节期间，我重读了《呐喊》和《彷徨》，并与多个版本对照阅读，以期加深理解，避免浮光掠影，浅尝辄止。吕纬甫、魏连殳、涓生、夏瑜……这些"梦醒之后无路可走"的灵魂，接受了现代科学思想和价值观念，有善良的本心，有济世的宏愿，历尽困苦迷惘，依然积蓄力量，探寻个体与民族的出路，坚持不懈地追求生命的意义。鲁迅先生塑造的一代启蒙知识分子的文学群像，深深地震撼着我的心灵。

前些天，我利用晚上的空闲时间，重读了被誉为"最富鲁迅气氛"的小说《在酒楼上》。

　　吕纬甫本愿意做一块寻常的石子，堆砌在崇高的建筑里，来尽自己的本分。但"五四"落潮时期的社会现实使他无法实现自己的理想，他变成了一个消沉颓唐的人。

　　"青春的花开花谢让我疲惫却不后悔，四季的雨飞雪飞让我心醉却不堪憔悴……"当我走到十字路口，从右边一家新开业的茶社里飘来了怀旧伤感的歌声，同潇潇雨声交融在了一起，响彻夜空。

　　是啊！日子如长流水无声逝去，带走了一个人的青葱华年，却不曾带走童年金色的梦，纯净爱情的幻影和可爱之人的笑和謦。

　　吕纬甫回到故乡为小弟迁葬，为顺姑送剪绒花，但结果是找不到小弟的骨骸，顺姑也病死了，昔日的美好无法追寻，只能长存于记忆之中。

　　雨落个不止。一盏盏街灯照亮了雨中的这条长街，照亮了我的前路。

　　不要像吕纬甫那样彷徨犹疑，也不要到昔日里去寻找安慰，而应该去继续追寻心中的理想，走出适合自己的路。

　　重读《野草》，不能再拖延了，就从今晚开始吧！集中心力细读，一定会有新的发现，发现别样的意义。

　　我加快了在雨中行进的脚步。

　　妻子和孩子已经入睡很久了。

　　我将孩子露在外面的胳膊，轻轻放进了被子里。匆忙吃了晚饭，随即来到书房，我按开了书桌上的台灯。

　　在明亮的光线里，我认真批改了孩子的作业，将新买来的铅笔削好，放入文具盒中；整理好孩子明天上学要用的物品，一起放进了书包。

　　"还不到十点。"墙上的钟表，滴答，滴答。

　　无数雨点打落在阳台玻璃窗上，发出清响。雨，还在不停地下着。

　　我坐在书桌前，翻开散文诗集《野草》，集中心力看了起来……

辑二

远方风景

YUANFANGFENGJING

发现北京

一

七月，清晨。霞光，橘红。

公交车刚行驶到阜成门内大街。街道左前方，绿树簇拥中，一座高耸的通体白色的古塔映入眼帘。

"这一定是北海公园的白塔！"我心里默念。

公交车靠站停了，我匆忙下车。

虽是炎夏，但晨风凉爽，光线柔和。

树影婆娑。道路右侧人行道上，一个修鞋摊位，一位师傅约五十多岁，正坐在一把小椅子上，专注地补鞋。

"师傅，您好！请问前面的白塔，就是北海公园吧？"

"小兄弟，这是白塔寺。到北海公园的距离还有两公里呢！"

"谢谢！师傅，我下车早了。"

"也不算远，如果没有紧要事，你可以步行去的！"

我赶忙致谢。我沿阜成门内大街人行道向西快步行走，肩背一个旅行包，手拿一张北京地图，耳畔回响着师傅沉稳、平和、带有京味的普通话。

"海面倒映着美丽的白塔，四周环绕着绿树红墙……"少年时，我从这首优美、欢快的歌曲中知道了北海公园的白塔，还不知道有妙应寺白塔。

年轻的我，通过这个方式，发现了妙应寺白塔。

1993年夏，恰逢暑假，即将升入高三的我，与姐姐以及她的同事们来到了北京。我因而第一次遇见这座古典风韵与现代气息兼容的名城。我们住在西城区甘家口附近的机械工业部招待所。南北三里河路，东西百万庄大街、车公庄大街，至今记忆犹新。

姐姐和同事们是来北京出差的，他们每天要忙于工作，在京十一天，大部分时间里，是我自己外出游览。18岁的我，一个背包，一张地图，一个人的旅行。

我先到北海公园，后到相邻的景山公园，再从神武门进入故宫，沿中轴线，穿过金水桥，穿过午门、端门，快步行进，满怀欣喜地见到了壮丽的天安门和壮阔的广场。

临近中午，光线明净，已有几分炎热。坐在人民大会堂台阶的阴凉处，年轻的我久久凝视广场的壮美图景，被深深震撼。

然而，广场的黎明是什么模样？

第二天清晨，我早早赶到了天安门广场。然而，还是来晚了，庄严的升国旗仪式刚刚结束。

抬头仰望，五星红旗，簇新鲜艳，在清爽的风中舒展飘扬。

旗杆基座周围，仍聚集着许多游客，正在举起相机拍照留念。

欢声笑语回荡在广场蔚蓝色的澄澈天空。

明黄色的琉璃重檐，棕红色的台基外墙，洁白的玉石栏杆，烁烁闪光。已经被黎明的霞光唤醒的天安门愈发显得庄严壮丽。

如果说，记忆中的天安门抽象遥远，眼前的霞光辉映中的天安门却真实可感。她承载了一部厚重光荣的历史，记录着共和国前进的足音。她满怀深情地注视着、关心着我们在每一个黎明开启的每一天的辛劳、收获与成长。

晨光中，纪念碑，镀上了一层耀眼光辉。

"由此上溯到一千八百四十年，从那时起……"凝视纪念碑背面的鎏金碑文，耳畔仿佛传来了穿越六十载时光的坚定而雄壮的伟人之声。从虎门销烟，到五四运动；从南昌起义，到胜利渡江，瞻仰碑座四周镶嵌的一幅幅汉白玉浮雕，我仿佛回到了人民英雄们不屈斗争的经典历史场景。

纪念碑历经风雨，巍然矗立，静穆庄重，昭示着一个民族走过的苦难、不屈、抗争、新生、繁荣的波澜壮阔的沧桑岁月。

这座巍峨朴素的丰碑永远地矗立在了我的心中。

历史博物馆，人民大会堂，遥相守望，在橘黄色光芒的辉映中，迎来了崭新的黎明。兼具民族风格和现代气息的恢宏建筑，犹如音乐的交响，和谐律动，大气磅礴。

古朴典雅的纪念堂外，已经排起了长长的整齐队列，有年迈的相互搀扶的老人，有朝气蓬勃的学生，有幸福的青年恋人，还有肤色不同的外国友人。

在黎明的红光里，队列缓缓向前移动。

我们对共和国缔造者的怀念与敬意，超越时代的变迁，历久弥新。我们总是惊喜地发现一代伟人的思想光辉对于我们生活的永恒价值与意义。

"携来百侣曾游。忆往昔峥嵘岁月稠。恰同学少年，风华正茂……"

"雄关漫道真如铁，而今迈步从头越。从头越，苍山如海，残阳如血。"

昂扬豪迈的诗句，早已熟悉，此刻，在我的心中重新激荡。

朝阳徐徐升起。

高大的砖砌城台，凝重的青灰颜色。城台之上，碧绿琉璃重檐，朱红梁柱砖墙，檐梁门楣明蓝金黄绘染，增浓了繁复的装饰意韵……在透明光线的照彻下，熠熠生辉。凝眸广场南端正阳门城楼高峻宏伟的英姿，体悟中华民族建筑艺术的巧思精妙，追忆古都的岁月沧桑和风云变幻……

在漫天霞光里，漫步广场，激昂与感动，信念和希望，充盈我的心间。

"灿烂的朝霞，升起在金色的北京；庄严的乐曲，报道着祖国的黎明……"《北京颂歌》，庄重、亲切、昂扬、雄壮，此刻，在我的耳边回响。

开阔壮观的广场，已经把太阳揽入怀中。

二

第二次去北京，是在十九年后的 2012 年。我们一家人住在西城区西什库大街的一家宾馆。

初冬，雪晴。道旁绿树，枝条上还未融化的残雪，时时无风自落，动中越加见出安静。携手相连的楼宇，纵横交错的立交桥，熙来攘往的人流和车辆……大街小巷，处处可见风格迥异的公益宣传画，"北京精神：爱国、创新、包容、厚德"，温暖律动，入眼入心。我开始用眼发现、用心感悟大雪过后天空放晴的北京。

覆盖着皑皑白雪的连绵群山，在清晨阳光的照射下分外清朗鲜亮；气势恢宏的长城，像一条巨龙蜿蜒舞动在山巅。在劲峭的寒风中，一株株松树柏树苍翠挺立，但更多的是一片片落尽了黄叶的树木，裸露着万千枝条，忠诚地护佑在青灰色的城墙两侧，装点着清寂庄严的燕塞雄关。

寒冷没有阻挡住中外游客攀登八达岭长城的热情，许多游客已经登上了极目最远处的一段长城。此刻，登临长城的豪迈之情，充溢在我们心间。

碧空如洗，漂浮着几朵白云。殿为圆形，象征天圆；瓦为蓝色，象征蓝天。通高三十八米、深蓝色琉璃瓦铺盖、层层收进的三重圆形屋檐、鎏金宝顶的祈年殿，在午后雪晴阳光的映衬中，格外气宇非凡、光彩夺目。

我沉浸在不可形容的视觉震撼之中。

时光一刻也没有驻足停留，当我们走出圜丘时，斜阳长长的一束光线已经照在了公园大门青黄色琉璃瓦上，熠熠闪光。

阵阵寒风拂面，天更冷了。

"在这儿我能感觉到我的存在，在这儿有太多让我眷恋的东西；北京，北京……"苍凉优美的吉他伴唱在我的耳畔响起。

一字字，一声声，我的心里不禁一阵震颤，久久无法平静。

我看见甬道右边，一名中年男子一边拨动琴弦，一边专注歌唱。也许他是在北京辛苦打工漂泊的异乡人，也许他是土生土长的北京人。但无论如何，他的希冀追求，他的苦乐悲欢，已经同北京这座城市融为一体。

几天时间，晴空朗照，尽管风依然寒冷，但京城的残雪已经消融得无影无踪。

香山，晨光明净。勤政殿前、石拱桥边，枫树的枝干疏朗，红黄叶片稀稀落落，迎风摇曳。然而，松柏依然挺拔苍翠。走上台阶，临近叠石一侧，殿檐灰瓦上有细碎的红黄落叶，盈我眼目。

继续攀登，来到双清别墅。院落苍松翠柏掩映，白墙灰瓦，六角红亭。气氛庄严、肃穆、幽静。在毛泽东主席1949年生活工作的房间入口右侧，是"入党誓词"，红底黄字，版面整体艳红如旗。我抱着六岁的儿子，在此拍照留念。

我沿陡峭的山路台阶攀登，沿途黄栌树、枫树枝条疏阔，仍有零星的红叶，一片一丛，装点冬日香山。

我们抵达香炉峰顶。远眺京城，楼宇林立，街道如棋，一派繁华图景。

在山顶一个售卖纪念品的摊位，我仔细挑选，购买了一组五角红枫文创纪念品。

这组红叶纪念品，呈长条带状，由五个相等的长方形塑封膜组成。每个塑封膜内，有两枚五角枫叶，叶柄相接，叶片倾斜排列，叶脉轮廓清晰。四边有黑色的装饰边框。尽管已过去十年漫长时光，深红叶片早已失去光泽，但洋溢青春生命的红，依然炫我眼目。每个塑封内膜左侧都有祝福语，从上至下，依次是：最好的祝福、勤奋、好想你、心语和唯一的秘密。

"不管时光如何来去匆匆，不变的是我，对你永远的祝福。"

"学海无涯只有勤奋，上进才能事业成功。"

……

"是什么原因让我们相遇，你能告诉我吗？"

纪念品制作精美，祝福语温润人心，传达出制作者的妙思与巧手、友善和浪漫。

十年了，这件艺术品一直张贴在儿子卧室的墙壁上。香山红叶，不仅留存在我的记忆里，而且时常呈现在我的眼前。

那一抹红，使生活如此斑斓。

翌日。我们换乘地铁，来到了清波荡漾的未名湖畔，恰逢朝霞映照的时候。初冬时节，湖面清澈，多处地方都已结出一层薄冰。然而，沿湖垂柳的万千细叶，几乎没有凋落，呈现出黄绿相间的华丽身影。霞光金黄，巍峨沧桑的博雅塔，随风轻拂的垂柳，以及倒映在湖面的塔影柳痕，仿佛皆镀了一层金黄色。校园冬景，赏心悦目，好一幅清新图画。未名湖畔，我、妻子、六岁的儿子，一起拍照留念。

诗意淡雅

花郁芬芳

快来跟随小北的脚步

走进燕园美好春光

……

北大春深深几许

独爱海棠雨

……

前几年，我关注了北京大学的微信公众号，经常阅读平台推送的文章。点开"海棠花开，许你北大最美春色！"美篇，视频，图片，赏心悦目，仿佛置身燕园最美四月天。

"2012年11月，我们一家去北京，专程去了北大，当时儿子刚过6岁。清澈未名湖，巍峨博雅塔，恢宏图书馆，映衬蓝天、暖阳，一副清新画图。校园冬景，回忆美好。如今，恰逢四月天，看视频，赏照片，花朵缤纷绚烂，簇拥春天秀美的校园，装点青年学子的笑颜，令人惊艳！……"

我在文末留言区写下了一段文字，没有想到，不多久，北京大学精选了我的留言，进行公开展示。

前几天，我再次点开美篇链接赏读，偶然发现，页面文章标题与正文之间，有圆形校徽"北大红"，以及红色的一行楷体字：北大是常为新的。校徽与楷体字，并置一行，显现、隐藏，再显现，在时隐时现中，异常醒目，吸引读者的视线。

这段文字，我曾在《收获》杂志微信公众号推送的钱理群先生讲授的文学课《进入鲁迅的北京文学世界》中见到过："……鲁迅写有《我观北大》一文，说'北大是常为新的，改进运动的先锋''北大是常与黑暗势力抗战的，即使只有自己'。这正是以北京为发源地的五四新文化运动所开创的传统，在鲁迅看来，北大就是'新北京'的象征，是北京，以至中国的希望所在。"

校徽与楷体字，并置一行，"也许，校徽与鲁迅先生也有某种联系？"我百度搜索北大校徽的词条，原来北大校徽最早就是由鲁迅先生设计的。

三

晨光明澈，映照着宽阔浩荡的河面。浊黄的水流从容不迫，一片炫目的银白光色。我还没有来得及透过车窗向水天相接的远处凝望，高铁列车便从黄河大桥上疾驰而过，一路北上，穿行在麦浪翻涌、平展无边的豫北原野。

2014年，初夏。每当回忆起到农业部管理干部学院参加全国农业市场信息系统业务知识培训的经历，一幕一幕，愉快难忘，如在眼前。

明净的天空下，晨辉万千光线，洒向蓬勃校园。浓荫夹道，游园小径；草坪青青，廊架覆绿。石榴花开，艳红花朵，衬着新绿叶片，风姿卓然。"教育放飞理想，实训把握未来。"沿着风雨操场跑道散步，一幢青灰色的教学楼，线条典雅明快，正面上方张贴的红色横幅，赫然醒目。标语宛若旗帜，映入我的眼中。置身于校园里浓厚的学习氛围，耳濡目染这处处洋溢的蓬勃气息，我深切地感受到，只有不断接受教育，拓宽视野，更新知识，提升技能，才能适应这个变革的时代。

一天清晨，学员们乘坐汽车准备到农业科学院，参观农业信息研究所和国家农业图书馆，上现场观摩课。"与雷锋精神同行，倡志愿服务新风。"从昌平区的学院出发，汽车行驶到中关村，十字路口处有一块公益宣传版面，红底黄字，引我注目。

雷锋精神的耀眼辉光，恒久长存，历久弥新。在新的时代春风吹拂下，与雷锋精神一路同行，倡志愿服务新风正气，让忠诚敬业、友善助人的雷锋精神之花自由开放，是我们的共同心愿。

这则倡导时代新风的标语，彰显出友善互助、包容厚德的城市精神风貌。尽管四季流转、岁月更迭，但瞬间遇见的标语，已经深印在了我的心中，再也无法忘却。

汽车行驶到北三环西路时，透过车窗，四围林立的楼宇间，有一片开阔的麦田。风吹麦浪，满目橙黄。我非常惊讶，北京主城区，寸土寸金，竟然有麦田。同行的学员，告诉我，那是农业科学院的试验田。

农业物联网技术、农产品电子商务、农业信息监测预警演示、精准农业研究示范基地……通过课堂教学和现场观摩，我的耳目为之一新。我认识到，市场化改写农业格局，信息化贯通农业经络，是加速现代农业进程的两大引擎。

有几天下午课后，学院没有研讨安排，可以自主活动。

我走出校园，换乘地铁，随性游览，感悟领略京城的风韵与魅力。

走出地铁站，找到雍和宫，已是斜晖晚照时刻。那里已经闭馆了。

心情失望，随意四望，街道斜对面，彩绘的牌楼，映入眼帘。

葱绿槐树织就荫凉。入眼红墙、黄瓦。漫步晚霞涂抹的成贤街，阅览孔庙、国子监的石刻介绍，感知静谧、古雅的氛围，宛若穿越悠远厚重的历史。

当我走进地坛公园时，暮色尚未收拢夕阳的最后一束橘红光线。在肃穆典雅的景象里，耳听游人的笑声、歌声，我忽然想到了一段蕴含深情与哲思的文字："但是太阳，他每时每刻都是夕阳也都是旭日。当他熄灭着走下山去收尽苍凉残照之际，正是他在另一面燃烧着爬上山巅布散烈烈朝晖之时。"

第二天下午课后，我换乘地铁，傍晚来到建国门外大街以北、日坛公园南面的使馆区游览。银杏树修长碧绿，簇拥着棋盘式的平直的街道。道旁一座座别墅建筑，墨绿爬山虎装饰，风格多样，异域风情曼妙。在迎人绿意、斑驳光影中穿行，有一种别样的、宁静的、浪漫的感受。

如果说，成贤老街是古典的，散发着历史文化的光彩；那么，使馆街区则是现代的，流荡着时尚优雅的气息。

离开北京前，当天清晨我来到南锣鼓巷，尽管那里古朴典雅依然，但浓烈的商业气息，熙来攘往的人群，喧闹非常，呈现出京城繁华的景象。

四

北京，四季的斑斓风景，长留在我记忆中。

京城古建筑的恢宏景观，在我的记忆中，有重檐歇山式：明黄琉璃瓦顶的天安门城楼、灰筒瓦顶绿琉璃剪边的正阳门城楼，有重檐庑殿式：金黄琉璃瓦顶的故宫太和殿、太庙大殿，还有重檐攒尖式：深蓝琉璃瓦顶的天坛祈年殿，黄琉璃瓦顶绿琉璃剪边的颐和园佛香阁……

京城历史文化的独有韵致，在我的记忆中，有广场纪念碑的鎏金碑刻"人民英雄永垂不朽"，有八达岭长城入口处、平台上的朱红石刻"不到长城非好汉"；有颐和园昆明湖畔、万寿山前牌楼的金字匾额"云辉玉宇"，还有恭王府花园西洋门的门楣内外镌刻的"秀挹恒春"与"静含太古"……

2019年暑假，我第六次到北京，一家人住在朝阳区工人体育场附近的宾馆里。

清晨，我和妻子、儿子乘坐地铁准备到圆明园参观。记不清是在哪个换乘站，当地铁即将启动的瞬间，我蓦然抬头，隔着车厢玻璃，看到隧道墙上有一块长方的公益广告灯箱。地铁缓缓启动的同时，我立即用手机将它拍了下来，一直保存至今。

朝阳跃出海天相接处，映红长空云朵，映红青蓝海面，一位身材修长的男子，站在海岸礁石上，伸开双臂，面朝晨曦初升的方向。摄影作品"海上日出"右侧，有温暖的文字：

"路过，让心停靠一下：人生激越之处，在于永不停息地向前，背负悲凉，仍有勇气迎接朝阳。——萧红"

悦目的图片，惊艳的诗行，使我眼前一亮，带给我长久的感动。

谁的青春不曾有过挫折与伤痕？谁又不曾有过悲凉心境？然而，人生的激越与可贵在于，背负悲凉，永不停息，无畏前行，迎接每一天的崭新朝阳。

北京，有温度、诗意与亮色的北京，在每一个细节，都有精彩的展现，都有人文的情怀。

北京，每一个瞬间，每一个日子，每一个季节，都在成长，都在变化。

北京，每次与你相逢，都有新的发现，新的惊喜。

不知道，下一次与你相逢是在什么时候，我想一定不会太久，期待看到你全新的惊艳的模样，期待发现你崭新的独有的光彩、风韵与气质……

本篇的节选《路过》在"2022 年度中国散文年会"评选活动中，荣获二等奖，刊于《散文选刊（下半月·原创版）》2023 年5 期

江城初见

一

列车行驶到长江大桥的时候，天还未亮。透过车窗，铁路桥菱形米字形钢架匆匆掠过眼前，两岸楼宇灯火，江面轮船灯火，映入流淌的水面，平铺一层绚丽、温暖的光色，悦人眼目。

国庆假期，在黎明破晓之前，我平生第一次专程到武汉旅行。

我与武汉这座城市的情感联结很是久远，始于20世纪80年代初期。

大姐大我11岁，1981年夏，她第一次在父亲工作的城市参加高考，她被录取到省内一所卫生学校。大姐非常失望、伤心，在家人的鼓励下，她决定返回故乡的一所高中复读。

"我望着郁郁葱葱的万物，想起了自己的路……"这是大姐复读期间笔记本里写下的一段话，蓝色钢笔留下的清秀笔迹，时隔近四十年，我始终记忆犹新。是的，路在脚下，在困境与艰难中，坚韧跋涉，执着行进，必能开辟出属于自己的坦途与天地。

大姐住校复读，每周回家一次。复读的一年里，母亲经常步行三公里多的路程，到学校给她送油馍、熟鸡蛋等食品，以增加姐姐的营养。

记得高考前的一天傍晚，母亲干完农活回家。烧水和面，洗葱切葱；摊饼，抹油，放葱花，放食盐……不一会儿，一张张焦脆香咸的葱油馍便烙成了。

"你姐这两天感冒，我带你去学校给她送些感冒药和葱油馍吧！"

我也想去学校看看，便答应了母亲。

月华如练。柔和的清辉安静地洒向乡间，照亮了溪流、小路、绿树、屋舍。溪水撞击石块，清音悦耳，欢快地向北流淌。风过处，绿柳万千枝条细叶轻拂，划出优美的曲线；杨树峭拔挺立，茂盛枝叶飒飒繁响，恰如急雨飘落。母亲一手提着装满葱油馍的布袋，一手牵着我，沿着凉爽的河堤路向南走。

到达学校，教室里停电，学生们都纷纷点燃蜡烛。烛光映红玻璃窗，映红埋头专注学习的学生们的脸庞。母亲招呼大姐从教室里出来，小心地将感冒药和温热的葱油馍递到大姐手里。临别时，母亲叮嘱大姐多喝水、记得吃药、注意休息。

辛劳付出的人，上天从不辜负。

1982年高考，大姐顺利考入武汉大学计算机系。母亲欢喜地落泪，这是一家人的荣光。

从此，年少的我，也开始与武汉这座城市结缘。

家里的相册里，至今还保存着一张照片，大姐与她的同学站在武汉大学恢宏典雅的老斋舍悠长阶梯上的合影。大姐告诉我，电影《女大学生宿舍》就是在她们学校拍摄的，影片晚上拍摄时，学校曾让她们宿舍的灯光全部点亮。夜幕降临，依山而建的老斋舍，一层层窗棂，透射耀眼灯光，格外璀璨壮观。影片中闪过的校园画面，我至今铭记心间。

时光匆匆，寒假暑假。武汉对于我，是大姐放假带回家的脆甜可口的橄榄果脯、图文并茂的《世界五千年》和赏心悦目的城市风光明信片。

20 世纪 80 年代初，火车班次少，客流量却很大。有一年寒假结束即将开学。晚上，父母带着我到车站，送大姐去武汉。一节节绿色车厢，停靠站台。人流如潮，涌向车门。众多的旅客挤着上车。一些旅客急中生智，从开启的车窗爬上火车。为了避免挤伤大姐，父亲弯下腰，大姐脚踩父亲的肩膀，艰难地从车窗爬进了车厢。天气寒冷，父亲的额头却沁出了汗珠。我年龄太小，帮着母亲将包裹举起，送入车厢。这冬夜送行的一幕，近四十年来，始终萦绕在我的脑海。

大姐读大学的四年，父亲去武汉看望过一次。我印象中大概是在 1984 年五一劳动节前后。返回时，父亲和大姐在珞珈山照相馆拍了一张黑白色合影。父亲身着中山装，坐在椅子上。大姐烫了头发，站在父亲身后。两人面带微笑，精神都很好。父亲为什么没有带我去武汉？也许是因为我太小，出远门不安全，或是担心影响我上学？没有去武汉，我记得当时我难过了很久。

时光无声流逝，生活平凡向前。

大姐于 1986 年夏从武汉大学毕业，分配在省内一家设计单位工作；2000 年到上海工作安家至今。

转眼到了 2007 年仲夏。我和几位朋友自驾到江西庐山、婺源、三清山一线旅行，中午曾经在武汉蔡甸服务区停留，经城区西南绕城高速，过鄂州、黄石，傍晚抵达九江市。与武汉主城区擦肩而过，严格来讲，我不能算到过武汉。

专程到武汉旅行的打算始终惦念于心。

接下来的日子，父亲、母亲，一天天年迈体弱。2017 年春节刚过，母亲因病医治无效，不幸去世。母亲的永远离去，对父亲打击很大。不足一年，父亲在寒冷的冬季，也因病永远离开了我们。

夜深人静，回忆蔓延。我时常想起童年时那个惬意凉爽的夏夜，母亲牵着我的手，沿河堤路去学校看望大姐的情景；时常想起那个寒冷喧闹的冬夜，站台上大姐踩着父亲的肩膀爬进车厢，去武汉上学的情景……

去年9月初，我和妻子、孩子商量国庆假期去武汉旅行。

恰逢国庆前夕，车票紧张，一直订不到。无奈，我到火车站售票窗口，买了10月1日晚上三张普快硬座车票，四天后乘坐高铁返程。这意味着要在火车硬座车厢过一晚，凌晨5点多抵达武昌火车站。

预订宾馆时，妻子问我："宾馆订在什么位置？"

我不假思索地回答："离武汉大学近，离东湖近。"

一家人热切盼望着去武汉。

二

列车早已驶过长江大桥。星空下，无数斑斓光线装点的高楼，橙黄灯光照亮的纵横立交桥和整洁宽阔的街道，在车窗外匆匆掠过。

武汉，灯火璀璨，就在眼前。

我从绵远的回忆中回到现实。凌晨时分，我靠在座椅背上仅睡了两个小时，现在是困倦与兴奋交织。

抵达武昌火车站，出站后，打车到了洪山广场附近的一家宾馆。

东方现出一抹曙光，还不到六点钟。

拨打服务台张贴的手机号码，叫醒了服务员，是一位干练的50岁左右的大姐。

"你们好！来得这么早！"

"我们刚下火车，网上预订的是下午2点钟的客房，现在正值国庆假期，不知道有没有客房？"

大姐查验了我们的身份证，仔细在电脑上查询。

"你们预订的是下午 2 点的，现在客房确实住满了。"

我们三人在硬座车厢没有睡好觉，满脸疲惫瞬间又增添了失望。

"下午 2 点肯定有客房，行李放在服务台里，你们可以在大厅沙发上休息的。"

大姐温和地说道，我们觉得很暖心。

她将我们的三个行李包提到服务台里，用白色纸条写好我的姓名和手机号码，夹在行李上。

大姐面带微笑，指着一组沙发关切地说道："刚过六点，你们在沙发上休息吧。"

"谢谢！"

服务台左侧是一组黑色的皮沙发，两个长的，一个较短。

我和孩子一人睡一个长沙发，身上盖了外套。妻子睡较短的沙发。

我沉沉睡着，八点多醒来。

沙发上两个小时的休息，对于我们三人开启一天的旅行，至关重要。

陪孩子看动漫展是第一个行程。十点多，我们乘坐地铁来到光谷科技会展中心。

少男少女们精心化妆，身着色彩缤纷的汉服或动漫人物服饰，手拿各种动漫道具，在会展中心前排起绵长的队列，等待参加期待已久的盛会。

孩子了却了一个看动漫展的心愿。

三

汽笛鸣响，喜迎崭新朝阳。

稳如磐石的大桥桥墩，古雅华贵的亭阁式桥头堡，傲然凌空的菱形米字形钢架，装点着浩荡开阔的江面。历经多少沧桑岁月的风雨洗礼，这座万里长江第一桥，依然英姿焕发，气势如虹。

如凝固的丰碑，矗立在我的心中。唯有近距离凝视，才能真切领悟"风樯动，龟蛇静，起宏图。一桥飞架南北，天堑变通途"的诗中意境。

晨光中，清风迎送。

我和妻子、孩子来到黄鹤楼公园。

凭栏白云阁远眺，蛇山之巅，绿树簇拥之中，便是黄鹤楼瑰丽挺秀的身影，稍远处，澄江恰如白练，大桥凌空飞架，一幅精心构图敷色、恢宏壮丽的画卷，映入眼中。

一步一步走近。仰瞻她耸入云天的英姿。金黄的琉璃，交错的层檐，欲飞的翘角，在明净光辉映照下，耀眼夺目。

走进楼中，映入眼帘的是一幅画，一幅由彩色陶版镶嵌而成的壁画。天上，仙人竹笛横吹曲，驾鹤凌空白云间；人间，林木葱茏，江水浪涌，众人欢舞，相聚古雅的黄鹤楼前。伫立品赏，自己的身心融入一派欢愉、祥和、浪漫的画境之中。

"一楼萃三楚精神，云鹤俱空横笛在；二水汇百川支派，古今无尽大江流。"信步登楼，朱红的圆柱，浅黑的竖牌，鎏金的字体，一副楹联引人注目。仔细吟诵，触摸黄鹤楼沧桑历史的厚重感，感知其宽广博大的精神气象，使人沉浸在肃穆、庄严、昂扬的历史文化氛围中。

更上层楼，一盏盏宫灯点亮，古黄鹤楼彩画装饰粉墙。人声喧嚷间，一张方桌，宣纸铺展，镇尺压边；一位少年，白色短袖，专注书写。"黄鹤楼中吹玉笛，江城五月落梅花"，楷书字体，一挥而就，娟秀，圆润，俊朗，引来游客由衷称赞！

倚栏极目，长天万里云朵飘飞，江水闪光浩荡奔流，大桥通达葱郁远山；近处，牌坊、轩廊、亭阁，饰以明黄琉璃瓦，格局谨严，匀称。

此情此景，忽然想起了在岳飞雕像背后青石上镌刻的词句："……何日请缨提锐旅，一鞭直渡清河洛。却归来、再续汉阳游，骑黄鹤。"千古名楼，在风云变幻的历史长河中，多少不朽诗篇，使你绽放绚烂文化之光彩，你又寄托了多少崇高灵魂的弘远抱负！

江山如画视野壮阔，心潮逐浪舒我襟怀。

孩子在公园林荫道旁等候。

我来到黄鹤楼咖啡馆，买了一大杯热咖啡，将白色的塑料盖打开，想让它凉得快一些。

我把纸杯递给孩子时，孩子没有接稳，纸杯倾斜，我赶紧用手扶正纸杯。但咖啡倾洒出一半左右，溅湿了孩子的手和上衣。

孩子满脸沮丧。

恰巧一对衣着时尚的年轻情侣，从我们身边走过。

走出约两米远，他们俩停住脚步，回转身。

"你们有餐巾纸没有？"女孩友善地问我。

目光澄澈，笑容温婉。

"有的，谢谢！"

林荫路，绿意葱茏，光影婆娑。

他们俩明白后，笑声清朗，转身向曲径通幽处走去。

我凝望着远去的背影，心中充盈融融暖意。

笑容，友善，江城最美的风景。

四

入秋的校园，早已过了樱花盛放的季节，沐浴在午后通透的光线里。珞珈林木叠翠，令人赏心悦目的绿，簇新明朗的绿，宛如绿色的河流，在校园随意悠然的流淌。林荫道路整洁，依山势起伏蜿蜒，光影摇曳，明净清新；中西合璧的恢宏建筑依山势错落有致，掩映在葱茏林木之间。

走进校门牌楼时，我曾看到一块校训石，刻有"自强、弘毅、求是、拓新"八个劲健清秀的大字。前几年，我曾经在网上听过武汉大学哲学学院老师主讲的《中国哲学史》课程。在讲解《易传》和《论语》的哲学思想时，老师分别对武汉大学校训"自强"与"弘毅"两词的内涵进行了解读。自强、弘毅，启迪人们摒弃消极地守柔无为，树立弘远理想，积极进取向上，意志刚毅坚韧，在人生的旅程中有所作为，书写精彩无悔的生命篇章。

林荫路依山势曲折延伸。光线透过交错繁茂的枝叶，投影在洁净的路面。风吹枝叶摇荡，路面的斑驳树影也随风轻舞。踩着轻舞的树影，沿平缓的山路行进。

路随山转。前方平坦开阔处，绿树簇拥着一幢三层教学楼，楼体颜色粉白与浅灰相间。大门正上方，"做有思想的新闻人，做负责任的传媒人——热烈欢迎2019级新同学"，红底白字横幅，赫然醒目。教学楼前方右侧，竖立一幅宣传版面，"梦启新传，壹玖扬帆；樱花尽头，为你守候。"艺术字体雅致飞扬，饱含温情与期许。

伫立凝望，回想年少。我的新闻学专业学习的最初启蒙也与武汉大学有一定关联。大姐1986年在武汉大学毕业。她的计算机专业的一位女同学，容貌端庄，性情温和，是武汉本地人，毕业后到深圳工作。1987年仲夏，大姐的这位同学曾到河南出差。

大姐带我陪她游览了少林寺、龙门石窟等景点。正在跨专业备考新闻学研究生的她，随身携带一本《中国新闻事业史》教材。一个霞光染红天际的傍晚，我曾在大姐的单位宿舍随手翻看过这本书，"邸报"使我记忆深刻。大姐的这位武汉同学，确是我以后走上学习新闻学专业之路的最早的启蒙老师。最近几年，我在网上听专业课，武汉大学的网上专业课程，使我有莫名的亲切感。去年春季，我曾系统听过新闻与传播学院的《新闻采访学》课程。

券拱门高大，百步梯悠长。沿着樱花大道漫步，依山就势而建的老斋舍映入眼帘。琉璃碧瓦、灰白墙体，朱红窗棂，散发着迷人的文化韵味，给人以古朴典雅的美感。拾级而上，仿佛穿越悠远历史。年少时照片上的"遇见"，如今真实地展现眼前。身临其境，令人感慨万千。

登临山顶。斜阳的光辉给"工"字形老图书馆的琉璃碧瓦，镀上了一层柔和的橘红色。这座绿树怀抱中的图书馆清雅壮观，同老斋舍浑然一体，共同构成校园建筑这个凝固的交响曲中最精彩动人的乐章。

"登斯山也，无车马之喧，有奇瑰之景……凭阑极目，远山含碧，近树扶疏……"在汉林广场一侧，我曾仔细赏读一块纪念碑石，镌刻的《珞珈赋》。凭栏远眺，校园郁郁葱葱的景致尽收眼底，诗赋中文字传达的意境如此真切！"风霜雨雪途，弦歌不辍；困苦忧患时，奋发图强……"这篇文采飞扬的《珞珈赋》展现了大学在风雨忧患中的文化坚守和精神风骨。

百年名校，从来大师云集；英才辈出，皆为珞珈荣光。

薄暮时分，优雅庄严的山顶平台，依然游人如织。许多游客背着厚重的旅行包，漫步，拍照，凝望，阅览魅力校园的无限风光。也许他们刚到武汉，也许他们很快就要离开这座城市，但珞珈山，始终是他们的情感的牵系！

五

如果说，作为武汉城市地标，耸立蛇山之巅，琉璃金黄层檐翘角的黄鹤楼，与凌空飞架的长江大桥一起，共同描绘一幅恢宏壮丽的画卷；那么，浩渺明澈景致极佳之东湖，则犹如一块天然精美的碧玉，赋予这座城市以灵秀清雅的非凡气质。

晨光柔和，安静地洒在浩瀚无际的碧波上。东湖，湖水清澈照影，波纹轻盈荡漾。珞珈山、磨山，舒缓起伏叠翠，山水相依相映。

水上绿道沿湖岸曲折延伸，栽植垂柳、法桐、水杉、香樟等树种，织就喜人的浓荫，倒映湖中，珊珊可爱。蜿蜒绿道恰如一条绵长精致的绿项链，装饰东湖颈上、胸前，为湖面增秀添色。漫步绿道，金色的光线在枝叶间跳跃，在湖面上闪烁，阵阵清风拂过脸颊，使人格外舒爽愉悦！

行吟阁，长天楼，濒湖画廊，鲁迅广场……历史文化景观，点缀湖畔，使东湖浸润着厚重的历史文化气息。

最美碧潭观鱼景点，凉亭、榭台，饰以琉璃绿瓦，呈"品"字形布局；迂回曲桥左右对称，与之相连，护栏上一面面五星红旗迎风招展。水域波平如镜，亭榭倒影可人，锦鲤畅游无碍。这组南方特有的古典园林建筑，别具清雅之韵，尽显灵秀之美。东湖最靓佳境，使人流连忘返！

午后，我们乘地铁过江，准备到汉口江滩游览。出地铁站，沿芦沟桥路东行。

"今天，今天叫醒你的是，梦想还是闹钟？"

十字路口有一家咖啡馆，二层是明净的玻璃长窗，一层景观墙绘有一枚枚缀着露珠的浓绿叶片，以画作底，三行白色艺术字格外醒目。与洁净道旁法桐的绿荫相映衬，给人以静雅之感。

这方小小的景观墙上的文字，诙谐风趣而又蕴含深意，折射出这座城市的烟火气息与时尚律动。驻足凝望，我清晰地感知到了这座城市的青春的、清新的可爱模样，感知到了她的进取、明朗、有蓬勃朝气、有生机活力的精神品格与内在气质。

今天叫醒你、我、他（她）的，是闹钟，更是梦想。心怀梦想的我们，黎明即起，与旭日同步伐，以充沛的精力，用积极的态度，开心，用心，度过每一天的时光，期待心中梦想像春花一样绚烂绽放。

每座城市，都有迥然不同的文化品格，有个性鲜明的文化书写。标语，如旗帜，指引方向；如灯光，烛照前路。在行走的旅程中，在路过的风景里，在不经意间，给行色匆匆的行人以温暖的启迪，温润的关怀，在心海中，激起一个情感涟漪，一个思想火花。

收拢思绪，沿路继续东行，便是汉口江滩，视野陡然广阔。

走上安装有橙红色护栏的观景步道，向江边漫游。

芦苇青绿，沿宽阔江面延伸，宛如精心修饰的绿绸缎，随着江风舞动；刷刷作响，同奔流的江水应和、絮语。

长江二桥明快清朗，飞架南北；两岸楼宇林立，云朵悠然，映衬着蔚蓝长空。

一幅精心构图敷色的图画，映入眼中。我心境开阔，舒展。

傍晚时分，我们沿芦沟桥路西行返程。不经意间，我看到了八路军武汉办事处的路标。

孩子今天走得太累了，我说："你们先到地铁站内休息，我到这个旧址看一看，二十分钟左右，我返回地铁站找你们。"

同妻子、孩子分开后，我开了手机导航，很快找到了长春街57号的"八路军武汉办事处旧址"。这个时候，纪念馆早已闭馆。门口台阶上有几位学生坐着休息。油绿的爬山虎覆盖着整幢大楼，每层的玻璃窗如同发亮的眼睛。门口右侧悬挂一块浅蓝色作底、白色繁体楷书的竖牌："国民革命军第八路军武汉办事处"。

"……1937年10月由董必武筹备建立。1938年10月，武汉沦陷后，该办事机构撤离。"我伫立凝望旧址简介，思绪长久难以平复。

六

我准备返回地铁站时，妻子打来电话，说她找到附近一家手机维修店，换手机屏的费用并不贵，同回家维修差不多。昨天上午登黄鹤楼游客拥挤，妻子不慎将手机滑落到楼梯台阶上，摔碎了显示屏。

当我来到京汉大道上这家手机快修店时，暮色已经完全合拢。

千米手机快修连锁，店面并不大。灯光柔和、温暖。

一位中等身材、脸型微胖、眉目秀气的、约二十多岁的年轻人，在玻璃柜台内起身向我打招呼，并微笑着请我坐下。柜台内另一位戴眼镜的年轻人，正在专注地拆卸手机碎屏，也转身向我问好，之后，又回转身低头维修。

"维修大概需要一个多小时，你们若觉得无聊，可以去汉口江滩看灯光秀。"脸型微胖的年轻人友好地说。

"我们刚从江滩过来，太累了，就不去了。"我赶忙说。

"白天不如晚上。江滩灯光秀，夜景很美的。"年轻人遗憾地说。

我的孩子正坐在柜台外的椅子上，低头玩手机游戏。

"我看他戴副眼镜，长时间低头看手机对眼睛不大好"年轻人温和地说，"柜台外有一个台式电脑，让孩子坐得远点，在那上面玩游戏吧！"

孩子听从了年轻人的建议，赶忙致谢。

年轻人对我说，老家是孝感的，在武汉读的书，到这家连锁店工作两年多了。

"我姐 1982 年来武汉上大学。我们没有来过武汉,这次专程来看看。"我说。

"武汉不像其他城市有市中心,武汉没有市中心的"聊起武汉,年轻人说,"要说市中心,被长江和汉江分隔开的武昌、汉口、汉阳各有各的市中心!"

"我们还没有来得及去汉阳,明天下午就要走了!"我说。

"你们明天就要走啦?那太遗憾了!"当听说我们就要回河南时,年轻人诚恳地建议,"汉阳晴川阁、古琴台、归元禅寺,都是非常不错的景点,可以找时间再来武汉看看!"

"一定会再来武汉的!"我坚定地说。

过了一段时间,手机屏幕换好了,并贴了屏保膜。

"收据不用开的!"微信付账后,我说。

"还是开一张吧!"在柜台上,年轻人认真填写了一张浅红色收据,递给了我。

一张收据,一段纪念。

"差点忘记了!"这位脸型微胖的年轻人拉开柜台抽屉,拿出一包绿箭薄荷口香糖,递给了我的孩子。

临别时,他和戴眼镜的年轻人一起送我们一家出店,面带微笑,挥手再见。

平凡小事上,言谈举止间,见出年轻人精神的光华,坦诚友善的光华。

一盏盏街灯,发散橙黄光芒,映照着来往的人流、车辆。沿街楼宇比肩,霓虹光色变幻,身影华丽。高架桥上,轻轨列车闪着光亮,疾驰而过。

武汉,温暖律动,灯火照亮心间。

七

翌日清晨，我们收拾好行李后，到服务台办理退房手续。那位热心的让我们在沙发上休息的大姐，知道我们要走时，微笑着叮嘱我们再检查一下房间，看是否落下了什么重要的物品。

同那位大姐告别后，我们乘坐出租车到长江大桥，匆匆游览了大桥，穿过繁华的户部巷，慕名来到毛泽东同志旧居。

这座青砖黛瓦的长方院落，曾是撰写《湖南农民运动考察报告》的地方。

"我们是从困难中生长与壮大起来的，我们能克服一切困难的。"毛泽民同志也曾在此居住过，陈列室墙上，一张红色边框白底图片，使我印象深刻。

这段朴实平凡的文字，彰显出革命者坚定的信念、不屈的意志与无畏的力量，具有穿越时空的恒久价值。

出租车司机师傅开朗热情，与我年龄相仿。上午 11 点，我们按照他规划的路线，从武昌江滩码头乘坐轮渡过江。

天空阴云浓重，下起了急雨。江水湍急奔流。江风拂过，吹面不寒，反而有一种舒爽清凉的感觉。雨中过江，别有一番意趣。

当我们过江来到江汉关大楼时，雨势逐渐减小，化为绵绵细雨飘落。

江汉关大楼这座欧式风格的建筑，线条挺直流畅，棱角精致清晰，温润细雨中，难掩庄重典雅的气韵风度！

"江汉关"三个繁体大字，俊秀，古朴，劲健，镶嵌在正面主楼顶端。

主楼四层，廊柱环绕装饰；钟楼高耸，钟面嵌于四壁。钟楼顶置瞭望台，最顶端的五星红旗，正在迎着江风细雨飘扬！

细雨不减游人兴致。许多游客纷纷拿起相机、手机，拍照留念。几对新人，站在大楼前，正在专注地拍摄婚纱照。眉目之间，溢满了幸福的神情！

随着排队等候的人流，我们走进大楼博物馆，仔细阅览一件件实物，一张张图片：从列强入侵汉口开埠，到晚晴开明派实施洋务新政；从辛亥武昌首义，到中国共产党领导革命运动；从武汉三镇迎来解放，再到改革开放后，武汉城市面貌日新月异，迈上了跨越式发展的现代化通途……

武汉城市现代化艰难曲折的百年历史，脉络明晰，了然于心。

八

雨后新晴，碧空云朵游移。高铁列车缓缓驶出站台，在高架桥上行驶，行驶在林立的楼宇间。

列车行驶到天兴洲长江大桥，斜阳的光辉烘染天际，霞光绚烂；浩荡奔流的江面，葱绿狭长的沙洲，涂抹上了一层橘红色光芒。

透过车窗，眼前的景致悦目，脑海里闪现的却是恢宏的黄鹤楼，典雅的江汉关大楼，依山傍湖、花木簇拥的珞珈校园，还有浩渺轻漾、仪态娴静优雅的东湖……

列车疾驰在夕照下的原野上，城市渐行渐远；然而，烟火武汉，我所遇见的坦诚、友善与热情的平凡市民，在我心中却愈加清晰，给我温暖，照亮我的路途……

刊于《奔流》2020 年 9 期

创作后记：

我的大姐于 1982 年到 1986 年在武汉大学计算机系就读。年

少的我与武汉这座城市也建立了情感的联系。去武汉旅行的打
算，一直记挂我的心间。2019年国庆假期，我和家人终于成行，
第一次来到武汉。武汉，俊秀壮美的风景与友善热情的市民，给
我留下了深刻美好的记忆。

怎么也想不到，我离开武汉返乡仅两个月，这座城市就发生
了新型冠状病毒肺炎疫情。

2020年3月初，我在电视上看到了一个节目，讲述在武汉一
家医院，一位年轻的上海复旦大学附属中山医院援鄂医疗队医生
护送一位患新冠肺炎的老人，出病房做检查的途中，停了下来，
让躺在病床上的老人欣赏落日的真实感人的故事，场景温馨、
感人。

与此同时，上海中山医院挂起了巨幅海报，画面中，医生
与病人，两个身影，共同手指落日，共沐夕辉；图上配有文字：
"人间值得，我们一起拼搏！"

海报，明晰地传达出了这样的信念与希望，只要我们携手并
肩，共克时艰，一定能够尽快迎来战胜疫情的曙光。

我深受感动，写下了一首短诗《陪你看落日》。

陪你看落日
一起看这橘黄辉光漫天
近树，风轻；天边，云淡
共享这个美好时刻
祥和，温暖
你我手指斜阳的身影
定格成一幅永恒的画面
陪你走过长夜漫漫
陪你走出寒冬艰难
你久病的面容，露出笑脸

人间值得，我们一起拼搏
用生命守护生命
这是最美逆行者的誓言
勇毅坚定的誓言
分别时刻，《沉思》响起
悠扬，婉转
老人，演奏小提琴曲
表达感念，一切静安
从春之夕照，到秋之晨阳
每个日子，生命之琴回响依然
纵然远隔江湖山峦，你我始终挂牵
期待重逢。看你，笑语欢颜

在武汉旅行的一幕幕记忆，奔涌而来。2020 年 5 月，我写出了散文《江城初见》，刊发于《奔流》2020 年 9 期。谨此纪念。

津门册页

海河岸风光

七月的天津，临近午夜，暑热早已消散。

汽车疾驰在海河岸边的宽阔洁净的道路上。打开车窗，吹拂脸庞的河风，是湿润的，清凉的。两岸楼宇灯光、桥梁灯光和街灯映照下的海河，使之成为流动耀眼的彩河，宛如一条精致璀璨的项链，装饰在城市的颈项上。被绚丽霓虹照亮的摩天巨轮"天津之眼"横跨河岸，它是城市颈间项链上的七彩钻石，使这座城市的仪容愈加优雅清秀，超凡脱俗。

我和妻子、孩子乘坐高铁抵达天津，看到了海河的姿容。

翌日，当我们从滨海新区返回市区，走近古文化街"沽上艺苑"牌坊时，已是下午四点钟。

古文化街曲折幽深，清式建筑高低错落。店铺清水砖墙，朱红立柱；门楣窗棂镂刻精细，彩绘绚烂富丽。屋顶翼角欲飞，匾额楹联古雅；沿街宫灯华美，旗幡迎风招展。杨柳青年画，泥人张彩塑，天津风筝，古玩字画……令人目不暇接，魅力独具，空气中弥漫着隽秀馥郁的文化气息。漫步长街，感知触摸古城天津的悠远历史。

古街中心，"勅建天后宫"蓝底金字，映入眼帘。仔细阅读简介，我了解到，以天后宫为中心的古文化街，是天津最早的居民聚落点，是天津城市形成和发展的摇篮。遗憾的是，此时，天后宫已经闭馆了。

斜阳的橙红色光芒照射在"津门故里"牌坊的青绿琉璃瓦上，熠熠生辉。"文明是南开最好的名片，和谐是南开最美的风景"，回首凝望，牌坊朱红立柱间悬挂的红底金字横幅，使人心底涌起温润的暖意。这座城市于我，蓦然间，有了别样的亲切感。

走出古文化街，东面不远处，便是海河。海河上的天空高远，蔚蓝，清朗。流淌的河水，深蓝，蓝得纯粹、诱人。水质清澈，光波耀眼。金汤桥巍然屹立，与对岸红顶欧式建筑、现代摩天楼宇一起，构成一幅景致绝佳的海河风光图。

站在金汤桥眺望，风景赏心悦目，脑海中闪现的是解放天津胜利会师金汤桥的恢宏激昂的电影画面：东西对进的万千解放军战士如潮水般奔涌着，涌向横跨海河的铁桥，涌向冰封的河面，挥手，拥抱，跳跃，喜极而泣；钢架桥顶，许多战士奋力挥动红旗，旗帜猎猎迎风飘扬；欢呼声、呐喊声，响彻拂晓的天际。自此，这座英雄的城市获得新生。

天津的灵秀处在海河，她赋予这座城市以壮丽清雅的风姿；天津的厚重处在海河，她是一条历史的长河，从沧桑历史的深处走来，铸就了这座城市中西合璧、古今兼容的独特风貌，并引领着这座城市的绚烂未来。

走过对岸，沿海河边的青石板路行进。七月的暑热，被河风吹散了。河风，透凉，清爽。夕照的光辉映红河面，碎金般的波光闪烁，哗哗畅流。薄暮蔓延海河两岸。进步桥，洁白的钢架，线条明快优美，像一列飞驰的高铁列车。

　　"世上有朵美丽的花，那是青春吐芳华；铮铮硬骨绽花开，滴滴鲜血染红它……"悠扬婉转的歌声传入耳畔。我沿河岸步道，加快步伐，来到桥下。一位清俊的中年男子，手拿麦克风，正在用心歌唱；旁边一位年龄相仿的同伴，专注地用红色的手风琴伴奏。精彩的表演引来许多市民和游客的阵阵掌声。

　　"绒花，绒花……一路芬芳满山崖。"歌声贴着暮色中的河面，潺潺流水相送，飘向城市的远方。

　　沿河边步道拾级而上，走到北安桥头。左前方，是一座高大的欧式钟楼。恰逢薄暮时分，西面的天际线，仍有晚霞的红光装点。暮色尚未四合，华灯已经点亮。红色的尖顶，每层的长窗，被柔和的橙红色光线照耀，钟楼格外宏伟炫目。

　　过了钟楼，沿胜利路北行，便来到意式风情街。漫步自由道，触目是一幢幢风格迥异的欧式建筑，商铺轮廓灯光、每层玻璃窗、门内透出的灯光，以及门牌的霓虹灯光，织就无数条柔和的彩线，炫人眼目。长街是斑斓、璀璨的，吸引着天南地北的游客。

　　不同风格的餐厅、酒吧里飘来的歌声，声线迥异，此起彼伏，飘荡在整个风情街的每一个角落，弥漫着浓郁的艺术气息。

　　随意在有着异域风情的餐厅、酒吧里落座，或是就在街边店前搭有各色顶棚的桌前落座，在人声喧嚷间，仔细聆听曼妙的音乐，那是怎样的惬意、随性与安闲。

　　古文化街是纯正古雅的中国风韵、天津味道，虽说沿着海河仅走了近两公里的路程，但却仿佛跨越千里万里，不经意间，拥有了时空的穿越感，仿佛置身于欧洲的乡村小镇，异域风情入眼入心。

　　蓦然间，我听到一支歌，旋律优美、婉转；声线清澈，纯净。循着歌声，我信步来到一个酒吧前。在五彩霓虹光线的映照下，一位姑娘，一袭白色长裙，素雅，庄重，正在专注深情地演唱："多少人曾爱你青春欢畅的时辰，爱慕你的美丽，假意或真心；只有一个人还爱你虔诚的灵魂，爱你苍老的脸上的皱纹……"

歌声，空灵、悦耳、感人。此刻，就在这一方角落，没有喧嚷纷扰，唯有安静平和，唯有静静地聆听。对于这位姑娘，这一方角落，便是华美的舞台。许多游客拿起手机，认真地录下了姑娘的演唱，录下了一段美好的记忆。

歌声，清亮的，梦幻的，跟随海河的风，飘向城市的远方。

夜访梁启超故居

准备返程了。我打开手机，在高德地图上查找返回宾馆的路线，惊喜地发现梁启超纪念馆就在附近。妻子、孩子在自由道休息，等待我返回。我开了手机导航，加快脚步，大约走了五百多米，便来到民族路一侧的梁启超纪念馆。

月光皎洁，银亮的清辉洒向大地。民族路的街灯，发散着橙黄色光芒。四围幽静，行人步履匆匆。一位女学生背着行李包，正在透过镂空的铁门向纪念馆里凝视，并用手机拍照。

我也来到镂空的铁门前，向纪念馆里凝视，清晰地看到，院落中央，竖立着一尊梁启超铜像，栩栩如生，风骨凛然；左右两侧，"饮冰室"书斋、故居，两栋意式建筑风格的两层洋楼，典雅，精致。

海河岸边这方清幽秀雅的院落，是梁启超晚年著书立说之所。海河的历史文化的风吹过来了，唤醒了我读梁启超的久远记忆。

年少时，阅读《少年中国说》，深为其炽热的爱国激情、明朗昂扬的风格、倾泻奔流的气势所感染，所共鸣！少年人常思将来，惟思将来，故生希望心；惟有希望心，故进取；惟进取，故日新，故能造世界。面对舍幽郁之外无心事、舍叹息之外无音声、舍待死之外无事业的老大帝国，梁启超寄希望于少年，寄希望于少年能担当今日之责任，造就如此壮丽浓郁翩翩绝世之少年中国的美好未来。"居今日之中国……非有绝大之气魄，绝大之胆量，何能于此四面楚歌中，打开一条血路，以导我国民于新世界者乎……人之能有自信力者，必其气象阔大，其胆识雄远，既注定一目的地，则必求贯达之而后已。"《十种德性相反相成义》中关于自信心的激昂论述，是何等的振奋人心。

唯有"饮冰"方解"内热"，然而，十年饮冰，难凉热血。梁启超，以启蒙民智、塑造新民为毕生的责任与担当，尽管历尽挫折磨难，但始终执着地追求，通过自己的办报、教育和学术实践，给予读者精神的激励，生活的希望，与进取的信心。梁启超沉着的自信，与他的境界胸襟、豪情斗志，与他的炽热的爱国激情同在。"四百余州，河山重重，四亿万人，泱泱大风，任我飞跃，海阔天空。美哉前途，郁郁葱葱，谁为人豪？谁为国雄？我国民其有希望乎，其各立于所欲立之地，又安能郁郁以终也！"我想到了这段犹如悬崖飞瀑、奔腾而下的极具感召力的文字。我国民之日月方长，心愿正大，惟怀久远之希望，皆不肯苟安于现在之地位，其心中目中，别有第二之世界；其心中目中，必有荼锦烂漫之生涯，必萃精神以谋之，竭全力以赴之，以乘风扬帆，破万里浪，横绝五洲为归宿。阅读梁启超的《说希望》，不禁令人心中升起希望之火，满怀信心，振起精神，奔赴向前。

梁启超曾说："艺术家要修养自己的情感，极力养足那一团纯挚、高洁、优美的情感，再用美妙的技术把他表现出来，这才不辱没了艺术的价值。"他提出的艺术观，他的一生也是认真躬身践行的。梁启超在学术著作《中国韵文里头所表现的情感》中，对清初历史剧《桃花扇》的评析，令我印象深刻，非常感动。《哭主》："宫车出，庙社倾，破碎中原费整。……到今日山残水剩，对大江月明浪明，满楼头呼声哭声。这恨怎平，有皇天作证。……"《沉江》："叫天呼地千百遍，归无路，进又难前。……累死英雄，到此日看江山换主，无可留恋。……尽归别姓，雨翻云变。寒涛东卷，万事付空烟……"《馀韵》："村郭萧条，城对着夕阳道。……残山梦最真，旧境丢难掉，不信这舆图换稿。诌一套《哀江南》，放悲声唱到老。"

梁启超说，自己小时候读这几段曲本唱词，不知淌了多少眼泪；自己对于清朝的革命思想，也有一部分受到这类文学的影响。唱词一毫不隐瞒，一毫不修饰，照那情感的原样子，迸裂到字句上，一个个字，都带着鲜红的血呕出来。这类文学，真是和那作者的生命分劈不开，至少也是当作者作出这几句话那一秒钟的时候，语句和生命是迸合为一。这些沉痛的情感，带血带泪，尽情倾吐，"悲歌当哭"，都是作者心坎中原来有的，所以写得能够如此动人。我想，一个人的内心唯有充盈纯挚的情感，笔下才能流淌出纯挚的文字。这样纯真挚情的评析文字，极具感染力，宛如斧凿刀刻般，深深刻印在了我的心里。

前几年，我曾在《中国哲学史》教材"近代中国哲学的发展"一章中看到这样一段充满哲学思辨的话："创造的动机，总是因为对于现在的环境不满意或不安心，想另外开拓出一种新环境来。……创造者总是以他所处的现境为立脚点，前走一步或两步。换一句话说，是在不圆满的宇宙中间，一寸两寸地向圆满理想路上挪去。"我设法找来并阅读了《什么是文化》这篇原文，这是1922年梁启超为南京金陵大学、第一中学师生的演讲稿。如果仔细留心，在多篇文章中，梁启超都对这个问题进行了深入地阐释。在《东南大学课毕告别辞》中，梁启超说："宇宙是不圆满的，正在创造之中，待人类去努力，所以天天流动不息，常为缺陷，常为未济。"在《为学与做人》中，他说："我们所做的事，不过在宇宙进化几万万里的长途中，往前挪一寸两寸，哪里配说成功呢？然则不做怎么样呢？不做便连这一寸两寸都不往前挪，那可真失败了。"

梁启超，在时代的风雨中，始终是冷静清醒、睿智坚韧的。宇宙和人生是永远不会圆满的，在这永远不圆满的宇宙中，可以容得我们永远创造进化。"凡人一生之运命，惟不断之奋斗为能开拓之。"他启迪人们，唯以自强不息一语，为运命之中坚，不忧患目前之得失，不计较当下之成败，摒除依赖心与侥幸心，振其惰气，以就奋斗之途；只要尽己责任，付出辛劳，全力创造，即使向圆满理想的路上，仅仅前挪一寸两寸，前走一步两步，也胜于终身不走，也是无憾无悔的人生。

梁启超的文字，条理明晰，笔锋常带炽热纯挚的感情，对于我，别有一种魔力。

尽管我对梁启超的阅读了解是极其有限、零碎与肤浅的，但我依然能够从他的作品中，清晰地感知到他追求的执着、情感的纯挚和思想的冷静，并获得激励、感动与启迪。

"每当我找不到存在的意义，每当我迷失在黑夜里，夜空中最亮的星，请照亮我前行……"一对年轻的情侣从我身旁走过，留下一阵清朗明快的歌声。我从静默的沉思中回到眼前的现实，望着橙黄色街灯下渐渐远去的年轻的背影，心中涌动着舒展畅爽的感觉。是的，梁启超，这位思想文化启蒙大家，这位具有执着、纯挚、冷静品格的不朽灵魂，犹如夜空中的耀眼星光，照彻心灵，指引我前行，与希望结伴前行。

夜空下的海河，流光激滟。我们走在灯火璀璨、气质优雅的海河岸。

海河的风吹过来了，清爽的，凉润的；海河的历史文化的风吹过来了，清新的，诗意的。仔细体味，如此令人沉醉。

五大道景观

翌日，明澈晨光中，五大道，通透，清幽，静雅。

道路，绿树万千枝叶簇拥，洁净路面光影斑驳。

民园广场，高耸的拱门，幽深的回廊，青碧的草坪，气势典雅恢宏，令人惊叹。

在游客服务中心，我们找来了导游。一位中年男子，面容清俊。一副黑框眼镜，一个热情友善的笑容。

"我是天津本地人。找我做导游讲解，你们算找对人了。"

导游姓王，一口纯正的普通话，清朗，亲和。

沿街，绿植掩映间，风格迥异的欧式别墅，携手相连。红瓦坡顶，琉缸砖清水墙面，引人注目。门楣，长窗，阳台，立柱，精巧装饰，建筑肌理细腻，而又不失简洁疏朗的韵致。凝固的音乐，拨动心弦。

导游一路走，一路讲。北疆博物院旧址、顾维钧旧居、许氏旧居、孙殿英旧居、和平宾馆……一路走来，走在万国建筑的艺术长廊，体悟近代天津历史的风雨沧桑。

来到清幽的大理道，和平宾馆比邻的孙氏旧居。

"安徽寿州孙氏，是清末民初新兴的家族实业集团。这座宅院由孙氏后人孙震方建于1931年。"我们一家人仔细聆听着导游的讲解，"20世纪50年代初，毛泽东主席、周恩来总理视察天津时，曾在此居住。之后，改名'润园'。"

红瓦坡顶，外墙呈乳白色。"润园"，浅黄色繁体字，镶嵌在门楣正上方。长方内嵌的浅绿色大门紧闭。

"非常遗憾，现在润园不对外开放。"导游微笑着说。

不能进润园参观令我们惋惜。

游目四望。园内白杨葱茏，枝叶伸展，越过墙体，已与人行道上的海棠树枝叶相拥。墙内常春藤，繁茂生长，也已蔓过墙体，垂落一米左右。乳白色外墙，望不到尽头；自然垂落的常春藤，也望不到尽头。墙面有常春藤装饰，不再单调，满眼的素净，清雅。

道路斜对面，一栋小洋楼，临街外墙完全被蔷薇繁花覆盖，叶片色泽富有层次，浅绿，黄绿，青绿，墨绿；花朵细碎缤纷，枣红，粉红，淡紫，金黄，雪白，一簇一片，华丽，惊艳。

"我给你们一家人，拍几张照片吧。来天津了，留个纪念。"导游笑容可掬，和善地问道。

我的孩子本来不喜欢照相，但这次听从了导游的建议。

"小朋友，是在润园门口拍照，还是在路对面花墙旁边拍照呀？"

"就在润园这里吧。"孩子答道。

导游接过我的手机，给我们一家人拍了几张照片。照片背景，有在润园门口的，也有在润园那面装饰着常春藤的素净淡雅的围墙的。

南开印象

离开天津前，临近中午，我们来到南开大学。

从南门进了校园，周恩来总理塑像映入眼帘。

前方右侧，青青草坪。竖立一块浅褐色石块，镌刻的殷红色诗行，分外醒目。

"大江歌罢掉头东，邃密群科济世穷。面壁十年图破壁，难酬蹈海亦英雄。"我想，这大概是周总理意气风发的青年时期的俊秀手迹。

洁白身影，伟岸，挺拔。微笑面容，可亲，可敬。一代伟人，仰之弥高。塑像基座，深灰色泽，镌刻着伟人从心底流淌而出的挚情话语：我是爱南开的。

塑像背后，便是教学楼主楼，以高耸的塔楼为中轴，左右对称，线条明快典雅，气势雄伟宏阔。

校园道路整洁，白杨修长枝叶遮蔽。虽是炎夏，浓荫清凉。

学校即将迎来百年校庆。路灯灯杆中央，悬挂着左右对称的长方标语，底色绿蓝相融，"幸福都是奋斗出来的"，朴素的标语，蕴含深意，时代新风拂面，激励阳光青年勇毅前行，奋发有为向未来。

是的，唯有耕耘、劳作与奋斗，才能够收获果实、快乐与幸福；唯有奋斗的人生才是幸福的人生，才是有意义、有价值、无悔的幸福人生。

几位学生，骑着单车，快速前行，心情舒展，留下一串笑语欢声。像风一样自由。

现在正值暑假，学生们大概是留校复习考研，或是在天津参加社会实践活动吧？

沿着林荫路漫步，走过一座白色的桥，我找到了文学院。

教学楼，墙体，棕红；廊柱，门窗，顶檐，洁白。

楼前，竖立一块浅棕色长方石，石面镌刻：天行健，君子以自强不息。

走进一楼大厅，开阔，洁净，清朗。正前方，一块粉红展板，张贴着南开大学文学院2019届优秀毕业生的照片。一张张笑脸，溢满青春的朝气。

置身寂静、厚重的文化氛围，我想到了南开大学文学院学贯中西的大家——叶嘉莹先生。走进校园南门时，西侧有一块彩绘展板，我发现"南开大学爱国主义教育基地导览地图"上，标注有"迦陵学舍"的位置。

前几年，我在网上听过叶嘉莹先生"唐宋词"的专题讲座。先生的睿智、平和、博学，令人景仰。

在一次电视访谈节目中，叶嘉莹先生说："有人问我，在中国古典文学这么多诗人词人里边，你最愿意跟谁做朋友？"

先生说："是辛弃疾。虽然他一生也不得意，但是这个人很有办法，生活上很能安排，很有情趣的。"

先生在讲座中说："使辛弃疾这位豪放词人能够达到词里边最高成就的，正是由于他达到了词的艺术要求，有一种委婉曲折、含蓄蕴藉之美。"

叶嘉莹先生对辛弃疾名作《水龙吟·过南剑双溪楼》的解读，令我印象深刻。

"倚天万里须长剑""待燃犀下看""元龙老矣"，先生学识渊博，对三国和晋朝的历史典故进行了深入解析，引我倾听。

先生讲道："词人渴望拥有万里长的宝剑，把西北浮云扫除，把北方的国土收复，这就是'倚天万里须长剑''千古兴亡，百年悲笑，一时登览。'千古兴亡的感慨，百年悲笑的平生，就在此刻，在我登上双溪楼的时候，都涌上心头了。"

词人尽管内心悲慨，沉重，郁结，但壮志难消，剑气长存，忠义奋发收复失地的宏愿犹在。

然而，"问何人又卸，片帆沙岸，系斜阳缆？"

先生讲道："结句可能是词人眼前的实际景物，但更多的是象征与比喻。南宋初年还有一些人提出'主战''反攻'，现在连这样的人都没有了，把前进的船帆卸了下来，在斜阳之中，沙岸边，把船缆系上，船再也不走了。'斜阳'代表了南宋朝廷的衰败和没落。"

词作笔致深婉，充满画意，内蕴含蓄。

我沉浸在聆听叶嘉莹先生解读辛词的回忆之中。

走出文学院，沿曲折河岸北行。河水清澈，宛若白练。沿河楼宇、绿树、繁花，映入水面，珊珊可爱。

我来到了国立西南联合大学纪念碑参观。碑座呈圆拱形，碑身嵌在其中。几位游客正在认真辨别碑文。我也走近仔细看。

"联合大学以其兼容并包之精神，转移社会一时之风气，内树学术自由之规模，外获民主堡垒之称号……铭曰：……神京复，还燕碣，以此石，象坚节，纪嘉庆，告来哲。"一位游客念出了繁体楷书碑文。碑文讲述了联大建校始末的峥嵘岁月以及悲壮光辉的历史意义，爱国热情浓烈，洋溢在字里行间。

纪念碑树起的精神高度，犹如灯塔闪耀，照亮南开学子们的漫漫征途。

纪念碑北侧，就是著名的大中路。

临近正午的光线白亮，有几分炎热。然而，大中路，两侧白杨参天，繁茂枝叶交错，织就喜人的浓荫。

路面，清洁笔直。光影，斑驳摇曳。学生，游客，或在悠闲漫步，或坐在路边长椅上休憩。斑驳摇曳光影，印在人们身上，脸上。入眼唯美。

在浓荫下的大中路，时光变慢了，人们享受着一分清爽、惬意、闲适的慢时光。

我用手机拍下了大中路的风光照片。

这张白杨修长葱翠、道路洁净优雅的校园图，令人赏心悦目，两年来我一直将它作为我微信的头像，时时唤起我的南开旅行记忆。

河水清澈，宛若白练。沿河楼宇，绿树，繁花，映入水面，珊珊可爱。

走过白色的桥，来到一座学生餐厅。

一楼排队就餐的学生多。我和妻子、孩子，上到二楼，学生依然不少。

我排队买饭。大约过了十分钟，轮到了我。

我准备付钱。服务员是一位中年男士，身着洁净的白色工作服。

他笑着说："对不起，我们不收现金的。"

"那我扫微信吧。"

"那也不行。我们只刷饭卡。"

"那学生家长到学校怎么就餐呀？"

"学生家长，刷学生的饭卡呀。"

我有些不知所措。

"这样，你可以找学生帮忙刷饭卡，然后你通过微信，再把钱转给学生。"

"用我的饭卡刷吧！"

服务员同志话音刚落，排在我身后的一位女学生赶忙说。

随即，她把饭卡递给了我。

"谢谢你。"

"不客气的。"

这位热心的女学生，身着浅蓝色运动装，齐耳短发，眼眸明澈，端庄沉静。

一件普通而又暖心的小事，连同校园清雅的自然风光、浓郁的文化氛围，在我的心里刻下印痕，始终无法忘却。

行走在浙江锦绣土地

初冬，乡村掠影

初冬的安吉县潴口溪村，葱茏山峦怀抱，长空湛蓝，蓝得高远深邃。

我们走在洁净的村道上，过圆形拱桥——望月桥，走紧贴水面的曲折步道，仿佛置身水的世界。湖面广阔，也呈蓝色，蓝得纯净清冷，入眼有一种冷蓝的感觉。这种冷蓝色调，不是静止的，微风掠过，层层波纹荡漾，又给人以律动的生机。

院落青砖铺地，黛瓦粉墙，黄木门窗。"潴口溪文化礼堂"，门楣正上方悬挂，行楷字体，呈鲜红色，庄重醒目。黄木方桌、长条凳，整齐有序。我们一行人安静落座，看潴口溪村美丽乡村建设专题片，听一位儒雅沉稳的村委负责人讲述平凡党员群众倾心奉献、建设家园的先进事迹，一种敬意与感动充盈心间。

走进余村，首先映入眼帘的是迎风飘扬的五星红旗。旗杆修长，矗立在党群服务中心的正前方。艳红招展的旗，与纯净的蓝空相映，一幅清新的画图。

干净的村道，仿佛刚被一场透雨洗过，不染一丝尘埃。道旁银杏树挺秀，金黄叶片在风中翻飞，发出哗哗的清响。一株银杏，矗立在道路的中央，粗壮的树干，苍劲的枝条，缀系炫目的金黄，身影格外华丽。路面有黄色的椭圆曲线，合围银杏树的位置，提醒来往的车辆避让。路让树，成为一道景观；而不是树让路，移栽别处。这正反映出余村对保护生态、呵护家园理念的坚守，对"绿水青山就是金山银山"理念的坚守。

落日的红光里，我漫步村道，有灰白色的银杏亭，楹联"环村千嶂杏茂竹翠，进亭一聊海阔天空"，美景舒展襟怀；有棕红色的清风廊，楹联"肩正义止纷争缔盛世之太平，袖清风明赏罚浩乾坤之正气"，清风正气拂面；有鲜红色的圆形展板，标语"院有花香，室有书香，人有酿香，户有溢香"，香气充盈心间。这也许就是中国美丽乡村——余村群众精神风貌和文化品质的缩影吧。

翌日清晨，我们慕名来到诸暨市枫源村。两岸山色深绿，清澈溪水中流。石亭随意点缀，聚源亭，青褐古朴；枫源亭，灰白精巧。

农家院落整洁，几棵橘子树，青翠枝叶掩映中，缀系一枚枚橙黄果实，沉甸甸地透过钢构围栏，探出院外。丰收了，满目橙黄诱人。

党群服务中心，文化礼堂，建筑风格现代时尚，一派清新明快好颜色。展板上，墙面上，"多元化化解矛盾，全时空守护平安，零距离服务群众""退一步海阔天空，让三分心平气和"，"打开心灵，迎来阳光，享受快乐"……贴心暖心的标语醒目。乡村治理，溯本枫源。入眼入心、带有情感、带有温度的文字，让我感受到了百姓和顺、村庄和美、社会和谐的崭新气象，洞见了新时代"枫桥经验"的内在精神。

十里坪村古意盎然。太平桥双孔石拱桥，始建于清朝乾隆年间，历经数百年风雨洗礼，青石垒砌的桥墩，坚固依然。青石泛白，雨水冲刷留下了剥蚀的印痕，石缝间长出了一丛丛青草，色泽凝碧。河水油绿，水中游鱼、石子，清晰可辨。

临蜿蜒河水，古樟树群，每棵树径五米左右，高约十米，伟岸的身姿，令人惊叹。青褐色的树干，遒劲交错的枝条，茂盛葱绿的叶片，向周边蔓延。枝叶越过护栏，伸向河道上空，几乎要伸展到对岸，织就喜人的绿荫。古桥，古树，述说着村子沧桑厚重的悠远历史。

卓氏家庙，黛色瓦顶，暗红木构建筑。这里是村子务实、守信、崇学、向善的文化讲堂与精神家园，也是西路乱弹的演出场所和陈列展览馆。大厅内，典雅宫灯垂挂；正上方，楷书"宽厚堂"，红底金字。浅黄色长条木凳，行列整齐。四围粉白墙壁，张贴着西路乱弹的演出图片，演员服饰华美，场景精彩。西路乱弹这一古老戏曲，在这里一幕幕上演；优秀的越地传统文化，在这里薪火赓续。若有机会再来，我一定欣赏诸暨西路乱弹演出的视听文化盛宴。

初冬，晴空朗照。清美灵秀山水入眼，乡土文化新风拂面，一帧帧剪影，镌刻在我的记忆里、行走在浙江乡村锦绣土地的记忆里。

刊于《西部散文选刊》2022 年 2 期

飞翔的起点

初冬，绍兴鲁迅故里的风依然和暖，眼前满目葱茏。

清晨的阳光，明净，温润，安静地映照着鳞次栉比的粉墙黛瓦，平直的青石板路，翠色的树，狭长凝碧的河，精巧的石拱桥，轻捷行进的乌篷船，还有漫步寻访的游人身上……

从鲁迅祖居，到三味书屋；从鲁迅故居、百草园，到鲁迅纪念馆……在独具江南风情的历史街区，一路走来，寻觅少年鲁迅的成长轨迹，感受少年鲁迅当年的生活情境；鲁迅笔下的越地风物，鲁迅不朽作品建构的艺术图景，真实地呈现在我的眼前。

"三味书屋"匾额高悬，松鹿图古雅醒目；东北角，一张浅黄的两抽屉的硬木书桌，一把黑而发亮的椅子。一间陈列室，墙上悬挂的玻璃框内，三枚书签，精美小巧，中间竖写着：读书三到，心到、眼到、口到。这是鲁迅读书时制作的"三到"书签，他善于思考，注重方法，勤奋好学，时常得到塾师的称赞。年少的鲁迅，在勤奋与激励中成长，在这里奠定了自己学问的坚实基石。

百草园，菜畦规整，成方成片，碧绿依然；高大繁茂的皂荚树、桑树掩映其间，黛色的瓦檐装饰，泛灰的粉墙上，镌刻着鲁迅的手迹——《从百草园到三味书屋》，字体呈浅绿色，清秀，典雅。

百草园，虽然是江南一个普通的菜园，然而却是鲁迅童年的乐园，是他一生牵系、怀恋的自然之园；鲁迅笔下的百草园飞扬着诗情画意，寄予深挚的情愫。

走出圆形门，左侧，有一块斜立的青黑色方石。平整光滑的石面，镌刻着《好的故事》中的一段文字，梦幻的，优美的……

故乡的乌桕，新禾，野花，鸡，狗，丛树和枯树，茅屋，塔，伽蓝，农夫和村妇，村女，晒着的衣裳，和尚，蓑笠，天，云，竹……扎根在鲁迅的心田里，时常走入他的梦境中。鲁迅乘坐小船经过山阴道，两岸的风物、各样的人，在澄碧的小河中映出倒影。随着悦耳的桨声，船桨打过水面，层层荡漾；闪烁日光的倒影与水里的萍藻游鱼，也一同荡漾。

鲁迅《野草》的整体艺术风格是凝重冷峻的，这篇散文诗是一簇绚烂明丽的花束，令人惊艳。作者描绘的虽是梦境，但绝非虚幻的想象，而是对故乡绮丽明秀风光的真实描写，堪称新颖传神的艺术再现。作者身处北国的严冬，在昏沉的夜，展开一个美丽、幽雅、有趣的关于故乡的故事，寄托着作者对美好生活的憧憬，对光明理想的向往。

百草园，圆形门外，这块斜立的方石上镌刻的文字，我至今记忆犹新。时光匆匆流过，故乡之美，始终真实地铭刻在身处遥远异乡的鲁迅心中。我想，鲁迅故里自然人文之美的菁华，就艺术地呈现在这篇散文诗的如锦似绣、瑰丽多姿的文字里吧。

在鲁迅纪念馆这座现代气息浓郁而又不失素雅庄重的建筑里，一张张关于鲁迅生平事迹的图片、文字介绍，令我目不暇接。

"只要能培一朵花，就不妨做做会朽的腐草……"展厅内，一方墙，一张深棕色的长方形展板上，两行鲁迅的手迹，在灯光的辉映下，分外醒目。这段文字出自鲁迅《〈近代世界短篇小说集〉小引》里。

正下方的玻璃板内，从右至左，依次是鲁迅为《萧红作〈生死场〉序》《白莽作〈孩儿塔〉序》《叶紫作〈丰收〉序》的珍贵实物。白色方格稿纸，已经泛黄。序文，竖排行楷毛笔字，字体苍劲、工整，并有多处认真地涂改痕迹。

《生死场》，它会给在困境中探索出路的读者以坚强和挣扎的力气；《孩儿塔》，是东方的微光，是林中的响箭，是冬末的萌芽，是进军的第一步；《丰收》，在摧残中更加坚实，是对于压迫者的答复，文学是战斗的。

序文，热忱、深情而又锐利，文字力透纸背；今天读来依然激荡心灵，给予人昂扬的力量，激励人们去用心阅读年轻的、不屈灵魂的作品，激励人们如何更好地做人与生活。

玻璃板右下方，标注有："鲁迅一生曾为 49 位青年的 54 部作品写序作跋，此为其中的一部分。"

这是鲁迅甘作会朽的腐草，去全力培育文学的清俊花朵的真

实而生动的写照。鲁迅的深邃思想、战斗精神和奉献品格，令人
景仰与感动。

一块红底白字的展板上，毛泽东主席七绝《纪念鲁迅八十寿
辰》，引人驻足。

剑南歌，风骨凛然；秋风吟，挚情悲壮。诗作深刻揭示了鲁
迅赖以植根成长的"鉴湖""越台"这片文化沃土，以及给鲁迅
以丰富精神滋养的"忧忡为国痛断肠"的爱国优良传统。

忧患意识与爱国激情，在绍兴辈出的"名士"中一脉传承。
在鲁迅的人格精神中，"博大胆识铁石坚"与"忧忡为国痛断肠"
同在；博大襟怀、远见卓识、原则立场坚如磐石的风骨气度，与
为国为民忧虑不安、并舍身相报的品格完美结合。

年少的鲁迅，从这个思想飞翔的起点，走向了广阔的天地，
开启了光辉的一生。

来自天南地北的游人，人声喧闹，竞相寻访鲁迅当年的生活
图景。

我，用心沉静地体味鲁迅笔下的风物意境，承接鲁迅丰盈深
邃、坚韧无畏、忧患奉献的人格精神的净化与洗礼。

我的思想，宛若拥有了轻灵的翅膀，向天地开阔处飞翔。

西湖冬韵

初冬清晨，西湖朗照。

阳光通透，温煦。湖风拂面，又有冷凉的感觉。

临湖的道路整洁，路边法桐高大，枝丫交错，向晴空伸展，
繁茂绿叶已经泛黄，呈现绿黄相间的斑驳色泽；堤岸垂柳成行，
万千柳条青绿依然。

湖面开阔，微波荡漾。远山线条舒缓，湖心岛绿树簇拥。近
处水中残荷疏朗，一片萎黄凋零的背景中，还有许多纤细的根茎

托举着圆荷，黄中透绿，光色悦目。

临近中午，沿西湖漫步，心境清爽闲适。

湖岸边，凉亭旁，几株绿树间，枫树玉立如伞，枫叶殷红鲜亮，宛若一簇簇燃烧的火焰。红枫姿容华丽，展示着自己生命中最动人的光彩。

乘船到湖心岛。在湖面来往的游船间，我的目光搜索到了三座石塔，尖顶中鼓的石塔，造型精致。小瀛洲，岛中有湖，柳堤曲桥相连，亭台轩榭点缀，呈"田"字格局。

湖中又有岛，竹径通幽，细竹翠色欲滴，置身竹林，入眼一片青翠，享受清幽秀雅的慢时光。

在曲桥上驻足凝望，明净的光线中，湖水墨绿，水中漂浮着许多巴掌大小的荷叶，黄绿颜色的圆荷中央，几枝根茎顶端，绽放花朵，白里泛紫，淡雅清俊的样子，令我惊异。盛放的淡紫荷花，触目有一种空灵明秀的美感。

三潭印月，"如此园林，四洲游遍未尝见"，不是虚言。初冬，揽西湖的斑斓色彩，我有满眼惊艳，满心欢愉。

从精致海岸，到灯火泉城

遇见精致威海

金秋九月，经过高考洗礼的学子们，入学报到的时节，到了。

午后，我们乘坐高铁，来到威海。出站口，便是山东大学威海校区迎接新生的接待站。高年级的男女同学，佩戴口罩，身着黄绿色的文化衫，高举红色引导牌，站立成一道清新靓丽的风景线。在悦目的笑容与热情的问候中，新生登记，坐上迎新客车。喜庆的迎新氛围，使千里奔赴的我们，心间没有了陌生感，溢满了回家的温馨。

洁净的街道，修长的绿树，林立的楼宇。青翠的山峦，线条舒缓起伏。海，无际无涯，色泽深蓝。在深蓝的海的映照下，天空湛蓝，蓝得均匀、纯净而又深邃，蓝得像是要滴下染料来。云朵轻盈，悠然，是蓝空的灵动装饰。蓝海，蓝空，映入心间，身心得到了洗涤与净化，分外纯粹和清爽。窗外的景观，一帧一帧掠过，这便是威海的容颜。

玛珈山下，黄海之滨。山海之畔的美丽校园，人们熙来攘往。新生报到处，一排红色的遮阳篷。"为天下储人才，为国家图富强"，篷布边沿，白色字体醒目。湛蓝长空，葱绿山峰，巍峨图书馆。一块长石，镌刻校训"学无止境，气有浩然"，为学与为人，皆有高标矗立。充气拱门火红，印有白色字体，"海阔无边天作岸，山高极顶人为峰"，这是何等的胸襟与气魄。学校寄予来自全国各地的学子，要有天作海岸、人为顶峰的宏阔胸怀和高远志向，潜心钻研学问，涵育浩然正气，书写属于自己的荣光，让生命在服务国家和社会中，绽放耀眼光彩。迎新志愿者，身着艳红文化衫，有序帮助新生办理报到手续，搬运行李，关怀之殷，令家长们放心，感动。

德州中街，落照橘黄。

"学习强国：爱阅读，让书香漫延精致城市的每个角落。"

绿树掩映间，一个小区浅黄色外墙上，一行红色的标语，引我驻足。腹有诗书气自华，最是书香能致远。标语如旗，启迪步履匆匆的行人，在梦想的牵引下，用心阅读，用书香浸润心灵，每天都有进步、收获、快乐；在追逐梦想的生活旅程上，体味生命的价值与意义，成就厚重、丰盈、精致的人生。

书香漫延，成就精致威海。

翌日清晨，海面翻涌，辉光映照下，呈现炫目的橘黄光色。汽笛鸣响。轮渡，犁开万顷碧波。雪浪花，翻涌，溅起，宛若海的微笑。船，驶离海岸。船尾，划出一条长长的水线，雪白，清亮。不多久，前方青碧的岛屿，愈显清晰。

望海楼，黛瓦红墙，凭海临风。海军公所，古朴威严，威震海疆。丁汝昌纪念馆，紫藤掩映，重温一代海军提督献身海防、尽忠捐躯的悲壮史诗。水师学堂，布局谨严，清朗读书声，雄壮操练声，仿佛仍在耳畔回荡。

行走刘公岛，聆听海浪澎湃的雄浑交响，触摸凝重沧桑的非凡历史。

蔚蓝天空下，一尊塑像，巍然矗立。面容刚毅笃定，手持长筒望远镜，向海天相接处专注凝视。海风扬起飘带，扬起斗篷，英姿飒爽。这一定是北洋海军将领的化身，是不朽的民族气节与精神的化身。

走进甲午战争陈列馆，仿佛走进一段沉重悲壮的历史。一张张图片，一件件实物，令人动容。

"惟有誓死拼战，船沉人尽而已。……余决不弃报国之大义，今惟一死以尽臣职……""苟丧舰，将自裁。"一代名将丁汝昌、刘步蟾的决绝誓言，字字千钧，刻入心中。

"兹际国家有事，理应尽忠，此固人臣之本分也，况大丈夫得死战场幸事而（耳）。"我仔细看了陈京莹家书和复原场景。陈京莹，天津水师学堂毕业生，北洋海军"经远"舰二副。甲午战前，在写给父亲的家书中，表达了尽忠不能尽孝、慷慨赴死为国尽忠的赤诚情怀。黄海海战，壮烈捐躯，年仅三十二岁。家书字里行间，蕴满挚情，风骨凛然，千秋永存。

十九世纪末的中国，风雨飘摇，国势衰弱。一个又一个的忠魂，用自己的赤诚丹心、铮铮铁骨和血肉身躯，支撑危局，英勇献身，谱写出中华儿女的英雄壮歌。

忠魂英灵，激励后人，在屈辱中抗争，在苦难中探索，开启救亡图存之路。

"再让我看守着中华最古老的海，这边岸上原有圣人的丘陵在。母亲，莫忘了我是防海的健将，我有一座刘公岛作我的盾牌……"展墙上，我看到了熟悉的《七子之歌·威海卫》。闻一多的诗句，悲壮揪心，而又雄壮激越，无论岁月如何变迁，那种爱国的挚情，却始终有穿越时空的恒久价值，始终镌刻在我的心中。

刘公岛，历史在这里沉思，历史使人清醒。擦清历史的镜子，走好未来的路，是对忠魂的最好告慰。

精致威海，天作海岸，辽阔壮美如画。聆听海浪翻涌拍岸的清响，回望那段沧桑悲壮的历史，我有一种感动充盈心间。

青岛海岸风景线

当汽车行驶在胶州湾跨海大桥的时候，暮色已经完全合拢。漫长到仿佛没有尽头的护栏灯光，展现出跨海大桥的恢宏雄姿。无数渔船的灯光映红了整个海面。汽车在大桥上疾驰了很久，我惊喜地看到，海的前方，一片璀璨灯火，那便是灿烂星空下的青岛市区。

霞光，橘红色的霞光，唤醒了城市海岸线，唤醒了辽阔无垠的碧海晴空，唤醒了色彩鲜亮的林立楼宇，巧妙布局的绿地游园，还有纵横壮观的立交桥……林荫路上，喧闹起来，人流车辆，你来我往。

在秋日的晨光里，自西向东，我们沿着海岸线漫游。

这里的葱茏绿树掩映着白色的灯塔，古朴典雅的回澜阁与现代明快的高楼，隔海守望，相互辉映；长长的栈桥，如长虹卧波，见证了这座城市的百年风雨，此刻，桥上人流如潮；沙滩上，许多游客正在悠闲地捡拾贝壳与海螺……乘坐游船，在碧波荡漾的海面上，想要将眼前的画图印入心中。

来到八大关景区，依地势起伏的整洁道路，花树缤纷，曲径通幽。石柱，尖顶，拱廊，长窗，露台……构思精巧，线条简洁，色彩明丽，一栋栋风格迥异的近代别墅，东西方建筑风格碰撞与融汇的结晶，风韵卓然。"海上花园"，青青草坪平展如毯，斑斓花朵向阳绽放，赏心悦目。这里没有繁华喧嚣，是宁静优雅的别样世界。不经意间，我看到，在温和恬淡的花树光影里，一对新人，笑靥如花，面对摄影师的镜头，浪漫的瞬间即将定格成为幸福的永恒。

在我的眼中，海岸边，广场上，"五月的风"，腾空而起的"劲风"，更像是高大耀眼的火炬，在迎着海风燃烧。它是精神的火炬，追忆着与青岛的城市命运紧密相连的伟大爱国运动的光荣，点燃人们心中追寻青春理想和民族复兴的不灭火光。凝视着火红的雕塑，我的心中涌动着昂扬与感动的力量。

"红岩上红梅开，千里冰霜脚下踩；三九严寒何所惧，一片丹心向阳开……"耳畔隐约飘来了熟悉的歌声，那是从西侧的音乐广场随海风飘来的婉转激昂的旋律。此时，一对老年夫妇微笑着向我缓步走来，他们身材清瘦，头发银白。原来是请我帮助拍照。我接过相机，调好焦距，将相依相偎、笑容灿然的两位老人，连同火红雕塑、宽广碧海、如洗蓝天一起摄入了镜头。两位老人告诉我，他们是从北京来青岛疗养的，看到红瓦绿树，碧海蓝天，心情格外好；听到经典旋律，仿佛又重新回到了年轻的时光。

沿着曲折海岸线，漫游。

青岛大学，凭海临风、草木繁茂。走过绿树夹道的校园小路，远远地看到广场前方草坪中有四座洁白的半身雕塑，在午后明蓝作底的天空下，熠熠生辉。其中一座仿佛就是沈从文的雕像。我加快了脚步，站立在了"他"的面前，内心欣喜不已。"他"架副眼镜，面容儒雅，目光温和，嘴角挂着微笑，仿佛一直静静地等待着我来看望"他"。

20 世纪 30 年代，沈从文先生来到了青岛大学教书。明朗华丽的海，无涯无际的海，给了他对人生远景凝眸的机会，从这里开始，他的文学创作走向了成熟。沈从文的文学观和创作实践，恰好发挥了近百年来中国文学发展中比较欠缺的人性审视功能。

秋日斜阳。晚霞，映入宽广海面，一片金黄。金黄浪花，翻卷着，一层紧接一层，涌向岸边巨大的岩石。约千米远的海面上，浮起一座青郁的岛屿，柱型灯塔清晰可辨，许多渔船在远处的海面上来往穿梭作业，一派繁忙景象。当暮色一点一点蔓延，收尽海天连接处最后一缕余晖的时候，岛上的灯塔便散发出橘黄色的光芒，指引着灯火闪烁的无数渔船归航的方向。我伫立在海岸边，在无边的夜色中，聆听细浪啮岸的声音，凝望不远处灯塔的火光，凝望温暖心灵的火光……

翌日，迎着清晨的第一缕阳光，我们沿海岸线东行，来到崂山脚下。旭日冉冉升起，朝霞映红天际，波涛翻涌的宽广海面，平铺上了一层橘红光色，明朗华丽，炫人眼目。沿蜿蜒山路攀登，峰回路转，步移景换。陡峭山石，葱郁青松，燃烧红叶，缤纷繁花，轻盈流云……装点着金秋崂山，恰如巨幅画卷豁然抖落眼前，令人目不暇接。

一路揽秀。我忽然想到了沈从文先生曾经在崂山北九水路上见到过一个奉灵幡引路"报庙"的乡村女孩，这个女孩子是一个触机，触动作家创作了《边城》，这一颗长时期"思乡情结"茹养出来的明珠。透明灵秀的抒情文字，华丽幻异的自然奇景，对文学艺术的纯美追求。从沈从文先生的作品中，我接触到了另外一种人生，从这种人生景象中，我体验到了强烈的审美愉悦和触及灵魂的感动，同时也获得了宝贵的生活启示。

站立山巅，视野辽阔；山风拂过，心灵舒展。蔚蓝长空下，我的视线越过依山势错落有致、红瓦屋舍、绿树簇拥的村庄，看到了无际无涯的宝石蓝颜色的海。在山脚下看到的无数浪花翻卷着冲击堤岸的凌厉激昂的海，现在改换了模样，变得容颜娟秀，性情温婉，如镜子一般平静。我的整个身心仿佛与眼前山海相连，与海天一色的壮丽景象融为了一体。

曲折海岸线，城市风景线。

在这金秋明澈阳光里，漫步海岸风景线，凝眸华丽辽阔的碧海，找寻城市的风韵气质……

灯火泉城四小时

返程时，我们在泉城济南转车，有四个多小时的等候时间。

这样的行程安排是事先规划好的，为的是看看从未见过的泉城。

走出车站，还不到下午六点。斜阳映红天际。头顶的天，依然透蓝清亮。高楼沿街林立，行人车辆川流不息，入眼一派繁华景象。

为节省时间，我们打车前往大明湖。

北门城墙青砖垒砌，穿过拱形门洞，一座反映北宋名臣曾巩政绩的画壁映入眼帘。曾巩任齐州知州，治所就在济南，他政绩卓著，造福一方，深受百姓爱戴。影壁两侧镶有隶书楹联。"北渚云飞泺水历山迎帝子，明湖波净莲歌渔唱念曾公"，反映出济南人民对曾巩的景仰和怀念。

暮色尚未四合，沿湖步道灯光已经点亮。湖岸逶迤，垂柳装点。金秋晚风阵阵掠过，明净湖水漾起波纹，轻拂柳枝身影妩媚。湿润的风，送来清凉。凉意，润意，直抵心怀。对岸绿树葱茏，一座塔楼高耸，建筑线条明快。玻璃幕墙上，"济南是美的""我爱济南"，艺术字体交替变换。英文大写字母，指称"我"；红色心形图标，表达"爱"。灯光秀，极富巧思创意，现代浪漫气息飞扬，怡人眼目。灯光秀映入开阔湖面，色泽斑斓变幻。大明湖盛装迎宾，蕴满融融温情。

月下亭，红柱青瓦，六角尖顶，灯光金黄。亭柱楹联，"数点雨声风约住，一帘花影月移来"，意境唯美，古意盎然。

南丰祠，彩绘精美，典雅清丽。红柱楹联，引我驻足。千百年来，多少文人墨客，以做湖山一日主人为荣光，慕名游赏大明湖秀色，"看万脉奔流诸峰罗列"，留下多少珍词丽句，不朽佳作。而"历唐宋百年过客"，少陵诗笔，曾巩文章，自是翘楚。

我们沿湖畔漫步，过汇波楼，折向南行，过石拱桥，入眼便是超然楼。恢宏名楼，巍峨高峻，金碧辉煌。楼柱楹联"寄兴超然物外，承天德化心中"，左右分列。伫立仰望，"超然致远""湖光山色"，自上而下，横匾庄重醒目。揽湖光山色，忘世事纷扰，超然于物外，德化于心中，自然心境平和宁静，开阔超然。超然楼辉映，满湖增添光彩，彰显泉城神韵。

芙蓉街，牌坊古雅。泉城路，灯火璀璨。

"在没风的地方找太阳，在你冷的地方做暖阳，人事纷纷，你总太天真……往后余生，冬雪是你，春华是你，夏雨也是你……"人行道旁，一位年轻男士，面容俊朗，吉他琴弦轻弹，歌声清澈，优雅。往后余生，无论荣华、清贫，无论春华、夏雨、秋黄、冬雪，唯愿心底晴空，相携相助，平淡生活。同驻足的行人一起，安静地聆听，一种感动掠过我的心间。

行进的目标是趵突泉，也许晚上公园会开放。来到公园入口，大门紧闭。"趵突泉"的匾额，楷书字体悦目。几位游客也在门口停留，拍照。

一位五十多岁的先生，从门内左侧一间房屋走出，对我们说："抱歉，公园晚上不开放，你们明天再来吧。"话语平和、友善。

我浏览了景区介绍展板，上面有这样一段文字："自古至今，趵突泉即是济南的象征，历来就有'不到趵突泉，空负济南游'之说。"

近在咫尺，却又失之交臂，自有遗憾萌生。

泉城广场西端入口处，有一块红色碑石，镌刻五律《泉城颂》，诗作情感醇厚，行草笔力劲健，由欧阳中石先生撰书。"扫径邀中外，开门礼送迎。"传达出美丽泉城敞开怀抱诚邀四海宾朋的宏阔襟怀。

泉标雕塑，色泽天蓝明朗，线条精巧流畅，宛若清泉喷涌，辗转上升。凝固的"泉"，耸入璀璨星空。

《自由飞翔》，极具穿透力、亲和力的歌声，响彻整个广场。伴随激越的旋律，跳广场舞的方阵，舞姿轻盈动感，行列整齐壮观，给人强烈的美感冲击。这便是泉城济南的人气与朝气，律动和魅力。

广场北侧有护城河，站立石桥凝望，垂柳夹岸，一水中流，河岸步道灯光，照射在柳枝间，呈明绿色；倒映在水中，呈橙黄色。

五龙潭公园，灯光朦胧，林木葳蕤，泉水汩汩清响。我们快步穿过公园，从西门走出，准备到大路上打车返回车站；开了手机导航，走进了一条小巷。安适，幽静。

丁字街角，一家超市。门口一侧，一张方桌，桌上有啤酒、凉菜。四位年轻人随意围坐，碰杯慢饮，低声谈笑。

我们左转走进另一条小巷。一栋居民楼，单元门口右侧，一盏台灯，灯光明黄。夜风如流水一般清凉。一位中年女性，正在认真地辅导女孩写作业。女孩大概是一名中学生，目光专注，侧影俊秀。

这是泉城金秋夜晚的慢生活，温馨的烟火气息，令人难忘。

我们走出街巷，来到顺河东街，打车返回车站。

时钟，刚过十点。

短短四个小时，时间太过匆匆。我很想看看泉城黎明的模样，看看她白昼里清晰的姿容。

一定会再来的。

心中，有西安这座城

1983 年，我八岁，上小学二年级。刚放暑假，我便和母亲一起，从洛阳回老家了。第二天，教中学物理的父亲，说学校近几天组织去西安旅游，让我赶紧回洛阳，准备去西安。我从小在外婆家长大，刚刚转学到洛阳一个学期。在我年幼的心目中，同儿时的伙伴在一起游戏、玩乐，其诱惑力和吸引力远大于去西安。我放弃了这个机会，我对这座城市知之甚少，我在老家和伙伴们玩了一个多月，直到开学。

我和父亲相聚后，他很兴奋地给我讲在西安的旅行经历，给我讲秦始皇动用民力建造兵马俑、唐玄奘印度取经返回长安著书讲经、张学良与杨虎城发动西安事变等历史故事。父亲还带回了兵马俑、华清池、大雁塔以及曲江寒窑的景区手册，我看了彩色图片和文字介绍，对于西安这座城市开始有了一些感知和了解。我非常后悔自己没有和父亲一起去西安。

父亲一生只去过一次西安。

天与地，不停地流转，经历了多少暑和寒。1997 年 2 月，春节假期，我独自一人，乘坐火车去四川成都伯父家。车到西安站，已是日暮斜晖。雄伟的城墙、巍峨的箭楼、林立的楼宇、宽阔的街道，镀上了橙红光色，格外壮观悦目。然而，随着火车徐徐启动，越来越快，我短暂与这座城相遇，转瞬又分开了。尽管我与西安擦肩而过，但记忆却温馨、美好。

2004 年初冬，我在一册高中语文读本里，偶然读到了贾平凹的散文名作《西安这座城》。西安这座城的市井风物、文化景观、精神魂魄，跃然纸上。"……它的城墙赫然完整，独身站定在护城河上的吊板桥上，仰观那城楼、角楼、女墙垛口，再怯弱的人也要豪情长啸了。"这段富有魅力的文字，让我想起了见过一面的巍巍城墙，心中也萌生了雄壮、昂扬的豪情。

2018 年春末，我在央视一个音乐节目上听到一位年轻男歌手用方言演唱的《西安人的歌》：

有一座城市，它让人难以割舍
有一种怀念，它叫作曾经来过
……
在它的中心人们叫它鼓楼钟楼
……
西安人的城墙下是西安人的火车
……
600 年的城墙如今让你随便触摸
……
西安的女娃喜欢有话啥都直说
就像这城门儿楼子四四方方的洒脱
……

这首歌曲旋律优美、明快、悠扬，歌词亲切、朴实、深情，自然而然地流淌到了我的心坎里，深深打动了我。

去西安，我想去西安。

2019 年 8 月中旬，我、妻子、儿子，三人终于成行。

市中心钟楼，基座方形，青灰色泽；阁楼重檐，琉璃绿瓦；四角攒尖，鎏金宝顶，以其雄伟庄严的风姿，坐拥明城墙内东西南北四条大街交汇点，成为当之无愧的地标建筑。楼内，木格门窗，回廊通透，红柱雕梁；方格藻井，彩绘装饰，宫灯垂挂；一层一景观，一层一境界。

穿过钟楼广场地下通道时，我偶然发现一侧墙上有一块长方形的公益广告灯箱。画面是灯火璀璨的繁华的城市夜景，正中的两行文字映入眼帘：

"旅行最大的好处，不是能见到多少人，见过多美的风景；而是走着走着，在一个际遇下，突然重新认识了自己。"

文字如旗，入眼风景；牵引旅程，照亮心灵。这段温暖的诗行，启迪人们，要不断地行走，感知精彩的世界，丰富自己的内心，提升生命的境界。

岁月里，旅行中，路过时，沿途风景斑斓。

"在一个际遇下"，在不经意间一行标语、一段文字跳入眼帘的际遇下，我平静的心田，转瞬间，有情感的涟漪荡漾，有思想的火花闪烁，仿佛突然重新认识了自己，那该是多么奇妙美好的生命体验……

鼓楼，与钟楼遥相呼应，阁楼一层檐下，有一排红色大鼓。一架鼓，鼓面上写有"立春"篆字，两侧红柱上，有黑底金字楹联："八百里秦川文武盛地，五千年历史古今名城。"

回民街，古朴喧闹，美食荟萃，近在咫尺。北端，灰白色牌楼上，镌刻有一副金字楹联："八百里秦川物华天宝，五千年历史人杰地灵。"

这两副楹联，内容相似，气魄豪壮，是西安这座城最精彩、最贴切的概括。

"永保安宁"，从永宁门登上城墙。

从如血残阳的黄昏，到灯火璀璨的夜晚，我骑一辆单车，在高大、宽厚的城墙步道上，走走停停，从永宁门经安定门、安远门、长乐门，再返回永宁门，合围一个近 14 公里的方形。护城河光影绚烂，古城墙稳固如山。城门、角楼、敌楼……重檐翘角，精巧布局，在灯光的映照下，尽显古雅雄姿。

绕行城墙一周，城市迷人绚丽夜景尽收眼中，我仿佛聆听到了悠远的历史足音与崭新现代律动相互交织融合的音乐交响。这座城市既是古典的，也是现代的，惊艳景观，厚重文化，魅力独具。

翌日清晨，我们前往临潼游览。

华清池，绿树葱茏，环境清幽，景致秀美，南望则山峰叠叠，北顾而渭水迢迢。望湖楼，环园，棋亭，昭阳门，五间厅……巧妙布局点缀，有江南园林特色，宛若置身世外桃源。

兵马俑博物馆，兵阵行列整齐，威武壮观，令人惊叹、震撼于古代劳动人民的宏大艺术构思和精湛雕塑技术。我想方设法在一个展室，找到了父亲亲眼见过、给儿时的我讲过的珍贵的精巧的铜车马。

在西安三天，我们一家人住在钟楼附近北大街一家宾馆。钟楼北边 400 多米处，人行道，林荫下，有一个露天早点摊位。摊位由大约 50 多岁的夫妇两人经营，八宝粥、小米粥、豆浆、茶鸡蛋、鸡蛋饼、烙馍卷菜……干净可口，价格也公道。烙馍卷菜尤其好吃，炒豆芽、炒土豆丝、炒青辣椒，还有凉拌豆腐皮，几样菜随意搭配。

夫妇两人坦诚、开朗而热情。每天清晨开启一天的旅行前，我们都要到这个早点摊位用餐。闲聊中，我得知，他们是渭南人，来西安十多年了，一直经营早点生意。

"钟楼去了吧？"男子温和地问道。

"刚到西安，我们就去了！"我微笑回答。

"你别看离得这么近，我们还没有登过钟楼，"男子话语里有好奇与遗憾的神色，"不知道里边是什么样子？"

"里边雕梁画栋、富丽堂皇的，值得一看。"我回答。

"一直不舍得花钱买门票。"男子坦言。

夫妇两人在城市里经营小本生意，辛苦忙碌，生活不易。

"我们上午在市区看几个景点，下午就要回河南了。"清晨，我们一家人，再次来到早点摊位，向夫妇两人道别。

"西安好玩的地方很多，你们来得时间太短了。你们离开西安，也不知道什么时候才能再次遇见？"男子一脸坦诚。

"一定会再来西安，一定会再相逢。"我很有信心地回答。

大慈恩寺山门前，一副楹联引我驻足："圣教自西来，竹杖回春特开千载梵境；妙法传东土，慈云重荫广被万劫众生。"玄奘历尽千难万险从印度取经返回西安，就在大慈恩寺静心撰写经卷，讲解妙法真经，开启梵境，泽被众生。

登上大雁塔，游目四望，襟怀舒展，城市街道、楼宇、游园，井然如棋，一派繁华景象。

为赶时间，我们打车专程去建国路西安事变纪念馆参观。这里是张学良公馆，西式风格的三栋别墅，青灰砖墙，长窗镶嵌，棕红木格，明净玻璃。西楼是张学良办公地和住所，中楼陈列有张学良生平历史图片；东楼为当时中国共产党周恩来、叶剑英、秦邦宪等代表的住所，在二楼楼梯转角处，有一张宽大的桌子，四围摆放许多椅子，这里是当年张学良宴请中共代表的地方。

纪念馆建筑是西安事变的重要见证。我仔细浏览了实物陈列、历史图片，重温那段特殊的历史，很有启示和收获。

西安这座城，一定会再重逢。

旅行简记

成都春行

成都，早春，一派阳光和暖、草木青绿的悦目图景。

在清爽晨风中，杜甫草堂，分外古朴、典雅、清俊。

亭子，茅草覆顶。亭下，中央有一块"少陵草堂"的石碑。溪畔茅屋、柴门，绿树相映，简朴自然。工部祠精致，杜公像雍容。红墙竹林，曲径通幽。

回望千年。杜甫经历长时间的艰难、动荡生活，辗转来到山明水秀的天府之国、锦绣蓉城，暂时拥有了安静、稳定的生活。建茅屋，理政务，写诗篇。

秋深时节，凉意渐浓，狂风怒号，"卷我屋上三重茅"；大雨骤来，雨脚如麻，倾泻屋漏，"长夜沾湿何由彻！"

在暴风骤雨无情袭击的秋夜，诗人襟怀博大、志向宏远，依然想到的是穷苦百姓的安危冷暖。"安得广厦千万间，大庇天下寒士俱欢颜，风雨不动安如山！"这段有温度、气度、亮度的诗行，彰显出诗人忧国忧民的崇高精神和仁者情怀，在漫长的时光里，依然闪烁永恒的、炽热的光芒。

祠庙庄严古雅，林木繁盛苍翠。置身庄严肃穆的武侯祠，品读长廊照壁石刻《出师表》，欣赏"名垂宇宙"匾额，瞻仰诸葛武侯塑像，回顾千古名相以复兴汉室为己任，高风亮节，鞠躬尽瘁，光辉而悲情的一生。"志决身歼军务劳"，"出师未捷身先死"，军务辛劳，却未见捷报；壮志未酬，而身已长逝，令多少英雄肃然敬仰，扼腕叹息，泪满衣襟。

走进望江楼公园，景致幽静、清美。

翠竹掩映的小径旁，一块竖立的青色方石，刻有唐代才女薛涛的诗作《酬人雨后玩竹》。"南天春雨时，那鉴雪霜姿；众类亦云茂，虚心能自持……"嫣红的隶书字体，清秀悦目。

濯锦楼，巍峨古朴。横匾：月色江声共一楼。楹联：花影常迷径；波光欲上楼。古楼四周，茂林修竹，花影掩映，游人迷径；锦江清流，波光柔和，映入高楼，熠熠生辉。

展眼四望，楹联文字传达的意境，如此真切。

望江楼，飞檐翘角，金顶闪耀，绿瓦红柱清雅，万千翠竹簇拥。

登楼揽秀，江流青碧，楼宇林立，城市春景尽收眼底。

锦江的春色，已经浩荡而来，蔓延，渗透。成都的每一方天地，每一个角落，葱绿迎人，溢满诗意。

晚霞红艳，泼洒悠长古巷。黛瓦青砖，院落规整，绿植点缀。漫步宽巷子、窄巷子，触摸厚重巴蜀文化，恍若穿越悠远历史。

"和我在成都的街头走一走，直到所有的灯都熄灭了也不停留……走到玉林路的尽头，坐在小酒馆的门口……"一家沿街商铺传来了婉转优美、亲切深情的歌声。

灯光一排排点亮。此刻，侧耳聆听舒缓悠扬的民谣旋律，我分明又感知体验到了清新、质朴、极具亲和力的时代律动和烟火气息。

121

黄山秋景

时令已进入深秋。

晨阳，明净，清冷。拾级而上，一路峰峦挺秀，涧壑清幽。

山道旁，身姿伟岸的青松，不知名的灌木以及星星点点的繁花，喜迎游人。灌木的金黄叶片，已经大部分凋零，厚实地覆盖在山坡上。然而，仍有稀疏的黄叶缀系在枝丫上，显示着自己的坚韧与顽强。

黄栌树，枫树，经霜的红叶装点枝头，像一簇簇燃烧的火焰，生生不息，静穆地吟唱着生命的欢歌。蓦然，艳红的四季果，掩映在凝绿的叶片间，跳入了视线，令人惊喜。

此石应从天上来？最早见到你，是在电视连续剧《红楼梦》的片头画面里，伴随清雅、柔婉、悠扬的序曲旋律，你映入我的眼中。旁白说："你是女娲补天弃而未用的一块顽石，由神仙携入人间。"在我年少的心灵中，你被赋予一种神秘的梦幻般的色彩。

如今，我走近了你。你巍然站立在悬崖边一方平坦的岩石之上，近似长方柱体的你，身影高峻、奇异、伟岸，恰似从天外飞来。历经千万载风雨霜雪，你依然傲然挺立，见证人间的离合悲欢。飞来石，你是自然鬼斧神工的一件杰作，是俊秀清丽黄山的一处胜景。

登临光明顶。凭栏远眺。

黄山松依然是郁郁葱葱，苍翠照眼，千百年来一直护佑着层峦叠嶂。云朵悠然，雾气缭绕，随山间的轻风舒缓飘荡，轻盈随性；座座山峰，凌空漂浮，苍山如海的境界真切地显现出来，身心恍若置身仙境。

"光明顶上啸长风，着我炎黄气概。对群峦，心潮澎湃。"此刻，我忽然想起了穆青词作《金缕曲·黄山抒怀》，默诵雄壮激越的词句，仿佛谛听到高亢昂扬的生命强音，自己的心境陡然敞阔，充盈豪迈的气概。

山顶平坦，雄伟的气象站巍然矗立，手挽云天。在一家售卖纪念品的摊位，我挑选了一枚圆形的浅棕色的纪念牌，正面是迎客松的浮雕，精细入微，逼真灵动；背面正上方，刻有"登上黄山，全家平安"的祝福及光明顶的海拔高度。缎带颜色，红、白、蓝相间。

沿曲折山路下行。

我早就见到过你优雅亲切的风姿，在农家庭院影墙的彩绘图上，在城市宾馆厅堂的装饰画上。

我满心欢愉，一步一步走近你。身影挺秀潇洒，气质沉静雍容。你进入了我的视线。

我伫立凝视。你破石而生，承接阳光、雨露与清风，永不停息地生长，终成一树繁盛的青春生命，成就令人惊异的自然奇迹。历经雪虐风摧千百载，你依然在岩石上优雅坚韧地站立，枝干苍劲，松针葱绿，蕴满蓬勃生机。

你的树干中部斜生出两条侧枝，向着前方自然伸展。

你是黄山最具亲和力的主人，伸出热情真诚的双臂，展示最惊艳的姿容，喜迎四海八方宾朋莅临。

凝望着你，我读出了自强凛然的精神风骨，与开放热情的恢廓襟怀。

迎客松，多么诗意亲切、寄寓人们美好期许的名字！你是秀美好客黄山的象征。

向晚时分，微风吹扬。雨的丝线，斜斜地飘落。雨线中的山峦、溪流、奇石、青松，在夕照的辉光里，闪烁彤红而润黄的色泽。

晚秋的细雨，慢慢停了。晴空，落照。魅力黄山，平添一种清幽、瑰丽、妩媚的韵致。

辑三

故乡风物

山村速写

骤雨初停。群山怀抱中的村庄，苍翠、朗润、幽静。

道路平坦洁净，两侧松树修长，明绿照眼；格桑花斑斓，锦绣铺地，仿佛一个个凝固的微笑。

村口游园，竹，松，柏，桃，杏，梨，海棠、苹果、石榴……绿植葱茏，曲径幽深，灯杆修长别致，护栏翠竹凝碧。河道，堤岸整修一新，绿水欢快畅流，清音回响。

整洁的村委院落中央，高耸的旗杆上，五星红旗在迎着山风飘扬！

青山，绿树，农舍，清流。山体上，一幅巨大的彩绘画卷，生动地再现山村的田园风光。

月形湖，波光潋滟，水底鹅卵石，游鱼，清清爽爽；环湖步道，凌空飞架，宛若精致的项链，为湖水增添秀色。

山路蜿蜒延伸，绿树簇拥中，农舍安适，鳞次栉比；红色屋顶，辉光耀眼。门楼彩绘富丽，镂空雕刻精细，火红灯笼垂挂。钟灵毓秀，福门宝地，家和万事兴……门楣青石镶嵌的俊秀字体，灵动，悦目。

随意走进一个农家院落，梧桐葳蕤，细竹疏朗。青石栏杆，隽语妙联，巧妙镶嵌。通往后山，粉白月亮门，映入眼帘。正上端，一块长方青石，镶嵌"勤俭持家"四字。行书字体，涂成金黄色泽，飘逸，清雅。

朴素的传统生活准则，代代传承，历久弥新，镶嵌在人们的心中。

山村充盈着质朴的文化韵致。山村，有自己的宏阔的气度，胸襟。

山腰道旁，建有一处观景台。

游目四望，群峰争秀。杨树碧绿，繁茂枝叶向天空自由伸展，漫山遍岭，身影挺秀。山风过处，枝叶，飒飒作响；枝梢，扫拂天云。

雨后天空，浓云游走，一角澄蓝。

一挂虹，映入眼中。犹如一束五彩绸在东南山峰的顶端。

一种无法描摹的自然之美，震颤心灵。用眼用心，捕捉大自然精心勾画的动人景致。

置身静寂自然的怀抱，自己的心境渐渐平和，安静，澄明。

徜徉山水间，亲近自然景，追随着朝阳的步伐，任什么也不能使生活成为沉重的负担。

向山的纵深处行进。临近傍晚，攀上山顶。

天空浓云低垂，雨点开始稀疏地飘落。斜阳尚在西面山峰的上方，缓缓下移，晚霞橘红耀眼。

崖畔凝望，峭拔群峰峥嵘，绿树郁郁葱葱；一条步道曲曲折折，向沟谷延伸。一座新垒砌的雄伟塘坝，蓄起一潭清波，被落霞的红光染过，璀璨悦目。

斜阳映红了苍绿的山峰，云层凝重游移，烘染出奇幻的虹彩。不觉间，云层迅速游移，现出一方蔚蓝的晴空。寂静山间，唯有细雨在潇潇洒落，无数条雨线，在一角晴空的映照下，烁烁闪光。

天际落霞彩满天。

落日隐没在了山坳背面，一抹橘红霞光涂满天际。

近处山坡上，不知名的鸟儿在杨树枝叶间轻盈跳跃，啁啾鸣唱。雨滴从枝叶上滑落，宛如珠线。

山村，融进薄暮，一个美丽的梦正在孕育。

刊于 2021 年 3 月 17 日《河南日报》中原风副刊，本篇荣获郑州市作家协会首届（2021 年度）优秀作品新人奖

河岭入画屏

一

伊河，洛河，裹挟千里山川之灵气，千折百转，一路奔赴，在偃师东部终于实现了两水汇流的夙愿。进入巩义，水面宏阔，明净，舒缓地畅流。橘色的黎明的辉光，斜阳的金色霞光，映照水面的时刻，光色绚烂瑰丽奇幻的景致，美到不可形容。白日里，蔚蓝的天，游移的云，葱茏的树，叠翠连绵的邙岭，簇新错落的村庄，气势如虹的长桥，河边或散步或垂钓的安闲的人们，倒影在明波款转的水中。河，将两岸的风物揽入怀中，流荡着蓬勃的烟火气息。

然而，她又是一条浸润厚重历史文化的长河。回溯将近一千八百年。伊洛河水流澄碧，山岭、林木葱翠，在斜阳的辉映中，愈加容姿俊秀。曹植备受曹丕的猜忌与迫害，由京师洛阳东归鄄城封地，傍晚来到芝田伊洛河畔。如诗如梦的落照景致，令诗人沉醉，激发了这位建安风骨的代表作家的创作灵感。曹植，借洛水女神的传说，运用超拔的想象，绝妙的诗笔，写就了辞采华茂、真切感人的《洛神赋》，抒发内心的忧郁苦痛，希冀得到精神上的解脱。

"……仿佛兮若轻云之蔽月，飘飘兮若流风之回雪。远而望之，皎若太阳升朝霞；迫而察之，灼若芙蕖出绿波……"透过瑰丽的诗篇，洛神的绝世容仪、清雅神态、高洁心灵，千百年来，永久留在了人们的心中。洛神，超凡脱俗，在人们心中永驻芳华。伊洛河流淌千年，依然风姿飘逸、诗意飞扬，文化流泽，赋予故乡以灵秀清雅的内在气质，慷慨滋养着两岸人们的精神家园。

伊洛河东流，折北，汇入黄河。青碧的河，与黄浊的河，交汇，融合，波逐浪涌，相击回旋，水线清晰分明，欢喜地相拥绵延数里，水天浩渺无际，大河气象宏阔，壮美。

河洛汇流，"河图洛书""伏羲画卦"的人文故事渊源于此，是河洛文明的发祥之地，也是华夏文明的曙光冉冉升起的地方。

文明的源头到底有多久远？

专家学者将关注的目光聚焦在河洛汇流处，将中华文明探源工程锁定在河洛汇流处，锁定在了距离河洛汇流东南仅有几公里、河洛镇双槐树村村南的高台地上。经过数年的文物调查勘探与考古发掘，双槐树遗址这一距今5300年前后的经过精心选址的都邑性聚落遗址，终于揭开了神秘的面纱。

三重大型环壕、大型中心居址区、大型夯土建筑群基址，具有最早瓮城结构的围墙、夯土祭坛等遗迹，彩陶、家蚕牙雕等遗物，展现在世人面前。尤其是新近发现的巨型夯土高台上筑建宫宇、双宫并列、前朝后寝、一门三道……中国最早的"宫殿"，令人惊艳。

双槐树遗址这一大型聚落群的发现，成为中华文明起源的关键实证，有关专家命名其为"河洛古国"。前段时间，我有幸聆听了河洛文化专题讲座。专家指出："如果说，古埃及文明是尼罗河的恩赐，那么，中华文明就是黄河的恩赐。郑州地区以巩义为中心的‘河洛古国’，是中华文明的发源地之一。"

"河洛古国"的文明之光芒，照彻 5300 年的悠远历史，为河洛汇流平添了庄严、宏大的历史文化气象。

二

邙岭，北临黄河，南濒伊洛河，由西向东绵延，在河洛交汇处到了尽头。河洛汇合，将邙岭深情相拥。自古以来，邙岭的历史文化遗迹星罗棋布，灿若璀璨繁星。单是巩义境内的这段邙岭，按照年代顺序，就有东周故城、北魏石窟、明清康百万庄园等历史文化古迹。

去年初春，我曾在康店镇康北村，偶然发现一块黑色长方形石碑——康北古城址。仔细阅读碑文简介，"周显王二年（公元前 367 年），周惠王封其幼子姬班于巩，奉王号‘东周’，称东周惠公，并在此建成。……东城墙已被河水冲毁，现存西城墙长约 1 公里……"

康北东周故城因年代久远，更多的历史遗迹已难以寻觅，但东周国在历史上曾有过自己的繁荣兴盛。秦时巩县（今巩义市）置县，县治就设在原东周故城的旧址上，最早的巩县城便肇始于康北邙岭这块依山傍水的好地方。

南北朝北魏时期，邙岭的大力山下，建造的石窟寺，使巍巍邙岭绽放异彩，熠熠生辉。

凝望石窟寺。摩崖大佛，线条流畅，沐浴着朝日的辉光，尽管经历一千多年的风雨侵蚀，但难掩娴静安详的仪态，肃穆庄严的气度。大佛守望千年，静默地守望山岭河岸的雨雪风霜，草木枯荣，人事变迁。

"帝后礼佛图"，雕刻技法精细，构图匀称，进香礼佛的仪仗队伍，栩栩如生，场景壮观，极尽浮雕艺术华美逼真的神韵。

浮雕飞天，衣袖飘扬，活泼自然灵动，宛若凌空轻捷起舞，与中心构思精妙，盛开的莲花图案一起，构成一个华丽动感的佛教艺术天空，令人思绪飞扬，惊叹称奇。

置身临山崖石窟，安静凝望，宛若沉浸在圣洁澄明的宗教境界。

临近伊洛河，不远处，便是依岭而建的明清康百万庄园。庄园依岭临水，寨墙高筑，住宅区格局谨严规整，庭院错落有致，院院相通，迂回曲折。庭院建筑装饰砖雕、石雕、木雕、彩绘，精致华贵。过厅，曲廊，月亮门，花墙，山石，增加了层次幽深之美。葡萄、石榴、竹子等绿植，巧妙点缀，衬出庄园清新优雅的风韵。这座北方典型的明清民居建筑，融合了江南园林艺术的精髓，成为连绵邙岭的一道光彩耀眼的明珠。

漫步庄园，处处能够领略到一种层次繁复、步移景换的幽深悦目的美感。不仅如此，在规模恢宏、富丽堂皇、极具建筑艺术表现力的庄园里，内蕴着一种厚重的文化气息。

"留有余不尽之巧以还造化，留有余不尽之禄以还朝廷，留有余不尽之财以还百姓，留有余不尽之福以还子孙。……临事让人一步，自有余地；临财放宽一分，自有余味。""留余匾"，像打开的书页，悬挂在庄园主宅区一院的过厅内。仰观用黄杨木刻成的名匾，行楷文字劲健，娟秀。铭文蕴含着深广的生活哲理，映射着传统儒家文化思想的光辉。

留余文化，对当下社会人际交往仍有借鉴启迪意义，启迪人们要涵养温厚良善、平和谦让的品格风范，为人处世要襟怀宽广，诚信慷慨，谨慎宽容，留有余地。留余文化，是康百万家族文化的精髓与灵魂，也是巍巍邙岭、汤汤河洛的厚重历史文化星空上光彩夺目的璀璨星辰。

行走故乡邙岭，触摸感知千年历史的沧桑厚重，心灵自会浸润丰盈的文化滋养。

三

目光从历史回到眼前。

千百年来，缺水问题一直困扰着岭上人家的生产生活。20世纪的六七十年代，人们谋划并拉开了在黄河滩区打机井、建提灌站、蓄水池，引水上邙岭的序幕。进入90年代，开始大规模实施农田水利项目建设，通过四级提灌引黄河水上岭，架设输电线路上岭，修筑水泥路上岭。岭上基础设施改善了，人们尝试种植苹果、石榴、梨、杏、桃、李等果树，培植自己的美好生活。

邙岭旱岭薄地望天收的日子一去不复返了。

翻耕、培土、育苗、浇灌、施肥、修枝、套袋……寒来暑往，时序更迭。从黎明亮丽朝晖，到日暮如血残阳，人们精心呵护株株果树，呵护自己的希望。

从初春到仲秋，花事绵延。杏花粉白、梨花雪白、桃花绯红、苹果花浅红、石榴花橙红……次第绽放，成方连片，依山岭起伏，错落有致。邙岭缤纷花朵装点，宛若云霞，锦绣，接岭连天，蔚为壮观。

一批花开，花落，结果；再有一批花开，花落，结果。杏黄，梨黄，桃红，苹果红，石榴红……依时令，沉重的果实压弯枝头，掩映在凝碧的枝叶间，谁见了谁不欢喜怜爱。

邙岭迎来了绚丽繁花，迎来了累累硕果。丰收了。邙岭处处流荡着喜庆，空气中弥漫着浓烈的香甜的味道。

邙岭生态美景如画，群众收入逐年增加。红火的日子，写在每一个人的脸上，洋溢在每一个人的眉目之间。

朝晖橘红，金秋的晨风微凉。山岭前，广场上，河岸边。人们换上节日的盛装，擂响丰收的鼓点，扭起丰收的秧歌舞，高唱丰收的欢歌。欢庆的交响曲响彻明澈高远的秋日碧空，响彻清波荡漾的伊洛河岸，飘散到连绵邙岭的每一户人家……

四

当温煦春风掠过浩荡奔流的黄河的时候，河岸，岭上，迎来了绿树葱茏、繁花似锦的最美时光。迎着明净晨辉，我和同事驾车沿静寂的河堤路西行。道路两侧杨树挺拔修长，浓荫匝地；河风掠过，繁枝密叶刷刷如雨，恰如沉浸在"风吹古木晴天雨"的清凉妙镜。

"走进黄河湿地，共享生态文明""让空气清新，让天空蔚蓝，让河水碧绿"……道路两侧一株株杨树间，一座座不规则的青石上镌刻的红色标语赫然醒目，人文气息浓郁，令人耳目一新。

放眼北望滩区湿地，麦田如毯，簇新的青绿清爽悦目；油菜田明黄，碎金一般闪亮。继续西行，果园成方成片携手相连，梨花，桃花，一树树雪，一树树火，竞相绽放色彩斑斓。这块湿地，这幅用彩笔绘就的锦绣画卷，是黄河母亲送给故乡的珍贵礼物。

落日熔金，停留在道路北侧西面不远处的一片甜高粱枝叶的顶梢。尚待收割的齐整颀长的甜高粱，如同正待检阅的仪仗兵，沐浴在夕照中，翠色逼人的底色上平添一抹橘黄光泽。南侧空地整齐堆放着已经收割的甜高粱。一台红色收割机旁，几名农民朋友正在休憩，疲惫的脸庞掩饰不住收获的喜悦，也涂抹上一层橘黄光色。我长久伫立凝望，沉浸在光色多彩变幻的静穆景象中。多年以后的此刻，我仍然清晰地记得，那个初秋黄昏偶然捕捉到的自然奇景。

前段时间，我曾在河堤路南侧邙岭脚下，临近一块镌刻有"魅力湿地"红色隶书字体的大致成三角形的青石边，偶然发现一块基座、碑面均是长方形的黑色纪念碑，碑文刻的是：抗日名将吉鸿昌"天堑飞渡"纪念碑旧址。石碑背面介绍了一代名将吉鸿昌的生平，以及"天堑飞渡"的壮举。1927 年，趁着蒙蒙夜色，吉鸿昌将军在黄沙岭渡口率兵突破黄河天险，击败豫北奉系军阀汤玉麟部胜利归来，亲书"天堑飞渡"四字，在此处刻石竖碑纪念。九十载光阴，虽已匆匆流逝，但那股英勇无畏的浩然之气，仍然充盈故乡这方热土；这条平凡静寂的河堤路也被赋予了历史传奇光彩，耀眼夺目，闪动不灭。

收拢思绪，继续沿幽静平直河堤路西行，韭菜田翠色欲滴，铺展滩区湿地，风过处，绿浪翻涌，无边的壮阔。

汽车左转，出河堤路，沿曲折山道，登上起伏绵延的邙岭，向西南方向行进。一座簇新村庄朗然入目。村道弯弯，路两侧，屋舍前，一块新平整的土地上，青绿的海棠行列整齐，迎风摇曳。沿路二层或三层的楼房，鳞次栉比。黄色的天然气管道，由一排立杆支起，凌空架设，沿庭院外墙檐下，接入一个个农户。

拆违植绿，煤改气，正在悄然改变着岭上人家的生活。

近旁，一座白墙黛瓦的清代民居映入眼帘。"梅花迎春春色美，喜鹊报喜喜盈门。"一幅红底金字的春联，张贴在青砖券门两侧。门廊里，照壁粉白，一株冬青凝碧，枝叶被精心修剪成伞状。穿过门廊豁然开朗，堂屋坐北朝南，同两侧厢房，围成长方院落。墙壁洁白如新，青砖券门券窗。春联鲜红，青砖铺地。冬青、柏树、铁树、绿萝、吊兰，绿植点缀。一株枝干苍劲的枣树，枝条叶片伸向屋顶，新绿装点庭院。西面厢房檐下，窗子左上侧，白墙上，张贴菱形红底"福"字；正下方，张贴长条红底"满院春光"，恰是一家人沐浴春光、生活幸福的写照。

这是村子里保存最好的一处清代民居，留存着乡村的历史文化记忆。

村子北面，已经平整的十余亩土地，同样种植海棠，满眼新绿。放眼北望，两道山岭，平整出层层梯田；岭间沟谷开阔，也作精心平整，足有数百亩以上。村干部说："这是土地平整项目，待验收通过后，将种植果树。"北面远处，宛若玉带的黄河平缓静流，水天相连，水光闪烁。

村委办公楼二楼，有一间宽大的会议室改造成的书画室，门口一侧放置有一块浅黄色长方木牌，刻有绿色的竖排行书"柏坡书画院"。开阔明净的展室四面，整齐地挂满了书画作品：楹联、古文、诗词；花鸟、山水、人物……

楷书楹联"花影常迷径，波光欲上楼"、隶书作品陆游七律《书愤》、草书作品贺知章乐府诗《采莲曲》……令人目不暇接。

一组楷书条幅，引我驻足品读。"九嶷山上白云飞，帝子乘风下翠微。……我欲因之梦寥廓，芙蓉国里尽朝晖。"我默念着楷书作品毛泽东七律《答友人》，身心仿佛融入了诗中描绘的明丽空灵的意境之中。

这座乡村书画展室，书法墨香馥郁芬芳，绘画构图敷色绚丽，带给人强烈的视觉冲击和审美愉悦，明晰地传递出乡村群众对书画艺术的挚爱执着。

文化的朝晖照彻河岭，照彻人们的心灵。乡村群众用独特的方式，守护着自己的精神文化家园。

五

年少时，黄河在我的心中是——青春之河：

年少时的我
站在黄河的岸边
冰面正解冻
河岸老树萌新芽
河风吹来
清新的气息

春天的长河
奔流辽阔的土地
以浩荡的气魄

我化作春河的浪花
意气风发前行
走青春的锦绣征途
拥有黄河的蓬勃

我化作春河的澜波
用我的青春的生命
装点故乡山河
拥有黄河的魂魄

恰青春的我
聆听春河的脉搏
恰青春的我
奉献瑰丽的山河
故乡的山河
奉献我青春的绵薄

新年第一天。午后。

风，并不寒冷。风，让云长出花，漫天优雅的花。

驱车来到天河龙湾，登上邙岭，视野陡然开阔。岭上，河堤，枯树劲峭的枝干，向宝石蓝色、云朵如花的晴空，自由伸展。坚韧的生命，站立成一道风景。冬已尽，枯树将萌发新芽，用彩笔描画河的两岸。

黄河，新年第一天的阳光照耀之下的河，从水天相接处，奔涌而来。河水，并未结冰，泛着银光，畅流迅疾，裹挟着新年的温情气息。向北眺望，视线越过沉静流淌、银光闪烁的河面，对河不远处，孟州城区的楼宇街道，井然如棋，历历在目；极目远处的高峻山峦，线条清晰，那便是巍巍太行。

东面河段，施工便桥横跨两岸，两相携手的桥墩已经出水，巍然屹立，整齐排列直抵对岸。河中，施工便桥上，起吊臂，耀眼的彤红，耸入清朗碧空，一派繁忙景象。北岸，辅桥的路面已经铺成。架桥机，凌空延伸到水面，亮红的钢架，清晰可辨。

辉光映照的大桥，雄姿初现，即将铺就坦途。路便捷了，心与心，会更近。分隔两岸的人们，即将迎来南北畅达的历史的庄严一刻。

河，新的景观装点的河，即将迎来新的时代交响，不再静寂。

河，奔流不息的河，以崭新的姿态和精神，流进簇新的春天，淌过故乡广阔的大地。大地，蕴含无限生机，即将迎来，满目缤纷的花季。

楸树花开的时节

午后，天蓝得通透，流云悠然。

走进杜甫故里文化园，路两侧，一面面印有杜诗的金黄旗帜，漫卷春风。恰逢"黄河文化月"暨杜甫故里诗词大会刚刚启幕，游人如织，一派喜庆欢乐的氛围。

迎面一尊高大恢宏的铜像，展示出青年杜甫壮志凌云、抱负宏远、意气风发的伟岸形象。

走过一座桥，青灰瓦顶，朱红大门，映入眼帘。黑底金字"杜甫故里"的牌匾，"一路坎坷成圣成人亦成史，两袖清风忧国忧君更忧民"的楹联，古雅醒目。

树干修长挺拔，枝条横出旁逸，向空间开阔处自然伸展。葱绿叶片，淡紫色花朵，密密层层。在和煦的阳光里，在徐徐的清风中，闪亮地轻舞。淡紫的繁花，有葱绿的叶片映衬，愈显出清俊，素雅。

最美的四月天，杜甫故里大门两侧，楸树繁花盛开。盛装的楸树，以曼妙的风姿，喜迎四海宾朋。

面容安然祥和，头戴官帽，身着官服，手握诗卷。诗圣堂里，一尊杜甫的汉白玉坐像，绿叶红花簇拥；朱德题写的"诗圣千秋"白底黑体行书匾额高悬。两侧的朱红立柱上，一对黑底绿字的楹联，"世上疮痍诗中圣哲；民间疾苦笔底波澜。"恰是杜甫光辉一生的形象写照。

墙壁四围，洁白幕布装饰，整齐地悬挂着名家创作的杜甫诗歌书画作品。仔细鉴赏一幅隶书作品，写的是杜甫的七律《客至》。

这让我想起前段时间在东区游园散步时的发现。浅紫色的藤萝沿着石栏花廊的立柱向上攀缘生长，密密匝匝的花朵缀系于绿叶藤蔓之间，覆盖着拱形廊架，远远望去，像一挂瀑布，似一片流云。曲折花廊的入口处，白色立柱，左右悬挂竖牌："花径不曾缘客扫，蓬门今始为君开。"仔细体味，眼前的画境，还真与《客至》中的恬淡欢快、率真情深的意境有几分契合。

杜甫故里，诗歌之乡，处处可见杜诗流荡的光辉。

枣，桃，竹，桂花，冬青，满目青翠；孩童站在树上嬉戏摘取梨枣的雕塑栩栩如生，生动展现出童年杜甫"庭前八月梨枣熟，一日上树能千回"的艺术图景；形似笔架的黄土山，碧草繁茂蓬勃；窑洞青砖垒砌，外墙一些砖块剥落残缺的痕迹清晰，写满了风雨沧桑。"杜甫自幼在这里生活和学习。虽一生长期漂泊在外，他始终心牵故里……"正如"杜甫诞生窑"碑刻上的记述，童年的欢愉时光令诗人无法忘怀。

从这方小小的宅院，诗人的目光投向广阔的天地，开启了一生的光辉旅程。从漫游吴越齐赵的意气风发，到流离陕甘川蜀的窘迫艰难，再到漂泊湖南湘江的贫病悲惨，杜甫用光辉的诗篇艺术地记录祖国的壮丽河山，盛衰变迁，黎民苍生的苦难命运，以及个人生活的颠沛流离。

杜甫一生漫游、流离、漂泊的地域，辽阔。

我在自己有限的旅程里，找寻杜甫的足迹。

1997 年初春，我曾到成都游览。北方故乡，仍是料峭春寒；南方的成都，却满目盎然春光。晨风温煦，走进杜甫草堂，茂林修竹，花影掩映，景致清幽秀雅。一座茅草覆顶的亭子，一方镌刻"少陵草堂"的石碑，令我难以忘怀。往事越千年。杜甫经过长期的漂泊，来到浣花溪畔，生活暂时安定下来，宁静明秀的自然风光，触发了闲适愉悦的诗情。"清江一曲抱村流，长夏江村事事幽""风含翠筱娟娟静，雨裛红蕖冉冉香""澄江平少岸，幽树晚多花"……这些欢快、从容、优雅的诗行，是杜甫在成都居住时的潇洒心境、闲适情趣的结晶。诗人把萧散自然的情怀抒写得如此清澈纯美，使人心驰神往。而杜甫在成都写下的七律名作《登楼》，却有兼具伟丽与苍凉的宏阔气象，"锦江春色来天地，玉垒浮云变古今"，千古名联，对仗工整，取景壮阔，思接千载，气势雄浑，深深刻印在了我的心中。

时光流逝。2019 年，秋色斑斓的季节，我参加了省文学院在开封举办的文学创作培训班。下午，入住宾馆，距离禹王台公园不远。我和几位文友一道步行到公园参观。夕辉中，登上幽静的古吹台，古朴的三贤祠，映入眼中。三贤祠是明代为纪念杜甫和李白、高适于唐天宝三年（744 年）游汴相聚后，同登禹王台，饮酒怀古赋诗而建的祠堂。祠堂内，三位诗人的彩绘塑像，惟妙惟肖，吹台赋诗的艺术场景逼真生动。一方碑刻上，提到了杜甫的名作《遣怀》。"忆与高李辈，论交入酒垆。两公壮藻思，得我色敷腴。气酣登吹台，怀古视平芜……"杜甫居留夔州创作《遣怀》时，李白、高适两位诗人已经去世。诗人追忆年轻时相逢饮酒赋诗的豪迈气概，殷殷怀念，情真意切。

杜甫一生行走于祖国山河，其锦绣华章，千古传颂。

我走出杜甫诞生窑。

林荫路两侧，青青草坪里，依次摆放着造型别致的展板，内容是"杜甫杯"华语诗歌大赛的获奖作品。按照诗词大会筹备组要求，我和同事参与了接待获奖嘉宾的工作。

星空下，开阔的站前广场，一片灯火璀璨。绿地中心双子塔高耸入云，周边楼宇林立，灯光透亮，霓虹闪烁。车站入口，前方两侧，彩灯装点花树。凝视正面，"老家""河南"；回望背面，"欢迎""回家"，字体轮廓灯光耀眼。

入口处，"'豫'见黄河文化月，'郑'是人间四月天"；大厅内，"山河祖国，九州相连；黄河文化，四海同传"。橘红色展板上，精致贴心的文字，宛若诗行，赏心悦目。在这四月天的春夜，黄河文化月的热情邀约，回家的温情问候，入眼入心。我在郑州东站迎候远道而来的嘉宾，一种感动掠过我的心间，心绪久久无法平复。

收拢回忆。我走进一间展室，浏览一张张图片与文字，了解杜甫诗歌在海外的传播、研究与影响。

"荷兰杜甫诗墙"的介绍，引我注目。"花飞有底急，老去愿春迟……"《可惜》这首五言律诗，刻写在荷兰莱顿市一条街道的墙壁上，背景宛如年久的宣纸，诗行是标准的楷书字体。为什么选择这首诗镌刻上墙？我想，诗作语言虽浅易，内蕴却丰盈，语意流转，自然清新，是杜诗五律中的别调，因此深受莱顿市民的青睐。

四围绿树葱茏，簇拥着开阔的广场。一面诗墙，从右至左，依次镌刻着杜甫的"秋兴八首"。七律组诗，写于诗人暮年滞留夔州时期，山城冷寂秋色，引发对于京华岁月的怀念和故园之思，感慨盛衰，情系家国；以律诗写组诗，拓展了律诗的表现力，淋漓尽致地表现诗人深沉复杂、低回不尽的情感，风格沉郁顿挫，意境苍凉深阔。

静立默念诗作，思绪飞扬。去年初春，我曾走进邙岭上的杜甫陵园。黛色瓦顶，朱红长廊。柏树冬青掩映间，"诗圣碑林"，古雅，庄严。我偶然发现一块青石上，镌刻着七律组诗的第三首："千家山郭静朝晖，日日江楼坐翠微。信宿渔人还泛泛，清秋燕子故飞飞……"

可见，人们对杜甫的《秋兴八首》，格外推崇和喜爱，体现在诗墙、碑刻等园林建筑艺术的细节之中。杜甫律诗中的登峰造极之作，早已铭刻在园林建筑艺术的丰碑中，铭刻在人们心灵的丰碑中。

游客熙来攘往，道路两侧，一方方金黄的诗的旗帜迎风招展。

我又一次看到了"露从今夜白，月是故乡明"的旗帜，猎猎迎风。此刻，我忽然想起了诗句"今春看又过，何日是归年"。

是啊，杜甫一生无论身在何处，想念故土的挚情始终浓烈，心始终牵系着故乡，牵系着"月是故乡明"，牵系着"夜雪巩梅春"，牵系着"松柏邙山路"。然而，春又过，归无期。诗人的归乡之路艰难而又漫长，漫长到遥不可及。

如今，伊洛河北岸，邙岭上的杜甫陵园，松柏苍翠依然，氛围肃穆庄重。杜甫雕像雄伟逼真，诗人神情是凝重的，忧患的，一副系念家国命运和苍生疾苦的可敬面容。诗人在贫病交加的悲惨处境中，依然满怀凄切深挚的家国忧患，"战血流依旧，军声动至今"，湘江绝唱回响历史长空，令人动容。杜甫生前终未能回到故乡，长逝于湘江的一叶扁舟上。但杜甫的后人历经千里跋涉，艰难辗转，将杜甫遗骨归葬于巩县邙岭。一生忧国忧民的不朽灵魂，安息在了故乡的土地。诗人魂牵梦萦的夙愿终尝。

遥想千年。在诗人深情的眼眸中，故乡的月，在夜空中格外皎洁明澈；故乡的梅，迎着夜晚飞舞的雪花傲然绽放，报道春天的讯息；故乡的路，在松柏苍翠的邙岭间蜿蜒无尽……

不觉间，千年滑过。故乡面貌日新月异，姿容惊艳；杜甫诗篇魅力恒久，常读常新。

回望，那一树盛放的淡紫繁花，在夕照中，镀上了一层橘红色泽，随风轻舞飞扬。素雅曼妙的身影，增添了瑰丽的韵致，如画如诗。

千秋唯此诗圣,月明还是故乡。在楸树花开的时节,在最美的四月天,杜甫故里人,绽露欢悦的笑颜,清扫缤纷的落英,蓬门擦亮为君敞开,迎候来自天南地北的佳客。

从橙黄，到青绿

一

朝阳刚刚跃出东方的天际线，橘红的霞光，烘染着抒情的云朵，格外绚丽、惊艳。成熟的麦穗挤挤挨挨，成方连片，满目橙黄。初夏的晨风吹拂，麦浪翻涌，送来缕缕清新的香味。

开镰了，又是一年收获时。伴随着收割机隆隆的轰鸣声，2022年小麦机收现场演示会在巩义市芝田镇八陵村拉开序幕。

不远处，石雕像，分列成行，在金色麦田中巍然肃立。麦田守望者，守望千年风雨沧桑。那就是宋陵，那就是"大地上的露天石雕博物馆"。永裕陵、永泰陵，分别是宋神宗赵顼和其子宋哲宗赵煦的陵墓，都在八陵村，相隔不远。

两座北宋皇陵的正前方，各矗立有一块全国重点文物保护单位的黑色石碑。

我分别浏览了永裕陵和永泰陵的石碑背面的简介，"熙丰变法""元祐更化""哲宗绍述"……北宋历史上的革除积弊、挽救危机的著名改革运动如此艰难曲折，尽管遭遇强大的重重阻力而最终失败，但以王安石为代表的仁人志士以其历久弥新的变革勇气、无畏精神和实践品格，却犹如璀璨的星光辉映在永恒的历史长空。

一尊尊石雕像，就是活的历史，它记录千年过往，并给人镜鉴、经验，启迪人们更好地走向未来。

收割机来往穿梭，渐入佳境，田间一派繁忙景象。

古老而又年轻的河洛大地，橙黄"丰"景铺展，喜迎三夏收获的季节。

二

大河欢快流淌，欢庆喜人丰年。在河洛镇、康店镇黄河滩区，麦田里，农机轰鸣，穿梭作业，绘就一幅锦绣、壮观的大地画卷。辛劳一年了，农民朋友们虽忙犹乐，绽开了笑颜。

六月初，麦收繁忙，也是榴花绽红、桃树结果的时节。随意走近滩区一个果园，绿色铁丝方格网内，茂密绿叶间，遮掩不住连片的石榴花，灿然怒放，红艳似火；一枚枚桃子，鲜红饱满，压弯枝条。

近处道旁林荫下，竖立的青石上，镌刻着艳红隶书字体："精彩巩义魅力湿地，保护湿地从我做起。"

远处北面麦田尽头，杨树下，有一排竖立的正方钢构板，依次镶嵌着白色楷书字体："加强湿地保护，促进生态和谐。"

近几年，河洛汇流附近，餐饮场所、娱乐设施拆除了；黄河南岸滩区，蔬菜大棚拆除了……行动果断、迅速、彻底。呵护湿地、保护生态的醒目标语，是切实地不折不扣地落实在行动上的，为的是弘扬湿地文化、建设生态文明，为的是助推黄河生态带高质量发展，为的是让黄河成为造福人民的幸福河。

滩区湿地太辽阔，无垠麦田里，尽管一台台农机轰鸣作业，但声响迅疾被浩瀚天地吸收了，整体上感觉仍是寂静。

紧邻小路的麦田边缘，有几行麦子，收割机作业不到。一名妇女正在弯腰捡拾麦穗。

路边林荫里，几位男性老年人，手臂上戴有"禁烧督查"红底黄字的袖标，凝视着远处麦田中正在收割的几台农机。近旁有一个白色编织袋，橙黄的麦穗已经装满。

三

最早关于麦收的记忆，是二十世纪八十年代初。

那个时候，是我的童年。

杨树下，麦田边。繁茂枝叶，织就浓荫，光影摇曳。扁担两头，各有一个铁皮水桶，桶里分别有绿豆冰水，有白色冰棒。我坐在柔软绿草上，品味那份透凉、冰爽，暑热消逝无踪。

我的眼前，无垠麦田，随风翻涌。麦穗，橙黄，饱满，沉甸甸的，笑盈盈的。

母亲，四十多岁，身材修长，齐耳短发，头戴一顶浅黄色的草帽。

年轻的母亲，同生产队社员们一起，躬身低头，挥动镰刀，专注的背影，看起来很有艺术的美感。

刷，刷，刷……一束束麦穗，有节奏地应声倒下，等待颗粒归仓。

我坐在林荫处，悠闲地看着这幅忙碌收割的画图，如读一首蕴满生机的最美诗篇。

然而，童年的我，哪里能够体会到烈日下劳作的辛苦，哪里会想到关心母亲通红的脸庞，湿透的头发，还有腰腿的酸痛……

匆匆流过，四十年风雨沧桑、暑寒更迭。

又逢麦收。童年的我，和母亲在一起的时光，温馨、难忘，宛然如昨，如在眼前。

四

水澄碧，天湛蓝。线塔成行，巍峨高耸，手挽云朵悠然。葱茏近树，如黛远山。麦粒归仓，麦茬还田融土，橙黄成方。夏播启幕，玉米幼苗破土，青绿连片。

风雨沧桑，千年守望；古今辉映，大地诗章。

下午四点多，走近永泰陵，仔细凝望两个相邻的石雕像：两名文官，头戴官帽，身披官服，手持长剑；身材魁梧凛然，面容庄严祥和。虽然历经千年风霜雨雪洗礼、剥蚀，但雕刻线条流畅、清晰，造像鲜活逼真、栩栩如生，卓然风采、雍容气度依旧。

两名文官石像，头顶天空湛蓝、纯净，蓝得有些失真，像用蓝色的颜料均匀地涂抹过一样；云朵很低，蓬松、轻盈、通透，宛若入口即化、甘甜怡人的棉花糖一般。优雅的云朵，是蓝天馈赠的惊喜。

两名文官石像，脚下是橙黄麦秆茬、青绿玉米苗相间成行的锦绣田园，远处有连绵的山峦，挺拔的绿树。

我用手机精心取景，将两名文官石像、蓝天、白云、橙黄与青绿相间的田园摄入画图，转发了朋友圈。

"你喜欢的东西多吗？这片蓝天？还有谁？"

"我喜欢的东西不多，有这片蓝天，还有你！"

在郑州广播电视台工作的表姐的女儿，看到照片后，留言"很震撼。"并进行美图处理，添加文字说明，也转发了朋友圈。

古代的石像，被赋予现代人的思想与情感，对话文字，风趣幽默，富有亲和力、感染力。

从收获，到播种，有条不紊，节奏紧凑，看似行云流水、从容自然，然而，这样的丰硕成果，凝结着农民朋友们的心血、汗水，凝结着农民朋友们的夙兴夜寐的辛苦劳作。

大地换装，色彩变幻，从橙黄，到青绿。

眼前，一派田园本色，悦目，幽静，斑斓。

农民朋友们，当之无愧的大地构图绘画者，田园呵护守望人。

夕晖残照，光色殷红。晚风吹过，阵阵凉爽。不远处的田地里，一位中年男子，手持水管，正在给刚刚拱土而出的青绿的玉米幼苗浇水，模样专注、安静。

夏收、夏种已经结束，这是三夏中的"夏管"了。

南山记

一

故乡的南部，连绵群山巍峨，为伏牛山系的余脉，位置在嵩山北麓。但家乡人统称为南山。

在我的记忆中，仲春，我曾经沿着太行峡谷蜿蜒流淌、波光粼粼、倒映山色的如玉碧波，向深山更深处漫游，阅览壁立万仞、断崖绿带、层次分明的巍巍太行山；盛夏，我曾经攀登庐山，漫步在花树掩映、芳草青青、别墅林立的云中山城，在含鄱口凝望烟波浩渺、水天一色、光影变幻的万顷湖面；金秋，我也曾经登临崂山主峰，视线越过依山势错落有致、红瓦屋舍、绿树簇拥的村庄，眺望无际无涯、容颜娟秀、宝石蓝色的宏阔大海……这些远方的名山胜水，如此完美精致，只能在记忆里一次次回想，回想其风光的雄奇瑰丽，恢宏大气，清秀幽静。

相比远方的名山胜水，故乡南山旅游路沿途只是平凡、朴素、静穆的自然山水和人文景观，然而她们不在记忆回想中，而在身边眼前，她们在平凡、朴素与静穆中散发着独具魅力的光彩，给予我冷静思考生活的空间。

南山晨曲

高峻山岭之上，天空，深蓝；繁星，镶嵌
东方天际线，一抹橘红曙光，照彻心间
天地广阔，踮起脚尖
万籁静寂无声，心境澄明清欢
时光流过，在凝眸之间
星空下，黎明之光束，清新、耀眼
山岭苏醒了，晨露，晶莹；繁茂叶片间，烁闪
宛若凝固的微笑，道旁花朵斑斓
山路崎岖，峰回路转
瀑流，流泻银光，水花飞溅
潭水，凝碧，四围青山倒影，映入眼帘
鸟雀在林间合奏，欢快，自然
山中晨曲，开启崭新一天
晨光，希望之光，映入心田
心光点亮，希望，结伴同行，走长路辽远

　　每一个早晨都是一个愉快的邀请。初夏，沿蜿蜒南山路行进，连绵山峦满目苍翠。株株杨树，修长挺拔，枝叶茂盛，随处可见，如同飒爽英姿的哨兵护佑山间。触目是静寂的、簇新的青绿。

　　行进在青碧寂静的山间，峰回路转，你会欣喜地发现一座琉璃碧瓦、飞檐翘角、古朴典雅的休憩凉亭，一条青石台阶、浅绿栏杆、蜿蜒向上延伸的登山步道，一座红色屋顶、绿树簇拥、恬静安适的农家小院。

　　南山路车辆、行人很少，偶尔会有一辆汽车疾驰而过；也会有几个骑行爱好者脚蹬变速车疾驰而过，留下一阵清脆铃声，一串欢笑声。瞬间，消失在蜿蜒山路的尽头，山间重又归于静寂。

从春，经夏，至秋，静寂南山最美的时刻，不仅有绯红霞光辉映苍绿山峦姿容的仲春黎明，有雨后彩虹装饰青润山峰神韵的盛夏傍晚，还有斜阳余晖衬出墨色山坳剪影的深秋黄昏。

二

而青龙山，浮戏山，长寿山……是南山风光俊秀的画屏。

当春风掠过青龙山的时候，漫山遍岭，花树怒放。洁白杏花，粉红桃花，金黄连翘，宛若轻盈云霞缭绕，簇拥着红墙黛瓦、梵音悠扬的千年古寺，装点着巍然屹立、凉亭古朴的拦河大坝，掩映着冰面融化、绿波轻漾的宏阔河水。慈云寺，庄严楼阁巍巍宝殿，少林共祖白马同乡，披上了春天的锦绣衣裳。

在繁花照眼的春光里，静心辨读碑刻："……睹其胜概，发心创建，躬荷畚锸，亲执斧斤，诛茅斩茨，辟云构烟而成寺。"东汉明帝永平年间，天竺高僧摄摩腾、竺法兰带领工匠、佛徒，披荆斩棘创建寺院的情景如在眼前。"涓涓绿水绕其中，片片祥云而覆护……锦绣卧龙峰返照，朝阳景翠碧云西。"慈云圣境，千年沧桑传奇，依然如画如诗，实为南山厚重历史文化的瑰宝。

纵使炎夏，浮戏山也是清凉。山名浮戏，取义于晨间云雾弥漫，峰峦仅露其巅，云雾缓缓地移，峰巅也缓缓地移，宛若众鸟浮水而嬉戏。绿荫下，山道光影斑驳。山峦，满目苍翠。山坡，杨树修长葱绿，浅紫桐花盛放；道旁格桑花，星星点点，斑斓成行。溪流，在清幽山涧中轻快流淌。峰回路转，潭水深绿，四围秀丽青山、空中云朵倒影其间；一挂瀑布，白练直下，水花飞溅，银光闪烁。

在重峦叠嶂间穿行，峰回路转，花树掩映间，雪花洞映入眼帘。走进溶洞，洞内高阔，曲折萦回，流水，滴水，如碎玉银铃，清音回响。明澈灯光照射下，石柱，石塔，石笋，石幔，石瀑，钟乳石洁白，如玉，如冰，晶莹剔透；石花，遍生石壁，状若雪花，珊瑚，葡萄，姿态万千，相映生辉，大自然的鬼斧神工，美得令人惊叹。此刻，远离尘嚣，身处幽深奇幻的人间仙境。盛夏被挡在了浮戏山之外，唯有别有韵味的清凉。

秋色斑斓，最美长寿山。登山步道青石台阶，蜿蜒向上延伸。古雅凉亭，琉璃碧瓦，飞檐翘角，精巧别致。登上五道口。观景长廊，青石凉亭，廊架，依山势起伏；长廊两侧青石立柱，整齐铺排，镌刻着朱红的楹联，琳琅满目。"深秋树岭蕴奇观，碧野黄栌绿变丹；环顾竹林风景好，何须千里赴香山。"赞颂长寿山秋景的珍词丽句，引我驻足品读，如同含英咀华，化入肺腑。

诗境，有现实的图景相契合。秋阳下，漫山遍野，经霜的黄栌，仿佛一夜之间，青碧叶片，泛出红艳的色泽，红于二月的繁花，宛若流动的丹彩。千树万叶，挤挤挨挨，夺人魂魄的火红，随山势绵延无际。然而，眼前的画图绝不单调，还有一簇簇杨树的伟岸枝条，缀系炫目的金黄，傲然伫立，身影灵动，华丽。黄栌，火红；杨树，金黄，相偎相依，辉映壮观，尽情绽放闪光的青春生命，那是生命即将进入下一个轮回的庄严图景。

三

季节流转，黄叶飘落。严冬，杨树苍劲裸露的枝干，经历了漫长的寒光、冷风、冰雪的严酷洗礼。

初春，我来到山间，找寻着杨树枝条上萌芽滋长、吐出新绿的讯息，令人失望的是枝条尚未泛出绿意，山峦还没有披上绿装。但映入眼帘的是漫山遍岭的洁白杏花、粉红桃花、金黄连翘，如一朵朵白云、红云、黄云，飘浮山间，轻盈，灵动。

灿然绽放的花朵迎来了南山的春天。

春光，透明而和暖，静静地洒在层层山岭上，蜿蜒沟谷间。

农家屋舍前，一株杏树开满了粉白的花，一簇簇金黄的连翘怒放在种植着青绿麦苗的梯田旁，成为寂静山村的一抹亮色。沟谷间预留种植早秋作物的地块里，三三两两的老人们弯腰俯身手持锄头在翻耕黄土，几名中年妇女在自己承包的地里，整枝修剪核桃树。山村太寂静，静得只能听到不知名的鸟雀在尚未绽出新绿的梧桐、杨树的枝头鸣唱，静得仿佛能听到粉白的杏花、金黄的连翘在沟谷间绽放的声音。

如今，花朵凋零，绿意渐浓。寂静南山随节令的推延，进入了沉稳、成熟的初夏的青绿本色。

南山路炫目的绿，安静的绿，弥漫我的心间。此时，盛放的花朵有山坡浅紫的桐花，一簇簇，一片片；还有道旁格桑花，星星点点，斑斓成行，装点静寂南山。

行进在青碧寂静的山间，峰回路转，步移景换。凝望晚霞的橘红光色中，一泓四围青山、空中云朵倒影其间的碧水，一条在山谷中轻快流淌的溪流，一挂飞流直下、银光闪烁的瀑布；凝望绿荫下光影斑驳的山道上，妻子、孩子携手前行的背影，和孩子手中新采摘的花束，这是我生命中最欢愉的时光。

花束簇新斑斓，被晚霞的红光染过，耀眼夺目，照彻心间。

成年人的心中要装满童年的花束才好。心中永葆童心与单纯。

步移景换，一座两层农家小院，绿树簇拥；红色屋顶，青石垒砌而成，恬静安适。门前一丛翠竹，风姿清俊可人。院内几株石榴，衬着青绿叶片，榴花红艳欲燃。明净之窗开启，临窗落座，一杯清茶，一段心情。游目远眺，阅览青碧山峦连绵如海，静听鸟儿鸣唱的自然合奏。山风过处，万千绿树飒飒作响，如晴雨悠然飘落。

此刻，远离尘嚣。簇新的生活充满无限希望。

四

沿曲折山路行进。峰回路转，映入眼帘的是一座新建成的观景台。

在晚霞的橘红光色里，凭栏远望，青碧山峦连绵如海，山坡上，梯田里，核桃树行列整齐，错落有致，漫山遍岭，满目葱茏。一条水泥路掩映在核桃树的繁茂枝叶间，蜿蜒通向谷底；塘坝，碧波闪烁，恰如明镜。走向谷底，伫立水岸。风过处，微波荡漾，荡漾心间。

南岭新村是远近闻名的核桃种植专业村，核桃种植面积三千余亩，由每户群众在自家承包地种植管理。

村党支部书记老李是一名退伍军人，面容清瘦，刚毅淳朴；言谈举止、行事为人，仍然保持着严谨果敢的军人气质。

这些年来，老李带领村委成员，争取政策支持，协调建设项目，在宁静的山村，组织群众种核桃树，铺旅游路，修观景台，筑蓄水坝，建农家乐……

春节过后，老李考虑到南岭新村没有集体经济收入，说服了家里人，将自己出资经营多年的农副产品加工厂无偿捐献给村集体，对外承租经营，助力产业发展。

这样的义举，在静寂山间，村落农户，传为佳话。

前段时间，我因工作到了南岭新村，见到了李书记。我提起了他捐赠农副产品加工厂的事情。

"村里没有集体产业。我是一名共产党员，也是一名退伍军人，能为群众做点事，应该的。"李书记眉目间漾起微笑，话语朴实，坚毅。

临近道旁的青石栏杆处，几位山里人安静地坐在小凳上，前面的竹篮或编织袋里，装着一天下来尚未卖完的山货，核桃、玉米糁、绿豆、小米、槐米、山楂、柴鸡蛋、柿子醋、石磨面……

琳琅满目。一些游客正在低声与山里人交谈、砍价。

"新鲜的柴鸡蛋，十元一斤。"

我听到了一位老人低沉而清晰的声音，在寂静的山间回响。走到摊位前，看到一位大概七十多岁、头发银白的大娘，苍老面容里透出忧虑不安的气色。我低头看了看竹篮里的柴鸡蛋，大概还有五六斤，蛋壳浅褐鲜亮，确实很好。但我昨天刚在超市买了几斤鸡蛋，无意再买。迟疑之间，随意询问近旁摊位一位中年妇女槐米的价钱。

"我的槐米你买不买都行，但你最好买这位大娘的柴鸡蛋，"中年妇女微笑着，平和地说道，"大娘早起走了四五里山路，提着一竹篮鸡蛋来到这里卖；天色越来越晚，要是卖不完，还要走山路带回去，太劳累她了。"

我恍然明了。

"没事的，买不买都行！"听到中年妇女好心说出自己的难处，大娘反倒不好意思地谦让了。

我不再迟疑，决定要买。

此时，近旁一位中年男子听到老人的情况后，也走过来，爽利地说："竹篮里的鸡蛋，咱们俩各买一半，天色不早了，让老人赶紧回家吧！"

"谢谢你们！"老人起身道谢，苍老的脸庞映着晚霞的红光，眉目间忧虑不安的气色，逐渐舒展开来，露出了欢容。

短暂地对话，打破了傍晚山间的静寂，现在重新归于安静。清新的空气里荡漾着温情暖意，渐渐弥漫山间，使人沉醉。

一切光景幽静祥和，生机蓬勃。

我望着老人的背影，直到她缓慢地转过了不远处的一个山坳，才收回了视线。

苍茫暮色里，行进在青碧寂静的山间，下一个峰回路转，又会有怎样的景象？

走不尽的山路

前几年，我曾在故乡东南部的一个山村驻村扶贫。当时，南山旅游通道尚未东延到明月村，沿曲曲折折的山谷，村子仅有一条公路与外界连通。

尽管从市区经过南山旅游路辗转抵达明月村，比走国道或中原西路，远了近十公里；但驻村期间，我仍然经常驾车经由曲折绵延、景致悦目的南山旅游路往返，走在自然山水间，走在一段恬静惬意的时光里。

2015 年 9 月，我驻村任职时，大部分群众都已搬迁到距离村子十一公里的镇区居住。镇区的明月小区，楼房林立，设施完善，走出了脱贫攻坚的最坚实的一步。然而，村子产业发展基础薄弱，还有几十户困难群众，即便享受了各级的扶贫搬迁资金，仍然筹集不够需要个人缴纳的资金，无法完成搬迁。

村子也有自身的优势，地处东南部的深山区，植被好，空气好，自然风光优美。2016 年 9 月，市镇两级牵线搭桥，使明月村引进了招商引资项目。项目进来了，通过宅基地置换，困难群众最终完成了搬迁到镇区居住的夙愿。

2017 年 5 月，我驻村结束，返回原单位工作，但仍然关注着明月村的发展。村子里的五户贫困户，2016 年底都已脱贫。但脱贫不脱政策，我还是脱贫户老王的帮扶责任人。

寒来暑往，时光无声流过。我仍然经常从市区经由中原西路到明月村，有时也经由南山路辗转到村，阅览无尽山路草木荣枯，花开花谢，变幻着缤纷的色彩。

从春，经夏，至秋，明月村经风历雨，招商项目稳步实施，铺设道路，疏浚河道，建塘坝蓄水，种植果树，发展设施蔬菜、特色养殖……村子的面貌，一天一个新模样。每一次相逢，都有惊艳的发现。

群众搬迁了，耕地流转了，每人每年有两千余元的流转收入。但群众还不舍这片故土。村委与招商企业沟通，安置群众在山里务工，每月有两千元左右的工资收入。

时光转，冷风至，冬又来。清晨，我和同事驾车经中原西路快速通道，向东穿过隧道，不多久便下辅路，向东南方向行进，辗转来到明月村口。

在进村道路右侧，一条新铺成的宽阔的水泥路沿山坡蜿蜒向上，朝西南方向延伸。我知道这是南山旅游通道东延工程，村里与外界相连的第二条道路。如果通车，可以不用绕路，经由这条新路，连接原有的旅游路直达市区。

沿曲折山路进村，一座新垒砌的塘坝在山谷河道里巍然屹立，塘坝里水面开阔，并未结冰，波光荡漾，色泽凝碧。坝顶，一条两侧修建有青石护栏的道路，连通着两岸山岭的登山步道。

山坡平整开阔的土地上，几座蔬菜大棚整齐壮观。不远处山坡上，一株柿树的苍劲枝干上，黄叶早已凋落，然而一枚枚橘黄的柿子，仍旧垂挂枝头，迎风摇曳，成为冬日里寂静山村的一抹亮色。

天气虽然晴好，但拂面却是冷风。走进棚内，进深百余米，芹菜行列整齐，叶片繁茂青翠，翠色几欲滴落。我感受到了温煦盎然的春的气息。

老王走在前方田垄上，正在专注地察看芹菜的长势。

老王六十多岁，面容清瘦，身材硬朗。儿子二十出头，常年在外地打工。尽管老王早年丧偶，但生活的磨难悲苦不曾在他乐观开朗的面庞上留下痕迹，他仍然每日默默辛劳，坚韧地过着平凡的日子。我刚驻村，同村委干部一起识别贫困户时，他家居住的窑洞已坍塌，借住在村集体的一孔窑洞里。村里引进项目后，老王，和其他困难群众一样，置换了宅基地，搬入镇区的小区楼房。

老王闲不住，一直在邻村一家工厂做门卫，每月600元的收入。

我们单位基层农技推广区域中心站建成投入使用后，作为单位的一项帮扶措施，老王被安排到了临近的中心站做门卫，每月1300元。当看到单位为他购置的床、空调、煤气灶、厨具等生活用品时，老王清瘦的脸庞，溢满了感激。

老王负责而又勤劳。两层的中心站，被打扫得十分干净。

楼后，有一片空地。老王用工具挖出了石块、瓦砾，从临近的地块运来新土，买种子、育苗，浇灌、施肥，精心呵护管理。不多久，葱、韭菜、菠菜、辣椒……枝叶萌芽生长，满目葱茏，灿亮，耀眼。

有绿色相伴，生活蕴满希望，绝不单调、孤寂。

前几个月，村里的设施农业项目启动，在村干部的协调帮助下，老王又回到山上，管理大棚蔬菜。

老王和我交往几年了，彼此熟悉又信任。

听到了我的声音，老王回转身，满脸欢容，快步向我走来，高兴地问好。

我仔细询问了老王近段时间的工作生活情况。老王告诉我，自己每月工资2100元，在新建成的管理房里居住；每隔几天，下午下班后，乘坐村里安排的务工人员班车，回家一趟，早上再来山上；镇区村里卫生所的医生定期给每名脱贫户检查身体，送给他们常用药品。

老王陪我察看了几座大棚的蔬菜长势。管理人员有十多个，年龄均在五十岁以上，都是明月村的群众，我大多数都认识。

他（她）们有说有笑，向我打招呼，问好。我也笑着，向他（她）们问好。

冬日的山村，溢满欢笑。

同老王告别时，已临近中午。老王说，村口的新路已经竣工，汽车能够顺畅地通行。我和同事决定驾车走新路试试。

山风吹荡，愈加冷冽。出村口，汽车沿山坡新修的水泥路向西南方向蜿蜒而上。

我看到，路两侧道牙的长条青石整齐延伸；每个转弯处，几根立杆竖立，道路警示标志醒目。寒凝寂静南山。起伏的山岭上，杨树、梧桐裸露着枝干，黄叶疏落。唯有一株株柏树，还有层层麦田，点缀着一簇簇、一片片绿意。

汽车翻过一道岭，沿曲折山路，缓缓向下行驶。我看到了相邻镇村的村委院落高耸的旗杆上，迎着寒风飘扬的艳红国旗。我们来到了原有的、熟悉的一段南山旅游路。

山路曲折延伸，绵延无尽。山路畅通了，沿途的山村正在悄然变化，涌动无尽的希望。

不知什么时候，天空飘起了雪片，轻盈，纯净，宛若梨花。

无边沉静的南山，敞开恢廓的襟怀，喜迎纷扬欢舞的漫天瑞雪。

群山，一片清朗，活泛，莹白。

路无尽，终能抵达，抵达葱茏、丰饶、蓬勃的好年景。

山 雨

初夏午后，我陪同电视台的摄影记者小刘，驱车驶过喧闹集镇，沿盘山路蜿蜒而上，穿越一条悠长隧洞，朝西南方向行进。不多久，我们来到群山怀抱中的宁静村庄。

村支部书记老李满脸欢容，热情地接待了我们。

刚下过一阵雨，连绵山峦，葱绿，爽目。山风，清凉，沁人肺腑，舒展心灵。

红色屋顶、绿树簇拥的农家小院，依山势错落，恬静安适；一座琉璃碧瓦、飞檐翘角、古朴典雅的商务酒店已经竣工，即将对外承租营业。

在老李的引导下，车停在了山腰道旁一处观景台。

杨树修长，一簇簇、一行行，携手相连。雨后长空，云朵悠然，飘移变幻。一挂虹，它不是虹拱弯曲、横跨天际、雨后常见的壮观虹桥；而是犹如一把五彩的倚天长剑，斜插在东南山峰的顶端。

小刘架好机位，专注捕捉拍摄山村的雨后奇景。

山中习静观虹云，自然画图，美而无言。时光流转变迁，生活繁忙纷扰，心灵便会蔽塞凝滞，需要经常走入宁静山间，修习静养之功，领悟"天地有大美而不言"的妙理，以恢复心灵的清明澄澈，涵养高远心志与真朴气质。"以富于弹性的和精力充沛的思想追随着太阳步伐的人，白昼对于他便是一个永恒的黎明"。我蓦然想起了这段恬静澄清、灵光闪烁的文字。我想，唯有亲近自然，静心阅读，做一个思维敏捷活跃、与朝阳同步的人，冷静思考，从容应对，那么，白昼便是一个长长的早晨，便是一个永恒的黎明。

临近傍晚，汽车攀上山顶。小刘打算到崖畔拍摄峡谷景观。为赶在天黑之前完成拍摄任务，汽车准备沿被午后骤雨浸湿的土路再往前开一段路程。没走多远，车左前轮侥幸驶过，但左后轮却陷在了泥水坑里。小刘无论如何踩油门，后轮胎始终原地打转，在湿滑的泥水坑里越陷越深。

天空云层游移，雨点，稀疏，飘落。

老李急忙手机联系在附近的村民前来救援，随后，陪同我们步行到崖畔拍摄大峡谷的恢宏景观。群峰，俊秀，连绵如海，山坡上，梯田里，核桃树行列整齐，错落有致，漫山遍岭，满目葱茏。一条步道掩映在核桃树的繁茂枝叶间，蜿蜒通向谷底。谷底有湖，波光耀眼。

约一刻钟，小刘匆匆完成拍摄。我们返回汽车左后轮陷入泥水坑的地点。不一会儿，一辆机动三轮车沿着狭窄的水泥路颠簸着自东面驶来。车停稳后，一位六十多岁、中等身材、面容清瘦的老人赶忙下车。老人察看了情况后，从车上取下一根拖车绳，吩咐大家分别系紧两车后部的中央挂钩。之后，他和大家一起，搬运较大的石块，放入三轮车后车厢；几个人又都站在了车上，以增加三轮车的牵引力。

"预备！开始！"前后两车同时发动，绷直绳子，开始拖车。然而，由于机动三轮车牵引力太小，加之汽车车身倾斜严重，尝试拖动几次，无济于事，汽车左后轮依然在泥水坑里原地打转。

"如果天黑之前车拖不出来，怎么办？"

焦虑不安的情绪笼罩在每一个人的心头。

气氛骤然紧张。

浓云凝重，急雨说下就下，所幸并不大。

"下雨了，你先走吧！小心受凉！"大家关切地催促老人回家，"我们再找汽车，估计才能拖出来！"

"天快要黑了，又下起了雨；车还没有拖出，走了，我放心不下！"老人一边说，一边从外套口袋里拿出手机，拨号联系。"我弟弟有辆工具汽车，在山上干活，我给他联系帮忙！"

老人联系上了他的弟弟，赶过来需要二十多分钟。

等待的时间，老人将机动三轮车开离了现场。之后，大家搀扶着老人到不远处的一座造型精致古朴的凉亭里避雨。连接凉亭的新砌成的步道，曲折向峡谷里延伸。

天际落霞，晴雨飘落。这奇幻的自然景象，仿佛驱散了笼罩在大家心中的不安心绪。

不到二十分钟，工具汽车在雨幕中驶过来了。

"需要将左后轮抬起，泥水坑里填石块，车两侧大致平衡了，估计才能拖出来。"老人的弟弟是一位干练利落的中年人，下车后，冒雨仔细察看了陷在泥水坑里的左后轮，果断地说。

大家一致同意，在雨幕中分头行动。老人的弟弟找来碗口粗的一根结实的木棍，底下垫一块表面平整的大石头，木棍一端插入左后轮的轮胎钢圈。他和老李一起，下压木棍，翘起车轮。其他几个人将捡来的石块，纷纷放入车轮底下的泥水坑里。车轮底下基本垫平，倾斜严重的汽车，慢慢平衡了。

雨势减小不少，但还在下着。大家的衣服早已湿透。

老人的弟弟，将工具汽车开到合适的位置，用拖车绳将两车后部中央的挂钩分别系紧。

"预备！开始！"两车司机一起加油门启动，拖绳绷紧，陷在泥水坑里的汽车左后轮终于被艰难地拖了出来，汽车被拖上了水泥路面。

大家彼此望着对方，早已淋湿的面庞露出了会心的笑容。

雨渐渐停了。

山村，即将入夜。

郑州风景

年夜，寒冷；街边，残雪，尚未消融。街灯，明黄；灯杆上，垂挂火红的灯笼，照亮行道树，照亮新年的前路。

多年未曾听到了，远处有鞭炮声，此起彼伏；宛若天籁的雄浑交响，清脆，悦耳。街边，有小孩，燃放烟花，色彩缤纷；火光，映红了小孩的脸庞。焰火，恰如春天的繁花，装点夜空斑斓。

年味浓烈，新岁启幕。一路斑斓风景，一路充盈喜庆。

买年货，贴对联，包饺子，准备年夜饭……今年春节，我和家人第一次在郑州过年，虽忙犹乐。初一晚上，我沿长椿路往郑州大学新校区东门方向散步。关于这座城市的记忆，一帧帧画面，浮现在我的脑海。

1994年高考后，我到豫北一座城市上学。金秋，周末，我乘车到郑州。表侄，比我大三岁，我儿时的玩伴，在高炮学院就读。

校园里，夕辉红艳。法桐青绿枝叶，开始泛出金黄色泽，分外华丽，簇拥着教学楼和学员宿舍。号令声，高亢；合唱声，雄壮。学员们身着绿军装，队列整齐，精神焕发，一起出操、训练，场景煞是壮观。夜幕降临，校园广场成了露天电影院。表侄陪我一起看老电影《魔术师的奇遇》，欢声笑语，难以忘怀。

迎着东升旭日，我们俩来到二七广场，二七纪念塔的挺拔巍峨的身影，映入眼帘。纪念塔每层飞檐挑角上装饰的绿色琉璃瓦，塔尖高擎的五角红星，深绿与鲜红，还有霞光的橘红，在我的眼眸中交织，色彩炫目。

临近国庆节，秋树秋花照眼，风展红旗如画。广场上高耸的"北伐阵亡将士永垂不朽"纪念碑，颂赞英雄；古亭里竖立的碑刻，告慰忠魂。漫步碧沙岗公园，满目苍翠，英气凛然，肃穆庄重。"血殷黄沙"垂青史，"碧血丹心"浩气存，深深镌刻在了我的心里。

午后，我和表侄来到黄河游览区。

青翠山岭为屏，清澈水池中央，有一座汉白玉雕像，映入眼帘。"母亲"慈爱圣洁，怀抱一个"婴儿"。在"母亲"的无私崇高的怀抱里，"婴儿"是幸福的、安宁的。"哺育"塑像，是一个生动传神的象征，在黄河母亲的无私崇高的怀抱里，华夏儿女是幸福的、安宁的，生生不息的。

登临小顶山，宽阔的黄河，烟波浩渺，舒缓东流；大桥，飞架南北，犹如长龙卧波，车辆来往如梭，雄姿展现眼前。这幅气势恢宏壮美的画图，至今记忆犹新。

2002年12月，我应聘到郑州一家单位工作，租住在花园路西关虎屯一栋农户自建的楼房。房东是一位六十多岁的老人，热情、开朗、和善。冬季严寒，大雪纷扬。每天下午，老人烧好水，灌满保温瓶，让我下班后提到房间喝开水。

我在西关虎屯居住半年时间，那位房东老人，我是永远心怀感激、无法忘记的。

去年暑假，我带儿子乘坐地铁二号线，在关虎屯站下车，准备到河南博物院参观。出了地铁站，记忆里的西关虎屯村的高低错落的民房早已不见了，呈现在眼前的是花树掩映、高楼林立的住宅小区。记忆里的印痕与眼前的景物，交织重叠，抚今追昔，令我心生万千感慨。

假日里，我曾在冬日暖阳的午后，游览商代都城遗址。黄色的夯土城墙，历经 3600 年的风雨沧桑，依然高大伟岸，气势恢宏，在林立的楼宇间延伸，向繁华的远处延伸。梧桐、构树、槐树，从城墙的黄土里，顽韧地生长，枝干苍劲，站立成一道风景，与城墙相依相伴。作为鲜活的见证，商代古城墙是这座城市久远的历史记忆和厚重的文化魂魄。

斜阳时分，我曾寻访城墙不远处的文庙与城隍庙，两处明清建筑群，遥相守望着，布局谨严精巧，气韵非凡。晚霞的橙红光线，照射在城隍庙戏楼重檐斜顶的绿琉璃瓦上，色彩分外绚烂。那一抹古朴中透出的绚烂，留存在记忆里，宛然如昨。

我总感觉，黄河迎宾馆是繁华城市里的一处幽静之所，一方世外桃源。

雪霁天晴。端肃的青松、开阔的草坪，典雅的接待楼、会堂，覆盖着皑皑白雪。法桐成行，掩映如棋道路；水杉成林，修长连天，风姿绰约。法桐、水杉的万千枝条上，尚有残雪，时时无风自落。楼前草坪上，一株梅，粉红的花，满树绽放；层层花朵上，有纯净的雪花装点。雪，洒落在花上，便有了依恋，不舍离开，深情相拥。红花映雪，愈加娇妍。

六年前的早春，我曾到黄河迎宾馆参加会议。这幅二月雪景图，清雅，幽静，纯美，脱俗，使我惊艳。

今年春节假期，我和家人到二七广场、中原福塔、千玺广场玉米楼和龙子湖等地游览。

"最重要的事情，我来过。""低头看朋友圈，不及在这漫步一圈。""勇者无畏，智者无惧。"……登上中原福塔的最高处，塔身内侧钢架上的红底白字的醒目标语，诙谐幽默，而又激昂凛然。

在塔顶漫步，恍若在云中漫步。放眼远眺，纵横交错的立交桥，携手比肩的商住楼，椭圆外形的体育场……清晰可辨，拥入心怀。

如果说二七纪念塔的建筑风格是雄伟庄严的、传统的，那么中原福塔则是流畅明快的、现代的，建筑是凝固的音乐，这是传统与现代辉映的建筑音乐的交响。

风格迥异、新颖华美的经典建筑，刷新了郑州这座城市的天际线，汇合成一曲壮阔磅礴、层次繁复而又律动和谐的建筑交响乐。边走，边看，边倾听。我看到了这座城市不断装点、修饰的俊秀姿容，听到了这座城市不懈奋进、成长的清晰足音。

眼前的城市风景，新锐，蓬勃，富有魅力，充盈朝气。

记忆里，不曾有过。

辑四

读书随笔

静

一

天上慢慢地移着的日头，慢慢地移着的云影；偏偏斜斜地滑过去，隐隐约约还看到一截白线，很长的在空中摇摆的脱线风筝；又清又软，温柔流过，有些地方似乎是蓝色，有些地方又为日光照成一片银色的小河，以及浮在水面上，慢慢地在微风里滑动的渡船；对岸大坪里黄澄澄如金子的油菜，大坪尽头远处菜园篱笆旁，同一个小庙里，正开得十分热闹的桃花……一幅二十世纪三十年代南方小城春天日子长极、景象极其沉静的画卷徐徐展开。

十多年前，一个春末的假日清晨，我在图书馆借阅了一本《速读中国现当代文学大师与名家丛书·沈从文卷》，偶然发现并阅读了短篇小说《静》。还书时间临近，我索性将书中《静》的原文及赏析共十页复印装订成册，夹在自己早年购买的一本《沈从文精选集》中，保存至今。

"这时节，对河远处却正有制船工人，用钉锤敲打船舷，发出砰砰庞庞的声音。还有卖针线飘乡的人，在对河小村镇上，摇动小鼓的声音。"这些在空气中不断地荡漾的声音，"却反而使人觉得更加分外寂静"。

晒楼上，小女孩岳珉，傍着栏杆边，眺望到一切远处近处的无边的沉静春色，心里慢慢地平静了。面对乡村静穆和平的景象，尽管小女孩的内心始终笼罩了寂寞，但依旧有着美好的生活憧憬。然而，晒楼下，房屋内却是一个饱受战乱之苦的家庭，身患重病的母亲带着两个女儿、儿媳、丫头、两个小孩，疏散到一个小镇暂住，等候在军中的丈夫和儿子的消息。昏暗的小屋子与晒楼上盎然的春色，形成了强烈的对比。

"妈，妈，天气好极了，晒楼上望到对河那小庵堂里桃花，今天已全开了。"

"娘，娘，对河桃花全开了，你让小姨带我上晒楼玩一会儿，我不吵闹。"

作家以岳珉、北生两个儿童的观察视角，捕捉对河桃花绽放这一春天的动人亮色，竭力给这个逃难家庭寻找生活的希望。然而，小说在寂静的氛围、平淡的情节、娴静的叙述下，却隐藏着时势的动荡、生活的艰难、忧虑的期盼等不安静因素，深化了小说的悲剧主题。在景象的沉静与和平下，隐藏着战乱和死亡，传达出逃难人家无援无助的困境与无法排遣的悲情。

"可是，过一会儿，一切又都寂静了。……日影斜斜的，把屋角同晒楼柱头的影子，映到天井角上，恰恰如另外一个地方，竖立在她们所等候的那个爸爸坟上一面纸制的旗帜。"一切静寂，切切地等待的岳珉不知道她的父亲已经殉职了。故事结尾处的平静叙述，内蕴着期待破灭后的巨大情感断裂！

作家用从容平静、淡雅天然的文字，讲述了一个在战乱中遭受不幸的家庭的故事，这恰是旧中国千万个在战乱中遭受不幸的家庭的缩影，显示出作家强烈的现实关怀和深挚同情。

《静》恰如素净淡雅的洁白梨花，散发着独具魅力的艺术芬芳，始终绽放在我的心间。

二

几年前的初秋，在一本《最美的散文（世界卷）》中，我发现了一个与沈从文短篇小说《静》同名的作品，俄国作家蒲宁创作的一篇意境宁静悠远的散文。

在坡度平缓的群山之间，在宽广的山谷内，横着蔚蓝、清澈、深邃的日内瓦湖，浩瀚的碧波宁静地荡漾着。晚秋清晨，泛舟湖上，把桨插入水中，感受水的弹性，并凝望从桨下飞溅出来的水珠，迸出一道道光芒。

某一刻，停住了桨，周遭顿时静了下来。闭上眼睛，久久谛听，"只有船划破水面时，湖水流过船侧发出的一成不变的汩汩声。甚至单凭这汩汩的水声也可猜出湖水多么洁净，多么清澈"。船划破水面时的汩汩水声，衬出湖面深邃的宁静。"猜"字犹妙，从水声通透、清越，猜出水色洁净、清澈。唯有整个身心浸入静寂，方可有声色密合无间、互通相融的体悟。

此时，从深山中飘来一阵清脆悠扬的钟声，赞颂着清晨的安谧和寂静。闭目坐在船上，侧耳倾听这钟声。"享受着秋阳照在我们脸上的暖意和从水上升起的轻柔的凉意，是何等的甜蜜、舒适……"温柔而又纯净的钟声隐隐传来，愈加衬托出湖面的宁静。阳光照耀的暖意与湖面升起的凉意，使作者产生既暖又凉的奇妙而舒适的感觉，用笔细腻传神。如此美妙的听感、触感，感染读者，愉悦身心。

"人活在世上，呼吸着空气，看到天空、水、太阳，这是多么巨大的幸福！可我们仍然感到不幸福！为什么？是因为我们的生命短暂，因为我们孤独……"在甜美、舒适的宁静心境之中，作家的体验是复杂而微妙的，心中涌出了一种哀伤。"我觉得，有朝一日我将融入这片亘古长存的寂静中……"这样的情感体验，看似矛盾，但却真实。一个人的真实情感是复杂而微妙的，不大可能始终处于纯粹的快乐或纯粹的哀伤之中，快乐与哀伤相继、交织、共生，是生活的常态。

"我们以前所从未见到过的自然景色的美，以及艺术的美和宗教的美，不论是哪里的，都激起我们朝气蓬勃的渴求，渴求我们的生活也能升华到这种美的高度，用出自内心的快乐来充实这种美……"日内瓦山水"静"的美景，澄净了远离尘嚣的作者的心灵，激起了作者对宁静之美的渴求，渴求一种安宁、祥和的生活状态，并愿用发自内心的快乐来充实这种生活的宁静之美。

一幅色彩、光感、构图俱佳的幽静图画，悄然展现眼前，仿佛自己正泛舟日内瓦湖上，沉浸在宁静澄澈的意境之中。

三

"山林与，皋壤与，使我欣欣然而乐与！乐未毕也，哀又继之。哀乐之来，吾不能御，其去弗能止。"与蒲宁创作的《静》相似的生活体验，透过遥远的时间和空间，在庄子散文《知北游》中也可以见到。天地有大美而不言。当一个人置身壮阔静寂的大自然，看到山林、原野，首先感到心胸开阔，心旷神怡，有一种自由解放之感。然而，看到那绵延群山，亘古以来就在那里，个体在它面前是多么渺小，生命是多么短暂；山看尽了一代又一代的人在它面前悄然出现，而又匆匆离去，"乐未毕也，哀又继之"的情感体验，是不是会自然萌生？

在多少个寒冷的夜晚，灯光柔和温暖，照着翻开的书页。我借助于题解、注释与译文，粗略地通读了《庄子》。庄子散文是诗化的哲学，哲理的诗，真实地抒发主观感受，具有浓郁的抒情性，追求虚静恬淡、朴素本真、撄宁旷达的精神境界。

　　"水静犹明，而况精神？圣人之心静乎！天地之鉴也，万物之镜也。夫虚静、恬淡、寂寞、无为者，天地之平而道德之至也……朴素而天下莫能与之争美。"水平静时尚能这样明澈，何况人的精神呢？圣人的心灵空明宁静，是因为万物不能扰乱他的内心，可以作为天地的明鉴，万物的明镜。虚静、恬淡、寂寞、无为，乃是天地的准则和道德的极致。庄子的美学观有两个指向，一个指向外部形体的自然之美，另一个指向内在精神的朴素之美，而美的本质就在于能够顺应自然，保持自身虚静恬淡、素朴本真的天然本性。这种虚静恬淡、素朴本真的内在美，超越外部的形体之美，因此说，朴素就使天下没有人能和他相争比美。

　　"撄宁也者，撄而后成者也。"撄宁，就是耳目不受外界干扰，虚静专一而不随物变化，在扰乱中持守心静神清，在万物生死成毁的纷扰中保持心境的宁静。庄子，"独与天地精神往来"，秉承虚静朴素、撄宁旷达的独立自由的人格，从对自然的思索出发，更加重视人与自然的和谐统一，提出了"天地与我并生，而万物与我为一"的"天人合一"思想，肯定天地万物与人是密不可分的统一体，不傲视自然万物，不责问孰是孰非，在扰乱中保持宁静，与世俗安闲相处。"吾以天地为棺椁，以日月为连璧，星辰为珠玑，万物为赍送。吾葬具岂不备邪？何以加此！"庄子正因拥有这样旷达潇洒的生命境界，在自己将死之时，方能超脱时间与死生的束缚，展现个体精神上的无限张力，有如此穿越时空、超然清明、神闲气定、不惧死生的恢宏气魄！

四

　　庄子"虚静"的哲学思想，在《老子》中可以找到本源。

　　"致虚极，守静笃。"面对世事的纷争搅扰，老子提出一个主张，希望人事的活动，能够致虚守静。"虚"，形容心灵空明的境况，喻不带成见，同时，含藏着创造性的因子，含有深藏的意义。一个人的心境原本是空明宁静的状态，只因私欲的活动与外界的扰动，而使得心灵闭塞不安，所以必须时时做"致虚""守静"的功夫，消解心灵的蔽障，厘清混乱的心智活动，深蓄厚养，储藏能量，以恢复心境的空灵清明。

然而，如何才能时时做到"致虚""守静"的功夫？"致虚""守静"不是孤身枯坐，苦思冥想，正如《论语》中讲："吾尝终日不食，终夜不寝，以思，无益，不如学也。"让我们黎明即起，把最灵敏、最清醒的时刻，献予阅读。阅读蕴藏着真挚精神的书籍，作为一种崇高的智力锻炼，以达到"致虚极，守静笃"的生命境界。

"虚静"的生活，蕴涵着心灵保持凝聚含藏的状态，唯有这种心灵，才能培养出高远的心态与素朴的气质，也唯有这种心灵，才能导引出深厚的创造能量。老子倡导"虚静"的生活，重视自己内在生命的培蓄，具有永恒的思想价值和现实意义。"静"的反面是急躁、烦扰、轻浮。老子指出："重为轻根，静为躁君。"厚重是轻浮的根本，沉静是躁动的主宰。一个人，立身行事，当能静重，而不轻浮躁动，避免草率盲动。人生的活动应在烦劳中求静逸，在繁忙中静下心来，在急躁中稳定自己。

"孰能浊以静之徐清？孰能安以动之徐生？"谁能在动荡中安静下来而慢慢地澄清？谁能在安定中变动起来而慢慢地趋进？老子阐述了"动极而静，静极而动"的道理，一个人在浑浊动荡、浮躁盲动的状态中，透过"静"的功夫，静定持心，慢慢地恢复思想的清静和内心的平静，转入空灵清明的境界；在长久沉静安定之中，又能慢慢地生动起来，恢复自身的生命力，趋于创造的活动。

五

老庄"虚静"的哲学思想对后世影响深远。盛唐山水田园诗的代表性诗人王维，其诗中有画、静逸明秀、流动空灵的艺术风格的形成，自然受到老庄虚静观潜移默化的影响。

"漠漠水田飞白鹭，阴阴夏木啭黄鹂。"广漠空蒙的水田上，白鹭翩翩起飞，意态安闲；茂盛清幽的绿树中，黄鹂互相唱和，歌喉婉转。水田，白鹭，夏木，黄鹂。夏日山间，幽静如画。"山中习静观朝槿，松下清斋折露葵。"独处空山之中，为习养沉静的心境，观察朝槿开花的风姿；幽栖松林之下，为准备素淡的斋饭，采摘沾满露水的绿葵。诗人超然物外，修习静养，与田园生活密合相融，心境沉静闲适，丰盈旷达。

"声喧乱石中，色静深松里。"当青溪穿过山间乱石时，淙淙溪流喧哗一片；当青溪流经松林中的平地时，却又显得静谧清雅。澄碧溪流与凝碧松色相映，色调清冷，意境幽美。"漾漾泛菱荇，澄澄映葭苇。"当青溪缓缓流出松林，进入开阔地带，水草在溪水中随波荡漾，芦苇清晰地倒映碧水之中。品读素净淡雅的诗句，一条澄澈幽静的青溪宛然从心间舒缓流过，自己的心情也安静下来，从喧嚣生活中超拔而出，变得淡泊宁静。

"人闲桂花落，夜静春山空。月出惊山鸟，时鸣春涧中。"诗作看似平淡朴拙，实则内蕴丰厚，意境空灵静远。人处在安静的状态时，才能感觉到身边不易察觉的细微变化，察觉到桂花飘落的情状声音。春夜山间寂静，显得格外空旷。当皎洁明月升起，光辉遍照山野，惊动了栖息在山林中的鸟儿，不时地高飞鸣叫在这春涧之中。月光是灵光一现，鸟鸣是春山的喜悦，春山非但不空寂，反而蕴蓄着无限的生机。诗作传神描写了一个人领悟的过程。一个人要有所领悟，需要使自己安静下来。安静是沉思的开始，当一个人的静思积累到一定程度的时候，灵光一现、灵感突发之际，那样一种顿悟之后的喜悦，必然充溢他的整个身心。

作为盛唐诗人的杰出代表，王维禀受山川英灵之气，其山水田园诗创作将自然的美与心境的美完全融为一体，创造出宁静空灵、萧散明秀的纯美艺术境界，是"虚静"的美学追求的灵动表现。细心赏读，恰如清新山风掠过面颊，清爽溪流淌过心田，让人沉浸于一片完全摆脱尘世之累的宁静心境。

静，在诗书中，也在生活里，在少年时，也在年老以后。于喧嚣的滚滚红尘中执着行进，蓦然回首，那一方静的诗意旷野，在为一个有心之人做永恒的守候。

刊于《大观·东京文学》2019 年第 9 期

满目斑斓

一

张炜是当代中国最优秀的作家之一。在我极其有限的、零碎肤浅的对作家张炜的阅读中，依然能清晰地感受到其作品群峰巍峨般的恢宏风貌。

读过作家张炜名作《你在高原》中《我的田园》《忆阿雅》《鹿眼》《荒原纪事》《无边的游荡》等小说，作品有思辨、融深情、视野广阔、语言清畅、山野田园气息浓郁。作家对原野、山川、河流、海洋、丛林、田园、绿草、繁花以及晨曦、暮色等自然风光、乡土风物予以诗化描绘，令人赏心悦目，心驰神往。"大地的书记员"，用诗化了的、清新的语言，对乡土大地的立体式的开阔书写，融入了深挚的情感和独特的生命体验。

"汉语小说有张炜这样在高原、历史之上的高亢充沛的叙述……是以如此自然而宽广的方式显现汉语小说的魂灵。"通过文学史的引导，我欣喜地进入了《你在高原》建构的自然而宽广的艺术世界。作品对理想主义精神的坚守，对生命价值意义的追寻，对底层人民生活的关注，以及对社会现实的批判，使人敬重，引人沉思。十卷本《你在高原》，皇皇巨著，映现着作家心的高原，精神和梦想的高原。

作品对广袤大地的深情诗意的书写，满目斑斓，令人目不暇接，美不胜收，给我的心灵带来了愉悦和温暖。

掩卷回想，作品刻印在记忆深处的是什么？

是光色像粉红色的苹果花一丝一丝坠落下来覆盖大地的温柔黎明，还是把天空映在里面、一片苍蓝、浪花白得耀眼的无边大海；是在春风里喷吐着银雾一般繁密花朵的大李子树，还是枝丫开满沉甸甸的槐花、真的像一场瑞雪那样压下来的洋槐，抑或是像手工绣成的织锦一样、浑身都披满阳光的葡萄园……

然而我收获的还不止这些。我们每天花费大量时间通过电脑网络、电视网络、手机网络等途径了解外部世界，使得"我们失去了直接面对荒野、面对高山大河和海洋的机会，然而它们才是真实的世界"。

外面有一个无比广阔、辽远的真实世界。

《鹿眼》卷二、第五章"控告"一节：

那一线辉光中的微风，是黎明前轻轻的鼻息。

从窗前到那片茂密的果林，有一条洁净的沙土路。霞光正把路旁的杨树等距投影在路面上，像一把竖琴。我正注视着它，突然梦幻一般，琴弦上有什么跳动起来，是一个小小的身影：这身影在弦上攀援，于是竖琴发出了声音。

那是一个孩子向这儿走来……

黎明的霞光，映照在茂密的果林、洁净的沙土路，还有路旁的整齐杨树上。辉光中，有微风掠过。杨树的等距投影，在沙土路面上，呈现黑白相间、均等的几何图形，就像一把精美、雅致的竖琴。一个小小的身影，走在等距投影上，宛若在琴弦上跳动、攀缘。小孩的脚步声，仿佛是竖琴发出了清晰悦耳的声音。清晨的光影中，一个小孩的轻快步伐，犹如琴弦拨动，梦幻一样，多彩，优雅，明朗，有清新气息，有蓬勃朝气，有浓郁诗意，极具油画般的艺术美感。作家的想象力和观察力、艺术感悟力与语言表现力，令人击节叹赏，营造了光影相映的梦幻般的灵动而又静美的意境。

《忆阿雅》卷二、第七章"农场之路"一节：

太阳升起来，火红火红的朝霞把所有的楼房街道都涂成了橘红色。……空中好像鸣奏着某种音乐，柔和悦耳，像一个男童唱出来的一样。

……从路边的一个小红房子里传来了叮咚的钢琴声。这声音多么熟悉。啊，叮咚的钢琴声。我在桥头坐了片刻。我想让这个城市的霞光浸泡一会儿。好像有粉红色的苹果花雪片一样，一丝一丝坠落下来、坠落下来。它们洒在我的肩上、头发上。

同样是写清晨，这里却具有迥然不同的清新的艺术风貌。楼房、街道在火红朝霞照耀下，呈橘红光色。这是静景。此刻，像是有男童唱出来的柔和悦耳的音乐，从空中传来；有叮咚的熟悉的钢琴声，从路边的一个小红房子里传来。这是动景。在这样的动静协调交织的氛围里，还有霞光浸泡周身。霞光，宛若粉红色的苹果花雪片一样的温柔霞光，无声的、舒缓的坠落，一丝一丝坠落、飘洒。犹如一组慢镜头，由远及近。霞光辉映肩上、头发上，仿若万千粉红色的苹果花雪片飘洒在肩上、头发上。作家用彩笔描写霞光，如此生动传神，如此诗意绚烂。

《荒原纪事》卷四、第十二章"泪水"一节：

这里真的需要一个大地书记员，他要把一切都记下来，等待有朝一日的复原——真的会有那一天吗？

……

那时的春天是循着哗哗的渠水往北，先在沙岗上停留一会儿，然后在整个海滩上铺展开来……一片片三楞草连接着泛青的芦苇再往东蔓延。密匝匝的槐树高耸云天，每一株都伸出了细小的叶芽，像一只孩子的小手拳住，慢慢地展开——它的掌心里就握住了一个春天！

春天的来临，是循序渐进的，同时又是加速度的、层次繁复多彩的。在渠水边、沙岗上、海滩上，春天的表征是片片三楞草，是泛青的芦苇，还是高耸云天的槐树？在每一株槐树的细小叶芽里，在像一只孩子的小手的掌心里，就握住了一个簇新的春天！作家犹如一个大地书记员，把留存在记忆中的童年的春天描绘得如此斑斓绚丽，生机蓬勃！

《我的田园》卷一、第五章"葡萄之夜"一节：

修剪葡萄藤蔓的刀剪、松土的锄头、施肥用的铁锹，就是我今天最好的笔。我用它书写也算是恰如其分。……纸页上的诗是扁平的，泥土上的诗才能站立。……当我忘掉了诗的时候，诗意却真的簇拥在我的身边。……

九月的东部平原，迎来了葡萄丰收的季节。"我"想要摊开纸写下来金秋收获的第一首歌，幻想成为一个真正的行吟诗人、一个游荡的歌者。在葡萄园的田间泥土上手胼足胝、辛勤耕耘、劳作收获，此时，也许"我"忘掉了什么是诗；然而，无边的繁茂枝叶、满目葱绿，清风中送来饱满果实的酸甜味道；刀剪、锄头、铁锹，就是手中最好的诗笔，诗意却真的簇拥在了"我"的身边。在葡萄园中，"我"与大地自然声气相通、血脉相连、情感牵系，身心辛劳却又愉悦，灵感萌生，悉心体悟，散发田园泥土气息的诗行，便会从笔底自然流淌。只有大地之诗，"泥土上的诗"，才能在读者心目中引起共振共鸣，真正站立起来，才能收获诗歌艺术的硕果。

"这里高，这里清爽，这里是地广人稀的好地方！"

"苦难和欢乐，忧愁，劳动，是这些组成了人的四季。"

"好一片田野，五谷为之着色！"

《无边的游荡》中这些高亢、清爽、明朗的诗行，依然回响在我的耳畔。

二

《我的原野盛宴》，是一部长篇非虚构的儿童文学作品。张炜先生真实诗意地还原了在胶东半岛海岸林间自己同外祖母一起生活的童年记忆。童年的生活是物质匮乏、孤独寂寞的，然而大自然的斑斓图景，缤纷的众多植物，灵性的各样动物，在童年时的作家眼前展开了一场丰富多彩的原野盛宴。

作品以儿童的视角、思维方式与心理特点，感知描绘半岛自然田园风景；以儿童能够接受的精湛清新、质朴恬淡、平易通俗的语言风格行文叙事。在原野自然中，展开瑰丽童话，展开爱的教育，展开关于"人在大地上诗意地栖居"的大地故事，恰如视觉听觉盛宴，记录一个人的成长史和心灵史，唤回童年美好记忆，唤回初心和诗心、童心与爱心。

第二章"在老林子里"一节："……我们甚至发现了一条小路，弯弯曲曲，路旁长了马兰和灯盏花。多美的小路啊，它会把我们引向哪里？不知道，只沿着它往前就好。太阳把一切照得通亮，到处金灿灿的。"在金色的阳光的照耀下，弯曲的林间小路，长满鲜花，它会将童年的我以及小伙伴们引向何方？"我们"信心满满，决定沿着这条小路走下去，期待有新的发现、新的惊喜和新的收获。"……渠两岸是浓密的大树，中间是大树夹出的一片天空，就像一条通天大道一样。……云彩把一切都染红了。……我们长时间仰脸看着，看那条通天大道。"在儿童的视野与想象里，浓密的大树夹出的一片云彩染红的天空，仿佛一条红光铺就的通天大道，引领自己沿着这条通天大道直上云霄，探究未知神奇的天上的传奇故事。

第三章"荒野的声音"一节："……我长时间看着茅屋东边那棵大李子树，它是我依偎最多的一棵树。它太大了，一到春天，自己就开成了一片花海。大李子树是我们这儿真正的树王。我甚至觉得它对一切的树和动物，就像外祖母对我一样慈爱。它顾怜一切，护佑一切。""大李子树"这个文学意象，多次出现在作家的文学作品中，它是魂牵梦萦的故乡的标志，更是慈爱的外祖母的化身。茅屋东边的那棵大李子树，是整个海滩林子里的树王，春天来临，一大片银白色的繁花耀眼，宛若花山、花海；花香浓郁，铺天盖地，沁人心脾。盛放的花树，顾怜、护佑一切，就像外祖母顾怜、护佑着童年的"我"一样。

第五章"追梦小屋"一节："……夜越来越深，我在西间大屋里已经站了许久，在灯下翻书。书中掉出几片叶子，那是很久以前的林中落叶。我嗅着书，每一页都是昨天的气息。"夜深人静，灯下翻书。书中掉出了几枚书签，那是许久之前的金秋的林中落叶，或红艳，或金黄，依然泛出生命的光泽。翻动书页，每一页都是昨日的生活气息，都有秋天的清新气味，都有"我"闪光的童年记忆。

第五章"落叶"一节："太阳升起，林子里变得暖融融的……这时候走进林子，每一步都踏进一个惊喜：地上铺满了彩色的落叶，简直没法下脚。……我把黄毛栌和银杏的叶子看作是最宝贵的礼物：仅有这两种美丽和神奇，这个秋天就已经十分了不起。……石楠肥厚的红叶、长长的叶梗和均匀的叶齿，大概是天底下最好的书签。"秋风渐凉，树叶飘落。清晨，旭日升起，树林温暖。走进林中，踩着铺满了彩色落叶的地面，步步令人惊喜。杨树叶子黄绿交织，洋槐叶子如同金箔；黄毛栌的叶子红到无法形容，就像外祖母藏起的一幅古画上面的朱砂颜色；银杏叶子精巧，通体变成没有一丝杂质的纯金色；石楠红叶，脉络清晰均匀，肥厚饱满鲜亮。落叶，缤纷、美丽、神奇，是金秋赠予的最宝贵的礼物，是天地间最精致的书签。抱着彩色落叶回家，"我"感觉整个树林里的宝贝都搂在了怀中，整个秋天都搂在了怀中。

三

一个人的时间和精力有限，量力而行地关注当代作品的同时，同样需要量力而行地回到最基本的经典作品的阅读。而阅读作家张炜的古典诗学著作，进而切入看似熟悉而实质陌生的古典文学的学习，应该是一个有效的途径。

作家张炜的《读〈诗经〉》《〈楚辞〉笔记》《陶渊明的遗产》《也说李白杜甫》《唐代五诗人》《斑斓志》六部诗学著作，文字如诗，思想深邃；隽语妙联，满目斑斓；诗学著作不同于一般的古籍今译或导读，皆因其独辟蹊径、深思别悟和凌厉畅言，给我带来惊艳，导引我开启古典文学的量力而行的阅读，开启一次向伟大心灵深处漫溯的共情之旅。诗学著作，视角体悟之新颖精湛，思维见解之活跃敏锐，让人耳目一新；宛若灯火，烛照出一条道路，将读者引向一个深思的方向，一个辽阔的诗学空间。阅读后，古典文学再次变得簇新，姿容鲜亮天然。

《读〈诗经〉》——

《读〈诗经〉》中，作家在第二讲"自由的野歌"中"蓬勃生气"一节写道："简约而质朴的《诗经》，洋溢鼓胀着强劲的生命激情，这种充满原生力的巨大喧哗之声，是天地人心交汇震响的合唱，使一代代人获得一次次奇异的体验。这种由视觉、由文字符号代码所转换的形象和声音，可以逼真切近地冲入视网膜与耳廓，直抵心头，萦回环绕，经久不息。"《诗经》的总体风貌显现着开放和自由的品质，整体上给人一种疏朗和旷敞的感觉，特别是"国风"，大部分都是短制，简练隽永，率真随性，这是五百年心声的概括，是漫长时光中的伟大省略。诗作的生命激情来自荒野水泽，源于无拘无束的劳动和生活，音域开阔洪亮，弥漫着一种地气氤氲之美。《诗经》的咏唱者，如此专注于大自然的蓬勃成长，专注于树木花草、满目青绿。作家在第二讲"自由的野歌"中"满目青绿"一节写道："这是一部植物志，是当时人对大自然的结识，是一部人和植物交流对唱的特殊标记。……当古代咏唱者亲切地呼唤木瓜、郁李、椒聊、蒹葭，赞叹高大的杜梨、刺榆、梧桐和梓树的时候，似乎仍能让我们感受其热切的目光，看到他们的满脸甜笑。"在作家的评析文字的导引下，展读满目青绿的《诗经》，诗章里洋溢着蓬勃、自由、纯美的精神，蕴蓄有动人的爱情、真诚的友情和感人的亲情，语言简洁优美，情感深挚美好，尽管跨越三千年漫长时光，依然给人审美的愉悦，生活的启迪与灵魂的感动。

"风雨如晦，鸡鸣不已。既见君子，云胡不喜。"《郑风·风雨》风雨交加，天地昏暗；鸡鸣不息，报告天明。丈夫突然归来，与女子久别重逢，喜出望外之情，溢于言表。这是最惊喜的相见，缓缓品读，宛若天籁。

"青青子衿，悠悠我心。……一日不见，如三月兮。"《郑风·子衿》一个女子与她的心上人相约在城楼见面，但久等不见踪影，女子望眼欲穿，情思无限，苦等一日，恰如有三月时光漫长。这首情歌，精妙灵动，意境静美，成为描写相思之情的经典诗作。

"有美一人，清扬婉兮。邂逅相遇，适我愿兮。"《郑风·野有蔓草》春晨郊野，露珠晶莹，一对青年男女偶然相遇，相互倾慕，坦诚率真，欣喜之情跃然纸上，这是最浪漫的邂逅，如画如诗，是田园牧歌，也是青春恋歌。

"投我以木瓜，报之以琼琚。匪报也，永以为好也！"《卫风·木瓜》这是青年男女之间最慷慨的酬赠，通过互赠礼物来表明感情的深挚与浓烈。仔细赏读，让人感觉真情美好永驻，如花清新盛放。

"之子于归，远送于野。瞻望弗及，泣涕如雨。"《邶风·燕燕》在燕子翻飞的郊野，一位国君送妹妹远嫁，一朝分别，归期未知。兄妹别离迫在眼前，兄长伤心万分，泪如雨下。这是最感人的离别，这是一首意境凄婉的骊歌，被誉为"万古送别之祖"。

"昔我往矣，杨柳依依。今我来思，雨雪霏霏。"《小雅·采薇》出征时，杨柳依依迎风；归途中，大雪纷纷飘舞。这是最伤怀、苍凉的感慨。"行道迟迟，载渴载饥。我心伤悲，莫知我哀！"我的哀痛谁又能体会！一位守边兵士归途漫漫，借景抒情，感时伤事，尽管超越千年时空，但艺术的感染力依然可触可感。

作家在《击鼓》阅读笔记中写道："然而从整篇歌咏去揣摩，'死生契阔'的海誓山盟也许发生在尸横遍野的战场上，在战友之间。这是经过鲜血洗礼之后的情感告白，是同性之间不离不弃的钢铁誓言和生命期许。如此，就具有了更加令人战栗的力量。""死生契阔，与子成说。执子之手，与子偕老。"在我的极其有限的知识视野和一般的认知理解里，一直以为这段感人的歌咏，描写的是男女之间相携相助、一起终老的爱情誓言。从作家新颖、深刻的解读中，我认识到这是朝夕相处、同生共死的战友之间悲伤离别的一首歌咏。沙场之上，战鼓阵阵，尘土飞扬，部队改编，战友分别。掷地有声的誓言犹响耳畔，而对方却消逝在死生未知的苍茫之中。诗歌呈现一种惨烈、悲壮、绝望的艺术氛围，浴血奋战、共度危难的生死友情，镌刻在灵魂里，与生命同样珍贵。它超越了一般意义上的男女情谊，可谓惊心动魄。这首血泪之歌，使我共振共鸣，摄我心魂。

作家在《无衣》阅读笔记中写道："《无衣》是两个饥寒交迫士兵的战前对话，谁也无法预料那场即将来临的生死大战结果如何。在这咏唱中，我们只有沉默、怜悯、感慨和悲伤。"同样写共生共死、相濡以沫、鲜血凝结的战友情谊，"岂曰无衣？与子同袍。王于兴师，修我戈矛，与子同仇！"在寒冷的冬季即将来临、给养匮乏、生死难料的极为严酷的战前境况之下，战友愿意将最后一丝布缕交给对方。这首勇士短歌，凸显出人性至美的温暖亮色，渲染出一种朝不保夕、怜悯悲伤而又豪迈高昂、同仇敌忾的艺术氛围。

四

《〈楚辞〉笔记》——

《〈楚辞〉笔记》中，作家在《涉江》阅读笔记中写道："他作为一个独特的生命标本，可以存放万世，使人类在对比和观照的同时，发掘和认识生命奇迹。……人们如果不愿放弃领受奇迹的机会，那么首先应在诗人面前驻足。……因为久远的时光已经把斑斓的楚地在很大程度上改造得面目全非，只有周身缀满兰草和鲜花的诗人永生不变地伫立在那里。"作为一个独特的生命标本，中国第一位浪漫主义诗人屈原用一己之力托起的一座宏伟辉煌的艺术殿堂，《楚辞》闪耀着思想与艺术的双重光辉，创造了自《诗经》以来汉语言文学的真正奇迹。展读《楚辞》，是感知和触摸伟大灵魂之旅，也是认识与领受生命奇迹之旅；同时，发现诗章中写到了许多繁茂的植物，呈现出一个绿色葱茏的世界。可以想象，即便在诗人最寂寞最沮丧的时刻，也仍然有绿色繁华的簇拥和陪伴，周身缀满兰草和鲜花的诗人永生不变地伫立在读者的心中。

然而，作为一个遭受放逐的失意贵族，作为楚国国君的盟友和忠臣，诗人始终无法超越时代历史的局限和思想性格的局限，直到死亡的边缘，也未能把自己的思维推进一步，仍旧是忠君守节，知恩图报。就世俗意义和个人生存艺术而言，诗人所思所想所行都一塌糊涂，他的独自哀戚并没有什么美感，他的死也原不足惜。而作为一个民间和大地的歌手，诗人的死却让江河为之垂泪，高山为之垂首；诗人由于一意孤行而激发和造就的毁灭之舞，它的炽亮耀眼的光环，却始终高悬于历史的星空之上。作家还原了万千读者都熟知但却并不真知的屈原的不朽形象。

在《〈楚辞〉笔记》的导引下，读《离骚》："朝饮木兰之坠露兮，夕餐秋菊之落英。……亦余心之所善兮，虽九死其犹未悔！……路漫漫其修远兮，吾将上下而求索……"饮露食花，显出诗人品行节操的高洁与脱俗；九死未悔，映射出诗人的坚韧和顽强、不屈与无畏。而站在昆仑山上极目宇宙，发出的千古绝唱，则刻画出了一个离去者、求索者的形象，正要开启新作为、新征程。这是何等的气魄胆略与自由自信。屈原放逐，乃赋《离骚》，在恶劣的政治环境中，始终保持砥砺不懈、特立独行的高尚节操，执着追寻"美政"理想，并为之不畏艰难、不惜生命而上下求索，流贯着深沉悲壮的爱国情怀，迸发出异常绚烂的思想光彩，成为民族精神的诗化象征。

读《湘君》："令沅湘兮无波，使江水兮安流。望夫君兮未来，吹参差兮谁思……"读《湘夫人》："袅袅兮秋风，洞庭波兮木叶下。……荒忽兮远望，观流水兮潺湲……"湘君和湘夫人都是湘水之神，男神与女神相互爱恋，却因奇妙的原因而分离，因此就造成了各自的独守、思念与寻找。风浪止息，江水无波，安静流淌。湘君修饰美丽的容貌，乘上桂木龙舟，寻找心上之人。她吹奏排箫，排遣孤独与忧伤，希望夫君能够听到悠扬琴声，知晓自己的想念。而湘君也在水上苦苦寻找湘夫人，此时正值秋凉季节，洞庭湖水，微波轻漾，树叶寂然飘落。思念无尽，恰如水波一样缓流不息。诗歌语言优美，想象瑰丽，情感跌宕，颂赞了真挚、纯美的神之爱恋。爱的双方都是水神。只要爱存在，生命就有魅力。

读《少司命》："悲莫悲兮生别离，乐莫乐兮新相知。……竦长剑兮拥幼艾，荪独宜兮为民正。"亲人生别离，最令人悲伤；结交新知己，最使人快乐。这是诗人最有勇气、最深情地一笔，将其写进了祭祀之歌。女神具有普通人的情感哀乐悲喜，不能割断儿女情长。女神登上九天，抚动彗星，举起长剑，护佑人间年轻幼小的生命。长剑守护弱小，因为弱小才真正拥有未来。女神是人的命运的真正主宰者和护佑者。

读《山鬼》："若有人兮山之阿，被薜荔兮带女罗。……被石兰兮带杜衡，折芳馨兮遗所思。……山中人兮芳杜若，饮石泉兮荫松柏。……风飒飒兮木萧萧，思公子兮徒离忧。"山鬼，生活在茂密山岭之间的神灵，像杜若般芬芳，饮石泉，荫松柏，美丽、纯洁、率真、痴情。她采撷香草，想要在相会时赠予心爱的人，可是情人却没有如约前来，在希望和绝望的交织中，在风声飒飒落木萧萧中，山鬼满含哀怨和愁思。屈原以深切同情的笔触，谱写了一曲缠绵哀婉的爱情绝唱，恰是诗人长期放逐、孤寂心情的自然流露和真实写照。

读《国殇》："诚既勇兮又以武，终刚强兮不可凌。身既死兮神以灵，魂魄毅兮为鬼雄。"《国殇》里没有男女爱恋，情意缠绵，徘徊幽怨，追悼为国捐躯的英雄将士，是《九歌》中唯一的一曲高昂激越之歌。诗章战鼓声铿锵，厮杀声震天，将士剑与弓散落荒野，身与首惨烈分离。面对这一悲怆凄凉的一幕，诗人却唱出了最高亢的音符，将士们勇敢英武，身躯虽死，但雄心固在，灵魂不灭，永远留存着不可凛辱的刚强气节，他们是鬼魂中的英雄俊杰。诗章呈现出肃穆、不屈、崇高的英雄气息。

读《哀郢》："去故乡而就远兮，遵江夏以流亡。……鸟飞反故乡兮，狐死必首丘。信非吾罪而弃逐兮，何日夜而忘之。"公元前278年，秦国攻破楚国首都郢，失去故国之哀，百姓遭此劫难之痛，令诗人抽泣哀叹。然而，诗人自己早已流离失所，当年惨遭放逐，走出郢都城门时是何等的哀伤、悲凉；沿江夏之水流亡，一去永不回返，前路迷惘无尽。诗人哀郢哀君，却很少自哀，然而，真正让人哀叹的还是诗人自己。放眼四望，何时才能返回故土家乡？鸟儿飞得再远，也要回到故乡；狐狸直到死亡，依旧头朝山岗。诗人被放逐、流放，确实是无罪蒙冤的，怎会日夜忘掉故国乡土？哀伤之声，何等凄凉悲怆，尽管跨越千年时空，依然直击读者的心灵，撼人心魂。

读《橘颂》："受命不迁，生南国兮。深固难徙，更壹志兮。……苏世独立，横而不流兮。闭心自慎，终不失过兮。秉德无私，参天地兮。愿岁并谢，与长友兮。"诗章是诗人早年的咏唱浩叹，心情阳光、激昂、飞扬，没有哀怨、伤感、忧愤，拥有前所未有的清新、真挚与明朗，轻灵飘逸而又厚重深邃，是诗人所有诗章中最完美独立、最积极向上的一首。橘树生长在南方的天地之间，扎根泥土，固守命运，心志专一；橘树远离世俗喧嚣，不屈从盲从流俗，凛然独立自守，立场坚定谨慎；橘树风骨卓然、气度雍容，永远不会有过失，品德高尚无私，清醒自尊自知，始终与天地气韵和谐一致。面对修长茂盛的橘树，年轻的诗人有了深刻宏远的觉悟，以树为友，自我激励，周身焕发蓬勃、爽朗的生机。诗章散发着一种橘树的清新气息和可人芬芳，读之耳目一新，精神振奋。

　　读《招魂》："……魂兮归来！入修门些。……魂兮归来！反故居些。……目极千里兮，伤春心。魂兮归来，哀江南！"灵魂啊回来吧，要从郢都的国门进来，快返回你的故土家乡，为如今的故国楚地哀叹！从关于东南西北、天上地下对魂魄的紧紧相逼的描述中，从这一声声凄厉而热切的呼喊中，我们可以看到屈原对楚王之死的哀悼惋惜之情。然而，楚王魂魄已招，诗人却命运依旧。眼前江南春景美好，可以却令人黯然神伤。诗人放逐流亡，丧魂失魄，他实在需要为自己招魂。

五

　　《陶渊明的遗产》——

　　第一讲"魏晋这片丛林"中"最大一笔遗产"一节："我们将直面一个结果，即'丛林法则'和人类的'文明法则'不可调和的深刻矛盾。这个不可调和，在陶渊明全部的人生里得到了细致而充分的诠释。这正是他留下的最大一笔遗产。陶渊明在'丛林'之中、在'丛林'边缘所不得不回答尊严问题，入世出世问题，如何生存、怎样战胜自己的懒惰和懦弱等一系列大问题时，留下了宝贵的'遗言'。从这个角度去看诗人的全部文字，是最具价值和意义的。""魏晋风度"实际上就是弱肉强食、人人自危、个体生命朝不保夕的"丛林法则"面前，如何保持尊严的一个命题。陶渊明所体现的"风度"，最突出的就是他用回归田园从事劳作的方式来保持尊严，直到饿死，也始终坚守了自己的底线，没有失掉尊严。陶渊明的人生作为，他的貌似"出世"的入世成果，就是与其身体力行从事田园劳作相一致的诗章构思创作，是清新优雅、完美精致和深邃悠远的思想艺术表达，是他用全部生命实践所找到的那片"桃花源"。陶渊明给我们留下了一笔丰厚的艺术与思想遗产，他的那片"桃花源"，可以一直存在于时间里，其本身的价值是恒久不变的。"他是一个可资参照的显著标本，这个标本有可能伴随人类走到最后，因为人类直到未来也仍然需要他的生活所昭示的那份自由，需要他醒着的尊严……"一个人不能没有尊严，不能没有选择，在新的时代历史条件下，我们仍然还要时不时地想到陶渊明这个人。因为陶渊明从总体上来讲，是一个在人生判断上较为清晰的人，没有陷入很大的迷途，在关键时刻是决绝的，一旦做出了决定，就再也没有改变。从一个人的生命本质和人生意义来讲，陶渊明是一个挣脱了锁链之苦又免除了残杀之危的人，一个用文明和理性战胜人性残缺、到最后一直不肯妥协的人，一个在艰难险境和万般痛苦里"挺住"的人，一个直到死亡降临其思想信念和精神也没有溃散、始终紧紧握住尊严的人。就此来说，他是一个完整的、较少遗憾的人，他始终是一个"挺住"的灵魂。因此陶渊明才有如此的感召力，强烈地感染、打动着我们，他给我们指出了一条希望之路：人在最困难无望的绝境中尚可以保持尊严。

第二讲"无眠的尊严"中"精神洁癖"一节："陶渊明的那些田园诗把个人生活审美化了，这一点特别了不起。"作为一个心气高远、非同一般的农耕者，诗人具有卓越的艺术才华，拥有非凡的审美力与特别心，把歉收与劳累，甚至是把自己的坎坷，把苦难艰辛或平凡恬淡的生活都审美化了，"种豆南山下，草盛豆苗稀。"欣欣向荣的豆苗和茂盛生长的青草之间，在诗人眼中没有歉收的焦虑，而是平等的，都是生机蓬勃的绿色，这样的写实文字，透出了诗人的欣悦和顽皮的神色，与欣赏者的轻松感。"夙晨装吾驾，启涂情已缅。""晨兴理荒秽，戴月荷锄归。""晨出肆微勤，日入负禾还。"田间劳作的辛苦，在诗中尽是一种恬美静好、自由舒畅、自傲悠然和精神满足。看到外面的大树唤起的那种美好心情，看到远处的山川唤醒的那种豪迈感，诗人生活在田园里，把具体而辛苦的劳动上升到审美的层面，是十分难能可贵的。诗人把田间的辛苦劳作"诗化"了，生活被诗人从更高的意义上把握和收获了。

第三讲"徘徊在边缘"中"地平线"一节："陶渊明的内心其实是很高傲的，用他自己的话来说就是'刚烈'。……他最终也没有与自己的命运达成全面妥协，内心里还是翻腾着许多炽热的期望，目光仍然要投向遥远的'丛林'深处。""园田日梦想，安得久离析？"陶渊明在关键时刻是决绝的，冲破了樊篱，终于回归田园，因为性格里有刚硬和勇猛的一面。尽管陶渊明置身闲适恬淡的田园生活，绝大多数时间只是面朝土地劳作，行为上是一个收敛、谨慎、平和的人，但他具有开敞的视野，有一双遥望的眼睛，超越了现实的地理阻障，心灵深处有一条遥远的人生地平线，于平凡中显出了卓越。因此，他志向高远，浑身并不静穆，"凌厉越万里，逶迤过千城。""刑天舞干戚，猛志固常在。""丈夫志四海，我愿不知老。"诗章明晰的传达出了诗人壮怀激越的刚烈悍声。到了近晚年时期，诗人写出了"商音更流涕，羽奏壮士惊"的壮怀难抑、悲绝慷慨之声。

"性本爱丘山"一节："陶渊明既有'爱丘山'的本性，那么这样的一个人总体上会是温柔的。他有纤细的心弦，轻轻弹拨即可激越起来。他把'刚烈'掩在深处，只有特别的时刻才会显露出来。""含欢谷汲，行歌负薪。""道狭草木长，夕露沾我衣。""平畴交远风，良苗亦怀新。""秋菊有佳色，裛露掇其英。""木欣欣以向荣，泉涓涓而始流。"……回归自然田园，面对青山绿水，诗人由衷欣悦，心情得到滋养和焕发，生活的诗意也就洋溢起来了。只有一个长期田间劳作亲近泥土、真正体验到愉悦与苦痛的人，只有一个与土地肌肤相亲、对土地蕴含着饱满情感的人，才能写得出这些流畅优美、平易恬淡、自然天成、最能够打动人心的诗章。这样的诗章，具有隽永丰富而又朴实简单的质地，是真正意义上的大地诗章。

第四讲"农事与健康"中"明亮感"一节："阳光洒向万物，也洒在陶渊明的身上，这对于诗人很重要，对于他的作品、他归来后所洋溢的那种健康温煦的气息是至关重要的。""榆柳荫后檐，桃李罗堂前。""翩翩新来燕，双双入我庐。""露凝无游氛，天高肃景澈。""梅柳夹门植，一条有佳花。""清歌散新声，绿酒开芳颜。""引壶觞以自酌，眄庭柯以怡颜。"……这样的回归田园的亲切温暖的诗行，放射出迷人的光芒，洋溢着一种阳光般的明亮感、真实可触的畅快感、一种温情暖意、欢愉惬意，一种欣欣向阳、舒放自由的情怀。"草盛豆苗稀"一节："……陶渊明的生命过程就是一次融入野地的过程。……陶渊明对于我们的最大意义，就是启示一个人怎样度过坎坷的人生，给我们讲述了一个大地的故事。"太阳的映照，野风的吹拂，露水的洗涤，溪流的冲刷，……山川田园，乡野大地，给陶渊明的身与心带来了阳光与健康。陶渊明的田园就像一条奔腾不息的河流，自然天成，生机蓬勃，一直流淌下去，发出与绿色原野相唱和的哗哗水声。作为一个有不绝魅力、有亲和力和感染力的自由生命，诗人获得了不受羁绊的自由感，他的思维四方翱翔。一生基本上做农民的苏格兰诗人彭斯，与陶渊明有相似之处。正如他的名句所说："我的心啊在高原，这里没有我的心。"具有一颗高原之心、超然高蹈之心的贫寒之士，怎么会深陷不可自拔的沮丧之中？陶渊明回归田园后，生存的艰难就像一条锁链，但直到最后也没有捆住这样一个高洁不屈的灵魂。

第五讲"切近之终点"中"'高旻'和'大块'"一节："陶渊明的诗为什么让人感觉那么深邃、旷远，放射出跨越时世的光泽？就因为他面对的更多是'高旻'和'大块'，即天空和大地。""茫茫大块，悠悠高旻，是生万物，余得为人。""衡门之下，有琴有书；载弹载咏，爰得我娱。""息交游闲业，卧起弄书琴。园蔬有余滋，旧谷犹储今。""秉耒欢时务，解颜劝农人。""悲风爱静夜，林鸟喜晨开。""微雨洗高林，清飙矫云翻。""既耕亦已种，时还读我书。"……那个乡间蜿蜒的阡陌小路，那片触手可及的绿色田垄，那种天然舒缓的生命状态，对于诗人的身心健康，显然是有作用的。陶渊明尽管像普通农民一样贴近土地，但他作为一个浪漫主义者，一个精神的高蹈者，以"向死而生"的乐观无畏的态度，尽可能地让生的每一天都变得更有分量、更有意义，更加不可遗忘；尽可能地把生活审美化、艺术化，因此他的诗文，散发出浓郁的抒情气息，放射出迷人的思想光辉。

第六讲"双重简朴"中"一枝野菊"一节："陶渊明就好像庐山脚下的一枝野菊，迎着季节热情地开放过，然后就凋谢了。"陶渊明是一位会种地的贫士与诗人，真正融入了自然田园之中，因此，其诗作所呈现的"闲适"，是来自劳碌之余的一种快慰和舒畅，透露出劳动求得生存的安定与自信，开创了一代清新朴拙、闲适淡远的诗风。陶渊明的生命底色是绿色和湿润的，他的诗歌艺术有一种"极简"、平易和朴淡的性质，没有膏粱厚味，不伤味蕾，只是日常蔬粮，清爽亲切，不惊艳，更不刺目，具有艺术恒久之美，内在质朴之美。诗人单纯如一枝素雅的野菊，如一枝饱满真实、摇曳多姿、露水晶莹的野菊，绽放着迷人绚烂的光华，长留在一代又一代读者的心中；诗人又如一朵永不凋谢的自然之花，只要这世界还存在着，他就存在。

第七讲"最近和最远"中"理性之弦"一节："陶渊明没有像那些大著作者一样，留下条理整然的学术表述，但他用双足在大地上踏出的诗行，以及留在纸上的杰出文字，完成了一部关于人生、理想、社会、哲学诸问题的丰富著作。我们今天谈论的陶渊明，既是一个具体的生活之人，又是一部斑斓的时代之书。"陶渊明具有优良品质、天性的颖悟敏锐和卓越思悟力，是一个认真求实、执着而不盲从地走自己的道路的人。当苍凉人生向他逐步敞开的时候，艰难踌躇难以为继，也还是保持了个人的操守，人格的尊严，以及志向追求。陶渊明的意义和价值是他用质朴辛劳的一生创造出来的，他全部的人生归结为独处和劳动，包括伴随其间的自我吟味。陶渊明是因地因时而生的幸运儿。他在社会和物质层面遭受了极大的困顿和挫折，一生与物质贫乏、精神困境做斗争，却也促成了精神和艺术上的一种显赫存在。"敛襟独闲谣，缅焉起深情。"从陶渊明的诗文中，可以发现，他有一个缺陷和弱点是很难克服的，这就是与生俱来的内向与孤独，还有耿介。陶渊明在物质贫乏、精神困境的人生艰难中，背负自身的缺陷和弱点，始终没有放弃，书写了田园之诗，有了创造的茂长，有了艺术之花的盛开，在人生的长路上走得那么遥远，那么闪光。诗人的经历启示我们：每个人终有不可克服的缺陷和弱点，需要自己去领会和认识它的存在，让它时刻提醒自己，知道自己的限度在哪里，从而谦卑谨慎地走完自己的有作为、有价值的一生。

作家在《陶渊明的遗产》中以鲜活多趣的情思、慧眼独具的洞察、质朴清新的文笔，还原了一个真实完整的诗人，读者的思维仿若飞翔起来，进入一个寥廓、窅然的诗歌的艺术境界。

六

《斑斓志》——

《斑斓志》第一讲"出眉山"中"不曾忘记才华"一节："一个人无论拥有怎样的广博和智慧，都是不完整和不全面的，每个人都是天生如此的，只有充分地感受自己的软弱和残缺的时候，才能回到最清醒最理性的状态，这个时候才是最有力量的。"任何一个人，无论他是怎样杰出的人物，都有时代的局限、思想的局限，都有自身的弱点、不足与残缺，都是不完整和不全面的。面对一位偶像级的古典诗人，张炜先生对诗人非常偏爱，却非一味褒扬，始终持客观公正之论。诗人常常表现为一种不自觉的强势，辩论起来豪情万丈，但痛快之余也对他人形成了压抑。苏轼在艰难的环境中更加显出了人格的伟大。然而，"其忠恳不如杜工部"，他的诗章只是在腠理之间游走，而不是深达骨髓的欣快和痛楚，没有震撼人心的痛苦反省、自我追问和深刻探求。我们只有叹服和惊喜，而少有心灵的战栗。

第三讲"一生功业"中"浪漫的枝丫下"一节："尽管苏东坡命运多舛，坎坷无尽，从高巅滑下深谷，但他绝对不是一个失败者。他是作为一个顽强抗争、百折不挠的形象，屹立在历史尘烟之中。……当我们尝试走近并进入它的内部时，会发现其中曲折无限，琳琅满目。那些不可思议的长廊，那些让人赞叹的穹顶，都是最大的建筑奇观。""一年好景君须记，最是橙黄橘绿时。""记取江南烟雨里，青山断处是君家。""还来一醉西湖雨，不见跳珠十五年。""有情风万里卷潮来，无情送潮归。问钱塘江上，西兴浦口，几度斜晖？……"古人更重情分，格外珍惜相会与分别。惜别酬答之诗，思清、字秀、感人，只有依依惜别、铭记友情，才会珍重生命，珍惜人与人之间那份美好的情怀。"与君世世为兄弟，又结来生未了因。"诗人生死之危的绝命诗，是写给兄弟的叮嘱与托付，手足情分，友爱弥笃，举世无双，令人泣下。

"清寒入山骨，草木尽坚瘦。""江云有态清自媚，竹露无声浩如泻。""莫嫌荦确坡头路，自爱铿然曳杖声。""二年流落蛙鱼乡，朝来喜见麦吐芒。……汪汪春泥已没膝，剡剡秋谷初分秧。""仍传语，江南父老，时与晒渔蓑。""几时归去，做个闲人。对一张琴，一壶酒，一溪云。""只渊明，是前生。走遍人间，依旧却躬耕。昨夜东坡春雨足，乌鹊喜，报新晴。"西方哲人的名言"我思故我在",在诗人这里则可以改为"我爱故我在。"在不幸遭贬、流放、落寞的艰难时期,诗人怀抱对生活的挚爱,胸襟依然旷阔辽远、超然坦荡,精神依然蓬勃昂扬、自在充实。诗人用诗行营造的气息和场景是苍茫无际的,如他的"一蓑烟雨任平生"所描绘出的雨雾中披蓑奔走的从容无畏的身影。

"去人曾几何,绝壁寒溪吼。""一点浩然气,千里快哉风。""此生归路愈茫然,无数青山水拍天。""汝如黄犊走却来,海阔山高百程送。""他年谁作舆地志,海南万里真吾乡。""九死南荒吾不恨,兹游奇绝冠平生。""万里归来年愈少,微笑,笑时犹带岭梅香。试问岭南应不好,却道,此心安处是吾乡。"人间诸多生命都是渺小的,但渺小者的自强又可以化为人生的星光。作为一个生命,面对人生的挫折坎坷,面对仕途的艰难绝境,诗人已经被残酷地毁坏,可只要一息尚存就要振作,奋起而为,百折不挠,顽强抗争,就要释放自己的生命热量。正如陆游在《题东坡帖》中说:"公不以一身祸福,易其忧国之心,千载之下,生气凛然。"忧国忧民在诗人这里,不是一个空洞的概念,而有其丰实充盈的内容,洞见出开敞崇高的生命境界。甘泉就在心里,诗人以全部的生命和热情去寻找、汲取、浇灌,将苦难和贫瘠变为了甘甜与丰饶,将绝境化为了坦途,最终走出了人生苦境,走向了更具意义的创造。这是他在大地上写下的最为感人的诗行。苏轼的万卷诗章,恰如一座恢宏的建筑奇观,内部的长廊、穹顶,曲折无限,琳琅满目,华美绚烂,让人惊叹。

张炜先生的中国古典文学随笔,语言清新流畅,思想厚重深邃。静心学习,既赏读了当代散文随笔,又激发了学习者进一步阅读古典诗文的兴趣,收获双重。

七

《莽原》2021 年 1 期《重温经典》专栏选载作家张炜的中篇小说《请挽救艺术家》，刊发评论《从张炜写作的精神源头望过来》，展现出经典文学作品写作视角的新颖、思想的敏锐、情怀的纯挚与气象的宏阔。

《请挽救艺术家》原作刊发《上海文学》1988 年 10 期，对于我不是重温，而是惊喜地发现，愉悦的新读。小说是作家张炜"纵深开阔的写作起点"。作品中，"我的心中存在希望，有心爱的艺术，有光亮。"杨阳是一位身处困境与艰难中的具有艺术潜质、执着追求绘画艺术理想的年轻人，是一个注定了要把自己的一辈子交给艺术、坚韧不屈和勇敢无畏的人。"我"对于弱小而又坚强的他，寄予深挚的同情，并不遗余力、想方设法地予以帮助，在给画院副院长的求助信中，热忱地进言："请您将世俗的一切偏见抛到一边，做一次勇敢的人，伸出双手去迎接一个有灿烂前程的人。……请您挽救一个正在遭难的艺术家！"呵护生命之火，维护希望、个性和追求，实际上就是在呵护、维护一个具有艺术潜质的艺术家的仅有一次的生命。

作家张炜出生于山东龙口，在不加雕琢的、旷远开阔的自然环境中成长。在优美纯净的自然田园风景中度过童年时光，作家获得了丰厚的精神滋养和艺术启蒙。"我"的思想的深邃、情感的清澈，情怀的悲悯，实质上是作家的思想的深邃、情感的清澈，情怀的悲悯。作家对生命本色的呵护，对身处困境与艰难的命运的体恤与担忧，呈现着文学精神的光与热，撼动读者的心灵。作家张炜历经岁月变迁而始终如一的从未变更的文心，是对自我理想的不懈寻找，对心灵之业、对纯正文学精神的坚守。

作家张炜在《莽原》2021 年 5 期刊发文论《小说语言：韵律、起势及其他》："语言当中最有力量的还是名词和动词，它们是语言的骨骼，是起支撑作用的坚硬部分。……标点符号绝不是无足轻重之物。不同标点的运用，先是掌握，然后才逐步训练出一种敏感性。这些符号除了能帮助表达意思，还能影响到语言的韵律、调整行文的节奏。"作家张炜在《莽原》2021年6期刊发文论《小说语言：造句和自尊》："……稍有自尊的作者都应该写出自己的文字，尽可能用自己的语言去表达自己的意思，而不应该抄用别人的字句。……文学写作，不仅是他人用得太多的句式和句子要自觉地回避，就是自己在同一篇文章中用过的词儿，也要尽可能地小心绕开才好。"这样有力量的、铅块一样的文字，掷地有声，给人警觉和清醒。对文学写作心存敬畏之心，永葆自尊的本色，不抄袭别人，不重复自己；在写作中建立起准确使用名词和动词的自觉，着力提高文学语言的光泽度、色彩感和表现力；要恰当使用好标点符号，比如要注意准确运用句号，因为句号很平实内在，很含蓄也很有余味，要慎重使用感叹号，注重语言的韵律与节奏；要持之以恒地加强写作训练，用自己的独具个性、光泽、质地的文学语言，表达自己的思想和情感、理想与追求、观察及发现。

订阅了一年的《莽原》杂志，每期匆匆浏览，真正细读的寥寥几篇，即便如此，能够阅读到作家张炜的作品及文论，也是很有价值的。作品与文论对照阅读，恰若火光照亮前路，给我启迪与信心。

灵秀之笔绘画图

——读王剑冰散文

序

2019 年 11 月 8 日至 12 日，我参加了奔流文学院举办的第十一届文学创作培训班。初冬暖阳，师友欢聚。11 日上午，王剑冰老师以《寻找散文中的"绿"》为题，展开散文写作的专题讲座。王剑冰老师以朱自清的散文《绿》为切入，指出要学习借鉴朱自清自然、真挚、温婉、简洁的散文艺术风格，认真阅读经典作品，广交朋友，不断行走，寻找好的角度，把真诚的情感、活泛的思绪抒发出来，表达自己独特的发现，追求一种自然的、自由的写作状态。

开卷有益。我依次翻开《南方最后一支马帮》《云南的色彩》两本散文集和《王剑冰研究》评论集，开启阅读之旅，就像打开了一幅幅由灵秀之笔绘就的锦绣画图。

"崂山是需要来一来的，来清清心、清清肺，也清清嗓子。回去让人生变得清爽、昂扬和沉稳起来。"

"快了，这头扎向大海的巨龙，高速铁路与高速公路就要在它的托负下发出昂奋的声响，将远处的希望带来。"

"青天河是序曲，碧水蓝天、高山奇峡、云烟红叶，才是这大美景观的雄浑交响。"

青岛崂山、福州平潭岛、焦作青天河，我前几年曾去过，因此，《崂山的道骨仙风》《平潭开篇》《青天河红叶》等散文读起来格外亲切，诗情画意的文字，唤起了我的旅行的记忆，宛若重启了文化的旅程，重又相逢熟悉的风景。

"当《绝版的周庄》全文刻石，以一堵老墙的形象成为水乡周庄的文化名片；当《吉安读水》的碑石屹立在吉安白鹭洲，伴随着学子们读书也读水；当落成于湖北郧西天河文化广场的《天河》碑刻，连同爱情一起永恒；当《洞头望海楼》的碑文，在温州洞头风景区迎击海浪……以诗为文，寻求一种诗性表达和美文书写，是剑冰散文明确的审美追求。"

"王剑冰的散文语言极其形象，他善于打破语言的习惯性用法，利用词语新的搭配组合，构成一种语言的冲击力。"

"应当说，散文作家王剑冰也在前人开创的散文道路上努力践行着自己温柔敦厚、中和节制的美学品格。"

翻开《王剑冰研究》评论集，我阅读了郑州大学文学院樊洛平、刘宏志、潘磊三位老师的文学评论，分别是《铭刻在大地与碑石上的心灵散文——王剑冰散文随想》《用诗绘就文化图谱——谈王剑冰的文化散文》和《君子情怀，温润如玉——读〈王剑冰精短散文〉》。三位老师的专业评论，精彩，深刻；评论文字本身就是有诗性，有画意的，令人赏心悦目，使我对王剑冰老师的散文创作的整体风貌有了大致的了解。

我关注了"王剑冰写作坊"微信公众号，打算持续阅读王剑冰老师的散文作品。

不必说《古藤》《荒漠中的苇》《春来草自青》《瓦》等哲理类散文语言质朴明朗，蕴含深邃哲理，发人深省，直击灵魂；也不必说《渤海湾记事》《春花与冬雪》《落日》《寂寥的田野》等叙事类散文笔致流畅细腻，情感纯挚，感人至深；更不必说《我远来是为的这一湖水》《青州缘未了》《吉安读水》《万里茶道走襄阳》《驿道的远方》《香山上的香山居士》《夏日的废墟》等历史文化散文在平实灵动的行文中，有广博的历史知识，深厚的文化思想，以及闪光的艺术感悟；单说游记体散文就呈现迥然不同的宏阔气象与艺术风骨，《塬上》《陕州地坑院》《洞头望海楼》《好树如诗》《东海盛开的玫瑰》《夕阳·大海》等散文，雄浑与温婉兼具，气象宏阔，笔力千钧；而《绝版的周庄》《微雨轻云入梅山》《榴花照眼明》《阳山深处的七彩田园》《家住萍乡江水头》《洞头》等散文则行云流水，画意诗情，语言清雅，晶莹剔透。

读散文《我远来是为的这一湖水》，"我远来是为的这一湖水。我走得有点累，让我枕着湖水睡一睡。……"赏读作品，作家引用的学者周定一《南湖短歌》中的一段诗句，再也无法忘却。在硝烟弥漫的抗战年代，由于云南昆明校舍不敷，边城蒙自便接纳了西南联大文、法学院的师生，而南湖便成了师生感情的依托，诗情的沃土。"每天，师生上下课经过南湖东堤，课余在湖边读书、唱歌、诵诗，在湖里畅游，在亭上探讨，青春的气息弥漫水中。水里鱼翔浅底，鸟儿扑飞，莲叶田田拨弄着微风。""青春的气息"在水中"弥漫"，湖水也给予师生们青春的活力；不是微风"拨弄着"田田莲叶，而是用倒装句式：田田莲叶"拨弄着"微风。作家赋予南湖碧波以诗意与灵性，师生的生活已与美丽的南湖融合在了一起。是的，"蒙自分校，是西南联大这支现代乐曲中一段优雅的乐章，南湖的音符在其间跳荡。"南湖的音符也跳荡在读者的心间。

读散文《夕阳·大海》，作家置身辽宁营口，品读摹写夕阳与大海演奏的磅礴大气的别样乐章。"那些海浪，你看着的时候，起了变化，出现了夕阳临近的效果，感觉是一片金黄的稻穗，饱满而羞赧地推赶着。"夕阳映照下的层层海浪，就像金黄的稻穗，饱满而羞赧。比喻与拟人手法连用，令人耳目一新。"太阳还在下沉，一边下沉，一边打开宝匣，将里边的红艳泼洒出来。"落照如打开的宝匣，泼洒红艳色泽，将大海"染成了挤挤涌涌的接天红莲。"绚烂图景，炫人眼目。而更令人惊喜的是这段富有魅力的蕴含哲理的文字："实际上，黄昏与黎明同属于美丽的时段，……那么，如果将落日和朝阳并在一起，想成时间的两面劲鼓，有节奏地击打中，你便听到了生命的律动。"黄昏落日，黎明朝阳，一天中的两个美丽的瞬间，时间的两面劲鼓，击打心灵，愉悦灵魂，引人哲思，仿若听到了生命的激越律动，给予人强烈的审美体验。

读散文《万里茶道走襄阳》，"斑驳的城砖，线装书一般，将城市的辉煌叠加上去。"湖北襄阳古城，城砖斑驳，仿若线装书，一层层叠加上去，叠加出城市的悠远厚重、辉煌灿烂的历史文化。"线装书"，"叠加"，名词、动词巧妙重组，语句新颖，写活了襄阳。"一部大书在城前展开，写满汉字的汉水，如此丰润丰富。三千里汉江，精要在襄阳，其中包含近两百公里的壮阔波澜。"又一次，写到了"书"，"一部大书"便是襄阳城前、丰润丰富、写满汉字、沿岸人们一生都在品读、获益的汉江，而"唐白河的水，襄河的水，檀溪的水，都化作汉江的力量"。众多支流汇入，强健了汉江的筋骨，激起了壮阔的波澜，化作了昂扬激越、一往无前的雄浑力量。这样的力量感、厚重感，使得万里茶道重要节点、商贸兴盛、文化繁荣的襄阳，更显迷人魅力，更具夺目光彩。

这样的文字，清新、清朗、清雅，深深刻印在了我的心里。我的眼前宛若铺展开一幅幅气象万千的山水画卷，看云在空中缓缓游走，观水在山间淙淙轻流。

齐鲁景观

山东青州，"面山负海古诸侯，信美东方第一州。"青州给予词人李清照的，"是天地人文之气血、山水风情之精华，是平生诗词三分之一的灵感与瑰丽。"在散文《青州缘未了》中，作家寻访李清照故居，"让人觉得，这就是宋时的院落。轻轻地走进去，一庭芳草，半池残荷，一簇簇竹，一垄垄花，包括墙角的一抹新绿，不都是她的词？"院落，还是"宋时"的，犹如穿越时空的隧道，来到了词人生活的年代，草，荷，竹，花，还有一抹新绿，在作家眼中都蕴满诗意，都是"她的词"，都成了词人笔下的描摹意象。在如此清雅、幽静、古朴的环境中，词人在那般素洁的案几上，诞生过一首首珠玑般的华章。作家将词语巧妙重组，产生出非同凡响的审美冲击力。

在散文《好树如诗》中，作家将日照浮来山上的一棵银杏树倾情颂赞。"我的目光从日光初照的时刻开始，远远望见那片金黄的绚烂，如十万旌旗迎风。"开篇便有陡然的气势，在日光初照时，在快乐晨阳下，金黄银杏，闪亮舞动，一片绚烂，恰如迎风招展的十万旌旗。

"伴随着金黄色的钟声，落叶像鸟儿一般纷飞。"金黄色的落叶纷扬，作家入眼满目金黄，此刻钟声回响耳畔，在内心感觉里，钟声也有金黄的色泽。声音被赋予颜色，令人惊艳。"它那豪放如鹏的格局，像一首大气磅礴的诗篇，吟唱在我的心间。"回首凝望银杏那蓬绚烂辉煌，那豪放阔大如鲲鹏展翅的格局，就像诗篇，大气磅礴，在心间吟唱。好树如诗，拨动心弦，余韵悠长。文中，设喻新奇，通感巧用，词语重组，呈现出非凡的艺术美感。

在散文《榴花照眼明》中，作家一枝彩笔书写山东枣庄峄城盛放的十万亩石榴花，"5月底6月初，正是榴花大放异彩的时候，她们不与百花争春，等别的花闹够了，才豪情满怀地来跳广场舞。……于是你就看吧，成片成堆地、成波成浪地喧腾成花的海洋。"如果说，不与百花争春的榴花，成片成堆地、成波成浪地喧腾着，成了"花的海洋"，这还不够精准生动；那么，"豪情满怀地来跳广场舞"，将风吹榴花的动感壮观图景，逼真的拟人化呈现，却如神来之笔。

"没入石榴花丛，你简直也要开放了。你看，谁的脸不一下子变红了呢？一个个都是润滋而精神。连风都是红色的，在下面满地张扬。"榴花照眼明，榴花映脸红，置身石榴花丛，容颜润滋而精神，好像自己的心灵也"开放"了。风，满地张扬的风，也被火红的石榴花，映照成了鲜丽的红色。在作家的感觉里，风被赋予了颜色与光泽，意境清绝。

银杏树、石榴园呈现给读者的是瑰丽清新的审美愉悦。

2004年金秋，在山东日照，我第一次见到了大海。赏读散文《东海盛开的玫瑰》，唤起了我的海的记忆。作品叙写了山东日照的晨光辉映的大海图景，以及幸福在一海玫瑰的怀抱里的一对对新人。

"此时的大海，瞬间一片绚烂，就像催发了一朵朵轰轰烈烈的玫瑰，千万朵澎湃而热烈的红，簇拥了这个早晨，以及沿着早晨走来的爱情。"朝霞万丈红艳，映照宏阔的、无垠的大海，在作家眼中，仿若千万朵轰轰烈烈地盛开翻涌的绚烂玫瑰，令人惊异悦目，凸显出作家超绝的想象力和创造力。

为什么将晨光辉映大海的图景，比喻成盛开的千万朵澎湃而热烈的红玫瑰？因为玫瑰象征爱情，作家要营造一种浪漫气息飞扬的浓烈氛围。那一海玫瑰的绚红，簇拥了山东日照的早晨，簇拥了在海边拍婚照、与大海同潮同涌、与太阳同框同镜的一对对新人。"浪花像打开的婚纱裙裾，拂扫着沙滩。"黄昏海边，仍有年轻人在拍婚照。此时，拂扫沙滩的浪花，就像打开的婚纱裙裙，如此浪漫温情的意境，令人沉醉！日出，黄昏，一对对青春，被大海擦亮，大海成了值得一生回想的气势磅礴的见证。

瓯地风韵

我曾在山东日照、青岛、威海看过晨曦与落照中瑰丽变幻的宏阔的海，在福州平潭岛看过午后明澈阳光辉映下的无际的海，然而我不曾登楼望海。我在王剑冰老师的文字里，感知领略了温州洞头的大海的风韵。

"这些楼多在江边湖畔，视野或有一定局限，而若站在瓯越锦绣百岛俱现、天海宏观一楼独览的望海楼，襟怀当更为恢廓。""在大海面前，个人喜忧得失是那么的微不足道；登楼望海，会望出一片敞亮，只带走海的深沉与宽广。"在散文《洞头望海楼》的文字里，我仿佛身临其境，四面观波、八方听涛，登楼壮观海天间，襟怀更为恢廓，望出一片敞亮，融海的深沉与宽广于心田。

试将《洞头望海楼》与《洞头》对照评析：

"一群帆在眼前划过。洞头民俗专家说，那是开渔节后的出海。帆将海剪开又缝上，海鸟像撒出的鲜花，和云彩一同填满天空。"（《洞头望海楼》）"休渔结束的时候，千艘渔船竞相驶出港湾，像春天开犁，将海面犁出鳞波万顷。白色的海鸥跟着船飞，船似被万羽牵引。"（《洞头》）在这两段文字里，作家运用"像撒出的鲜花""像春天开犁""似被万羽牵引"等巧妙的比喻；运用"划过""剪开又缝上""填满""犁出"等贴切的动词，共同将千艘渔船出海的壮观图景，描绘得灵动多姿，精彩传神，极具视觉的美感与冲击力。

"风推着时间远去，海迎来又一次日落。落日浑圆，似在释放着一种能量，将波浪一层层镀成殷红。"（《洞头望海楼》）"现在，海变成了一片嫣红，像无数鲜花撒在巨大的容器里，花在翻涌，花瓣散出不同的红，有的深红，有的浅红，有的金红，中间一道丽彩，尽头就是那个圆润的夕阳。"（《洞头》）一个简笔勾勒，一个细笔描绘。澎湃的海，波浪层层。殷红，嫣红，深红，浅红，金红，像无数鲜花在翻涌，花瓣散出不同的红的色泽。洞头瑰丽多彩的落日海景，如此逼真，如在眼前。

散文《微雨轻云入梅山》，作家写温州瓯海丰收的杨梅林，景色如画如诗。"谁说'今天入梅'，梅像一个节日，把欢快的路重新走一遍，透明的初夏雨花飞溅。孕期的茶山上，果实饱满。上到高处你就看吧，漫山遍野都是绚烂的红艳。""走一遍""飞溅""饱满""红艳"，四个押韵的词语，巧妙组合搭配，使这段看似平常普通的文字，亲切，灵动，具有了音乐的内在的节奏和韵律，以及散文诗一般的优美清新的意境。

"仰头时，便有杨梅落下，这里那里噼噼啪啪地响。声响带着一种疼痛呢。"熟了的杨梅，玛瑙般的果实，甜中带点儿微酸的汁液，落地噼噼啪啪地声响，"带着一种疼痛"，这种"愉悦"的痛感，传神地写出了作家对落地的杨梅的怜爱与情感。"我知道，我们只是过客，而茶山是永远的，我们走后，茂密的枝叶间，还会长出嫩红的晨曦。"茂密的杨梅的枝叶间，在每一个朝日，会"长出"嫩红的晨曦。拟人化的动词的巧用，使梅林晨曦的景象如此清丽多彩，一幅茶山永恒长存的秀雅画图！

南粤印象

在散文《驿道的远方》中，作家将深圳深汕特别合作区的赤河，这条清雅温润的美丽的水，比喻成宽展碧绿的水袖，在晴空曼舞，"舞出两岸的葱翠，远山的眉影，以及落霞晚照。"河如水袖曼舞，舞出两岸旖旎风光。"舞出"用词灵动，自有一种视觉的冲击力。"越是茂林葱翠，清泉鸣韵，越显得山石铺就的驿道苍老。……花草开在石道间，开了败，败了又开。这条路始终活着，每一块石头，每一个缝隙，每一片叶子，都在呼吸，在生长，在跳动。"葱翠的茂林，鸣韵的清泉，如诗如画，显出驿道的沧桑与古老。然而，花谢花又开，草枯会返青，这条蜿蜒无尽的古道，却又始终活着，始终簇新，因为组成它的石头、缝隙、叶子，始终在呼吸跳动，在萌芽生长。这条古驿道，连接过往，通向远方，"是一道光，朗照着民族的昨天与未来。"

"他们管这里叫作'七彩田园'，也就是说这里种植的水稻有黄、黑、紫、白、红等颜色。……"

"一片片的自动喷灌龙头像花儿开放，水花打在秧苗上，阳光里泛起七彩的彩虹。田园是七彩的，人的心也是七彩的了……"

王剑冰老师行走大地田园，观察采访，独具慧眼，巧思妙悟，散文《阳山深处的七彩田园》，讲述广东清远阳山县在广州黄埔区的对口扶贫中，一步步绘就七彩田园，一步步摆脱贫困，走上致富幸福大道的故事。语言运用朴实的白描手法，历史叙写与现实观照相互辉映，简笔勾勒，生动传神，将读者带入七彩田园的乡村画境，展现脱贫群众的自主、开朗、积极、进取的精神风貌，人心也是七彩的，满怀欣悦与向往，朝向乡村簇新生活的愿景前行……文风行云流水，清新明快。赏读体悟，乡野泥土气息拂面入心，极具艺术的感染力量。

在作家的文字里，我阅读感知过西北荒漠中的苇："这该是植物中的弱女子啊，给她一片（不，哪怕是一点）水，她就敢生根、发芽、开花，摇曳出一片星火，一片阳光。……不过我想，既然作为一种生命，站立于这个世界上，就有她生命存在的意义和可能。这个生命就会不讲方式，不图后果地向上生长，直至呼出最后一息。"在作家的眼中，荒漠中的苇，在严酷的环境中，在孤独的境遇里，尽管柔弱，卑微，然而只要一息尚存，就始终坚守抗争，"摇曳出一片星火，一片阳光"。"苇"的形象，多像每一个庄严的生命，唯有生长，绽放，才有价值与意义。

而广州增城有一棵独立的古藤，同样给予读者深刻的哲理启迪。"无有依托就不再存有想法，就像失去娘的孩子，自己为自己做桩，自己为自己相绕，直立而起，倒下，再直立。藤留下坚毅、痛苦、挣扎的过程。……人其实同藤一样，从一点点爬起，活得不知有多艰难。……只要生命在体内一息尚存，就以藤的个性，滋生、蔓延、上升、翻腾。"散文《古藤》笔力千钧，撼人魂魄，作家期望人要同古藤一样，在挫折、艰难、痛苦面前，独立自主，百折不挠，坚韧刚毅，使自己的生命发挥出最大的力量，绽放独具个性的光彩。

散文《古藤》，同《荒漠中的苇》一样，以非凡的笔力、质朴的文字，描绘诗情画意，揭示深邃哲理，塑造了感人的艺术形象，直击读者的灵魂。

赣乡掠影

"云涛雾海，朝霞晚艳。狭路迂回，翠竹障眼。黄洋界惊心，五指峰动魄。英雄碑高耸，纪念馆震撼。十送红军的歌声催泪，五井后代的纯秀开颜。"散文《吉安读水》中的这段文字如诗，"晚艳""障眼""震撼""开颜"，词语精心选择重组，而又自然天成不着痕迹；联句工整，铺排递进，极具诗歌的韵律之美。仔细品读体悟，既让人阅览吉安井冈山的旖旎自然胜景，更叫人感怀红色历史文化的悲壮精神。

"在白鹭洲上走，茂林修竹，曲径通幽。登上风月楼，青原扑面，风帆入怀。……学子们守着一洲白鹭，读书又读水。"赣江白鹭洲上，风光秀丽，书院、古楼，历史景观增添文化气息，更有学校传来琅琅书声，学子们守着自然美景，读书快乐成长，读水润泽心灵。

而尤其令人印象深刻、无法忘怀的是："毛泽东在渼陂组织红军赤卫队攻城，挥洒出'十万工农下吉安'的豪情。"以及"毛泽东的'湘江北去'一叹千秋。"作家走访渼陂村毛泽东旧居，看到"万里风云三尺剑，一庭花草半床书"的对联，想到了"十万工农下吉安"的词句；看着滔滔北流的赣江，想到了同样向北流的湘江，"湘江北去"一叹千秋的感喟油然而生。伟人的词句巧妙化用，浑然一体，为作品增添历史文化的厚重内涵。

且看散文《家住萍乡江水头》形象性的散文语言，构成的一种语言的冲击力。

"曲折的木栈道，将阳光折成几何形状，人走到上边就感到衣袂飘摇，心野绽放。前面的一群孩子，音符样跳跃。"

"进入农舍，仿如进入了一个新的天地，屋舍周围扎着细密的竹篱笆，阳光硬性地挤过来，挤出一束束金线。"

"大片的浮萍在水中开放，让你想到萍乡的名字。众多的阳光在浮萍上晃，晃成一堆珠玉。"

江西萍乡的阳光，投射在曲曲折折的木栈道上，投射在细密的竹篱笆上，投射在水中开放的浮萍上，呈现出极具艺术效果的美妙形象。"折成""挤出""晃成"，动词巧妙运用，精彩，通透，传神。"几何形状""一束束金线""一堆珠玉"，词语重新搭配组合，打破语言的习惯性用法，将阳光描绘得灵动多姿，极具神韵。

渤海湾风貌

叙事散文新作《渤海湾记事》，有关童年的回忆，亲情的叙写，平静、简洁的文字里，见出挚情。景物描写尤其好，不是华美的铺排，而是巧妙的点缀，营造了明朗欢愉而又有凄凉忧伤的情感氛围。

其中对"芦草"的描绘，令我印象深刻。在《水中的小庄》一节中，"风从哪个方向旋来，渐渐有了尖啸。芦草的白穗子成片地浮动，成了一波波苍凉雄壮的海浪。"风吹芦草，成片浮动的白穗子，宛若一波波海浪，宛若苍凉雄壮的海浪。妙处在"苍凉雄壮"，是客观景物映入作家眼中，产生的主观感觉，生动，传神，极具画面的美感。

而在《跟二叔上了一回地》一节中，"芦草"却具有迥然不同的艺术风貌，"二叔说太阳到了那根芦草上就回家。那根芦草就在那边水沟旁，芦草的白火炬一耀一耀，很有些辉煌的光亮在风里。"夕辉下的芦草，恰如白火炬，在薄暮的风中，光亮闪耀，入眼辉煌。作家慧眼慧心，善于捕捉平凡景物的美好瞬间，用妙语给予绚烂的呈现。

在《走过一个荒岗》一节中，"有各色喇叭花无声地在孤冷中吹奏秋韵，什么小鸟儿把这秋韵啄破了，使这荒岗更显得静寂、沉闷。"喇叭花在孤冷中无声绽放，吹奏秋韵；而鸟儿的鸣唱，啄破了秋韵，荒岗愈加静寂，开篇便营造了凄凉的氛围。"……整个的这片土坟，没有什么树木，鸟儿无处栖息，就在荒坟上飞，一片片羽翅像翻起的烧纸。"收尾处，鸟儿的意象再次出现，无处栖息的鸟儿的羽翅，像翻起的烧纸。文字编织的画面，何等的哀伤！寄托着作家对逝去亲人的无尽的祭奠与怀念。

塬上风景

2021年金秋时节，我来到郑州市惠济区郑品书舍，有幸参加了王剑冰老师新书《塬上》分享会。从省内外慕名前来的专家、文友，济济一堂，气氛热烈。"阵阵燕哨掠过起伏的土塬，与塬上躬耕劳作的乡人们的撩人歌唱相和着，带向远方……"背景墙上，电脑投影的一段文字，引人注目。聆听王剑冰老师的创作经历和交流分享的平和深情的话语，我倍感亲切，深受启发。

开卷散文集《塬上》书页，文字，清新、诗意，将我带入塬上田园牧歌般的静美意境。

试将《塬上》一节，与散文《陕州地坑院》对照阅读：

"雪像一个素描大师，把一个个地坑院勾画得十分仔细，连拦马墙上的瓦楞都勾了出来。"（《塬上》）"雪片似梨花，覆满整个陕塬，勾勒出一个个坑院。"（《陕州地坑院》）雪落塬上，似梨花，勾勒坑院；而将雪拟人化为素描大师，尤为传神超绝，勾画装点地坑院，一幅雪塬坑院的清雅壮美画卷铺展眼前。此刻，谁家坑院散出了缕缕炊烟，让无边沉静的雪塬的黎明顿时活泛起来。

地坑院，像极了下沉的四合院，长方形或正方形的边缘合围，"在地坑院里看夜，感到那是一种简单明了的观景框，在这个观景框里，你会看到月亮的变化。……"（《塬上》）"头一次住进地坑院，感到有一种四合的凝聚与向下的沉淀力，却离天尤近，繁星框了一院子。院子像塬上开的天窗，……"（《陕州地坑院》）夜晚，院中对空闲坐，感到有一个"观景框"，有一个"开的天窗"，会看到月亮的移动与变化，会看到繁星"框了"一院子，会感觉到自己的这个框里的夜空是最美的。在这里作家将夜晚的地坑院审美化，艺术化，景物清绝空灵。

展读《塬上·春日》（下篇），"淡蓝的云光在更远处勾勒出天际线，一条长长的孤云，似刚刚卷起的纱帘。纱帘启处，太阳带着红晕羞涩地起来了，感觉它仍有'浓睡不消残酒'的慵懒。"云光，淡蓝，勾勒出天际线；长条的孤云，宛若卷起的纱帘；朝阳红晕，仍有慵懒，羞涩而起。春天塬上的晨曦，被作家巧妙地拟人化了，图景绚丽优美，令人沉醉。

收尾处，远方响起了春雷，"向天上望去，太阳已经隐入低矮的云层，又将辉芒从云层里挤压出来，像炸裂的焰。……蓝色的光在远方闪烁，将天地焊接在一起。"作为对照，作家写到了隐入云层的太阳，然而辉芒仍在，"挤压"二字犹妙，从云层里挤压出来的辉芒，像极了炸裂的火焰。这样的景象我也看到过，只是又如何能用贴切生动的文字来表达？再一次写到了蓝色的光，在远方闪烁的蓝光，将天与地焊接连通。"焊接"二字，平凡常见，但在这样的语境里，却超凡脱俗，精准形象，书写出春日塬上自然的宏大气象。此刻，读者仿佛也像作家一样，置身恢宏壮观、气象万千的春日塬上，气韵通爽，内心敞阔。

"历冰霜、不变好风姿，温如玉"。王剑冰的散文，是如溪水一般流动的灵秀清新、纯净空明的文字，格调精致优雅，风姿温润俊逸，文字如诗，直抵内心。仔细品读，我的眼前宛若展开一幅幅气象万千的自然山水与历史文化画卷，获得了审美的愉悦、灵魂的感动和生活的启迪。

记录变革的时代

——读李春雷纪实文学

2019 年 11 月，《奔流》杂志举办写作培训，我有幸现场聆听李春雷老师的报告文学专题讲座。课间休息，我和几位学员邀请李春雷老师签名，轮到我时，李春雷老师在我的笔记本上认真写下"深入生活，书写大地"八个苍劲的钢笔行楷字，一直保存，记忆犹新。

近几年，我在李春雷老师的作品集和微信公众号里，阅读散文、报告文学作品和创作评论，观看创作访谈视频，对作家创作的整体风貌有了大致的粗浅的了解。

"有的作品语言虽然华美，但本质上却是一种浅写作……"；正叙，倒叙，插叙，之外，还有"平叙"的叙事方式，即两条主线平行叙述，交叉推进；要有"文学的自觉"，"借鉴中国古典诗文，提炼语言，多用短句……"从对古典散文的阅读中寻找灵感和笔法，等等。李春雷老师的文论《短篇报告文学的道与技》，风格平易亲切，语言精妙。读后，内心警醒，深受启发，很有收获。

从《笑笑饭店》惊艳起步，从《钢铁是这样炼成的》到《宝山》；从《木棉花开》到《夜宿棚花村》……作家以记录变革的时代为使命和担当，用脚步丈量，用心灵书写，艺术讲述中国故事，深刻反映时代精神。我完整地看了河北卫视《中国力量·读书》节目的李春雷访谈视频，背景音乐是美国电影主题曲《燃情岁月》的优美、雅致、昂扬、雄壮的旋律，恰如作家优美、雅致、昂扬、雄壮的纪实文学。

一、报告文学选读

——读《宝山》

近段时间，我静心重读了李春雷老师的鲁迅文学奖获奖佳作、长篇报告文学《宝山》，进一步了解宝钢创业建设的艰难曲折的历程，触摸感知无数创业者不畏困难、忘我奉献的英雄群像，仿若聆听到了民族工业现代化前进步伐的清晰足音。看似枯燥而单调的工业题材，被李春雷老师叙写得诗意绚烂而又惊心动魄。

黄色的长江水、黛色的黄浦江水、蔚蓝色的东海水在上海吴淞口汇聚，融为一体。就是在这里，1978年12月23日，宝钢工程正式开工，又时逢党的十一届三中全会胜利闭幕。宝钢，真正是早春的第一声柳笛；它坐拥长江入海口，是中国工业化洪流融入世界化海洋的一个重要标志，它的发展史，又恰似一部浓缩的当代中国开放史。"最远处，最永恒的，是蔚蓝色。那是海洋的颜色，那是天空的颜色，那是理想的颜色，那是富含生命奥秘的颜色。大海，那是人类敞开灵魂，放牧幸福和自由的地方。……不要拒绝蔚蓝。走近蔚蓝！走近大海！……"这是作家站在吴淞口，看到"三夹水"奇观，写下的诗意飞扬的文字。向海而兴盛，工业中国必须面向海洋，现代化必须面对海洋，广揽博取，为我所用。宝钢的万千建设者拥有面向蔚蓝海洋、面向广阔世界的开放视野和不畏艰难、追求卓越、发展现代化民族工业的雄心壮志。

　　宝钢转驳码头建设选址，有绿华山、北仑山之争，两地各有优势，但最终选在北仑山建港，却一举多得，不仅保障了宝钢的建设和生产，也带动了浙江的经济发展。"就像一条河流，都是那么弯弯曲曲。弯曲，自有弯曲的道理。……反而，弯起来有弯起来的别样风景，弯起来有弯起来的意外妙处，弯起来就弯出了许许多多的情节和故事，就弯成了纷纷繁繁的历史。这就是岁月的魅力！"这段论述文字，既有浓郁的诗意，又有深刻的哲理。历史的发展不会是笔直、顺利地向前的，它会有波折与弯曲，就像是一条河流，在波折与弯曲中，才会有别样的风景和意外的妙处。它启迪我，每一个平凡而庄严的生命，不会始终一帆风顺，总是在坎坷与挫折中，彰显价值与意义，收获别样的风景。

　　"比如我想象中的宝钢长江引水工程，也没有什么特别之处，白浪嬉戏，水鸟唱和……但当我真正走上去，看到那矗立在滔滔江水中像长城一样的大坝时，感到一种莫名的雄壮冲撞心头，一种从头到脚的强烈震撼。"现实远比想象更丰富多彩，只有到现场，才能真切感知。引水工程大坝是用石头垒成的一条长 10 多公里、高 8 米的水中长城，只有当作家亲眼看见，才会肃然起敬，心中自然萌生莫名的雄壮，深受强烈的震撼，不禁惊叹大工业的宏大气势与壮烈豪迈，不禁对劳动者由衷敬佩与叹服。

　　后墙是宝钢二期工程的最后的工期。后墙是合同，是承诺，是脸面，是尊严。文字内蕴充沛的激情，颂赞宝钢的 7 万建设者用血肉之躯联结起来的长城一样的脊梁，这些中国工人阶级的卓越代表用汗水、泪水、血水，用青春，用生命，全力以赴，力保工期，苦苦捍卫着中国人的脸面和尊严。

　　"……宝钢，是历史馈赠给中华民族的一剂强筋壮骨的良药，一把打开未来之门的钥匙！一张踏上工业化、信息化时代班车的单程车票！"激情见证奇迹，探索成就宝钢。宝钢，在风雨冰霜中顽强地成长，终于长成一棵根深干壮、岿然不动、稳如山岳的大树。宝钢，是中华民族在新的历史时期面向未来的一次最真情、最投入的呼喊，与最具探索精神和超前意识的行动。宝钢，已经嵌进了国家工业化、信息化的现代化大厦里，化成了中华民族的强壮骨骼。

"能受天磨真铁汉！""敢为天下先，当惊世界殊！""拔剑向世界，谁与天下争！""只有正视，才能扬长避短，捷足先登""宝钢人已融入了现代意识。中国民族已不是从前！"……这样的文字，仿佛金石掷地有声，恰若誓言激荡心怀，令人过目难忘，铭刻心间。在《苦钢铁，甜钢铁——〈宝山〉再版后记》中，李春雷老师提到了敬业、认真的责任编辑王大民。年近六旬、患有心脏病的王大民，与作家约定每晚 10 时相见，共同商讨当天的稿子。正是在他的严厉的督促和激励下，作家"鞭挞着自己的惰性"，焚膏继晷，日夜兼程，终于如期完成书稿。这样深情、真挚、坦诚的叙写，涌进心底，使我深受感染、由衷感动，给予我激励与鼓舞。

作品时代新风拂面，宏大叙事与微观细描巧妙融合，结构严谨，语言精美，内蕴丰沛的激情、深刻的哲理、飞扬的诗意、壮阔的气象，极具艺术表现力，彰显出作家驾驭重大题材的敏锐眼光和卓越能力，深具震撼人心的艺术力量。

——读《夜宿棚花村》

作家在《夜宿棚花村》创作手记中提到了孙犁的《荷花淀》，受其启发与影响。仔细体悟，作品没有从正面描写抗震救灾的大场景与英雄群像，而是独辟蹊径，从一位普通农家妇女，以及其丈夫一名普通村干部切入叙事，展开其自觉组织村民开展生产自救，走出灾难，走向阳光的一个片段与截面，赞颂普通群众乐观、坚韧、不屈的精神风貌。

"我下车时，已是日影西斜了。……"作家赶赴汶川地震重灾区棚花村采访时，日影西斜，眼前是村头一片刚刚收割的油菜田，是一个年轻的村妇挥舞连枷，捶打油菜籽，仿佛是冲着地球撒气。绕过一道道新鲜的废墟和一道道泥泞的田塍，作家看到一个40多岁的村主任和几个村干部，正踩在水田里，帮助一个受重灾的女人插秧。

"天渐渐暗下来了。在滚滚黄尘中奔波一天的太阳已经困倦了……"作家看到水田里那些刚刚定居的秧苗们，在晚风中欢快地唱歌、舞蹈；看到四外的帐篷里，渐次亮起了蜡烛，一簇簇炉火燃起来了，一缕缕炊烟飘起来了。稠稠的暮色中，身受重伤的痛楚的小村，不时有笑声弥散开来。作家在村主任的家——一顶蓝色的帐篷里，品尝了一顿精心准备的丰盛的晚宴。在灾难面前，生活依然恒定前行，就像树一样，总往高处长；就像水一样，毕竟东流去；村民们开朗、乐观的生活态度，感动了作家。

"夜已经静下去了。……"灯光明灭中，作家躺在一顶新搭的小帐篷里，却辗转难眠，耳畔听到村主任走在巡夜的村路上、留下的一串清脆的脚步声，听着这些浑厚、有力、齐整的脚步声，仿佛看到了许许多多虽然忧郁却也坚定的村民们的脸庞，仿佛看到了村民们牵着手，正在一步步地走出灾难、走向阳光，由无序到有序、由慌乱到镇静的昂扬明朗的图景。

"第二天醒来时，太阳已经悬高……"作家的身边早已不见村主任的影子，隔着帐篷，看到远处的山坡上、正在向着小村招手的一片片闪亮的水田，看到或背着秧苗，或扛着连枷，或拎着镰刀，匆匆地向田间走去的村民们的身影，还有跟随身后的耕牛们；看到了五月里繁忙的棚花村，看到了村民们在灾难面前积极乐观的生命光辉。

作家将舒缓从容而又内敛挚情的叙事置于黄昏、夜晚与黎明的不断流淌的时间之中，使作品呈现出清新、温静、俊逸、明朗的艺术美感。作为一篇优秀的直面灾难的抗震文学，作品洋溢着对抗苦难、创造欢乐的满满的正能量，静心赏读，带给读者的不是悲观与忧郁，而是正视困难、乐观进取、奋发有为的勇气和动力。

——读《士兵与元帅》

李春雷老师最新纪实文学佳作《士兵与元帅》与冬奥会冰雪运动同频共振，讲述一名特殊而又平凡的电力工人忠于职守，认真负责，千方百计保障冬奥会顺利启幕的感人故事。聚焦一个人，一个电力工人群体，映射的却是万千普通劳动者的倾力付出，正是由于他们的艰辛付出，一场精彩、盛大的冰雪盛宴才能呈现在世人面前。

作品的语言，有内在的节奏、韵律与美感，同时又有气势与激情，读了开篇，不会停顿，而希望尽快读完全篇；原因在于文章结构明晰简明、语言有很强的文学性，作品深具可读性与感染力。

冬奥会即将在家乡举办，全区 1326 座铁塔是 60 岁的周恩忠每天的巡检对象，"想着这些大铁塔，正在为冬奥会提供着动力，他就满心喜悦，浑身充满力量。"

"这 1326 座铁塔啊，像极了一个个八面威风的大将军。

而这 1326 个大将军，却都是他的部下呢。

如果这样，他，不就是大元帅了吗。"

文字饶有风趣、幽默活泼、亲切朴素，充满自豪感和快乐感。一个人的山路，认真、快乐地走着。周恩忠肩负着保障冬奥会电力安全的职责与使命，他的自豪，涂满蓝空，升腾成朵朵白云，饱满而又抒情。

"瘫坐在地的他，像一绺秋草，衰衰地歪倒着，脸上却笑盈盈，一如阳光下的满山新雪……""阳光如雪，纷纷扬扬地洒落在身上，若柳絮，似银屑。"……语言，如冬日阳光下的冰雪一般纯净、洁白、闪亮、通透。作品在塑造人物形象时，有人情味和烟火气息，普通劳动者的心灵，一如冰雪般纯净、洁白、闪亮、通透，映射着冰雪般闪亮的光辉，给予读者以心灵的净化与真心的感动、审美的愉悦和进取的意志。

二、散文选读

——读《青核桃》

散文《青核桃》是作家的旧作，展读依然簇新。校园里遍布茂密的核桃树，四季风光迥异的核桃树，是行文的切入点和叙事线索，它使关于母校的回忆充盈浓郁诗意。

春光明媚，核桃树的新叶呈卵圆形、翠亮亮；赤日炎炎，庞大的树冠，蓊郁、深绿、凝碧；秋风涂金，满树明黄；严冬大雪，核桃树卸妆了，疏朗枝丫，穿上了厚厚的冬衣。"从此，我的6年中学时光，便全部被这些茂密覆盖了。"夏天的晚上，作家常常坐在教室窗后的核桃树下，读小说、写日记。课余时间，也曾坐在核桃树下苦思冥想。叶丛间一颗颗青青核桃，入眼入心，陪伴着作家迷茫、痛苦、多愁善感、喜怒无常的青春年少时光。

"全部自卑和失落，都倾诉在日记里。"作家在中学时代，写日记，把每天的思索、忧虑、感悟，默默且详细地记录，是一个良好的习惯。"这些日记，是青春的鲜活记忆，更让我初步找到了文学感觉。"这样的长期的写作训练，使"思维的小核桃"，豁然灵光；于是，作家在中学时便下笔如有神助，文思恰若泉涌。功夫不负有心人，1984年9月，邯郸地区举办一次大型征文竞赛，作家的散文《笑笑饭店》荣获一等奖第一名。李春雷老师对青春年少时光的回望，坦诚而深情，具有打动人心的力量。

如今，作家自己依然"在社会这棵巨大的核桃树上艰难地攀爬"，尽管"有失败、有收获、有痛苦、有欣喜"，"但庆幸的是，我仍然坚挺着、梦想着，追寻着。"行文自然雍容，活泼生动，欢快明朗，散发清新、明澈、柔和的光泽。品读之后，余韵悠长，给予行进在生活长路上的读者，以宝贵的启迪与激励。

——读《读山河》

书写山河，品读山河，在一般意义上，是从微观角度切入，写作者亲身到异乡或异国旅行、考察、探访，具体写某一个区域的一座或若干山脉、一条或若干河流的自然风貌、风土人情、文化历史；也可以是写作者深入考察、寻访自己熟悉的故乡的山川、河流，叙写山水风光、风俗民情以及独有的文化历史。

而李春雷老师的散文《读山河》，却独辟蹊径，从新颖的宏观视角切入叙事与抒情，写自己夏至时节、从成都飞返石家庄、从飞机舷窗纵目鸟瞰祖国山河的见闻和感悟。

读秦岭，色泽青翠圆润，仿佛水粉或版画；万千峰壑，明晰显豁，"如风吹波浪，自然成纹；又似树叶脉络，天然成态。"

读黄土高原，底色明黄，与绿、紫、红、灰、白等色彩交接融合，浓淡斑驳；蜷卧其间，一条弯曲的黄色河流，"千里大川，缓缓流过。嫁与高原，是为黄河。"

读太行山，其奇崛，刚毅粗犷；其山色，黛绿黧黑；黑瘦精干的山峰，像一群剽悍的猎人或战士，"自觉地前往同一个方向、执行同一道密令"。

读华北平原，青蒙葱郁，村镇有的如棋盘，整齐方正；有的似乱石，散碎扁圆；街道和楼房，毛茸、斑驳；公路，仿佛一条条白色细线，细线之上，有物象晃动。

大山，大河，大平原，尽收眼底，揽入心怀。是亿万年风吹水流的自然选择，是时间之手的会心雕塑，造就了壮美山河。

飞行短短两个半小时，却跨越1500多公里，从高空俯瞰秦岭、黄土高原、黄河、太行山和华北平原，品读、解读祖国山河，视野宽广，图景宏阔，而语言明快从容，行云流水，作品独具风神、光彩与韵致。

《纸上》笔记

　　2021 年 3 月，宁波散文作家陈峰在微信朋友圈转发了《十月》杂志 2021 年 2 期刊发的散文《船娘》，我打开阅读，清新、灵秀、优雅的文字，吸引了我的视线，令我惊异、惊艳。我第一次知道了作家苏沧桑的名字。我百度搜索作家词条：苏沧桑，浙江散文名家，其作品被誉为"散文中的天籁之音"。仔细品读、体悟，感觉《船娘》的散文语言，确如天籁之音。

　　我订阅有《散文海外版》，收到 2021 年 7 期杂志，发现转载了散文《船娘》，实际上是在十节原作中节选了三节的内容，再次认真细读。

　　之后，我在手机百度搜索，阅读了《与茶》和《冬酿》。

　　8 月，《人民文学》微信公众号推送了评论家孟繁华的《走向民间，发现另一个江南——评〈纸上〉》，《文艺报》微信公众号推送了评论家涂国文的《苏沧桑散文集〈纸上〉：中华优秀传统文化的"苏绣"》，9 月底，《十月》微信公众号推送了《纸上》研讨会上名家的点评。阅读后，我对散文集收入的包含《船娘》在内的 7 个中篇散文的主要内容和艺术价值，有了初步的了解。

　　感觉手机阅读浮光掠影，于是，我在网上购买了作家苏沧桑的散文集《纸上》一书。

　　开卷《纸上》，阅读纸上清新、灵秀、优雅、有声音色彩、有坚韧生命、与文中人物冷暖共在、融入个人真切体验的文字。

清新优雅的语言

　　《纸上》的散文语言灵动传神，清新优雅，如诗如画，充盈着灵气与大气，给予读者视觉的冲击、艺术的美感与审美的愉悦。

　　在《春蚕记》第三节"入桑林"中，作家写道："……夕阳挂在一棵桑树上，她'咔咔'剪下去，夕阳没有掉，掉落的是一颗颗发紫的熟桑葚。

　　……

　　通往家门的窄窄的小路上落满了桑葚，泥地被桑葚汁洇染成了大片大片的紫色，像开满了迎他们回家的鲜花。"

　　夕阳下，蚕农剪桑枝，这一普通的劳动场景，被作家赋予了优美的意境与美感。落满了桑葚的小路，洇染成了一片一片紫色，宛若开满的鲜花，喜迎蚕农晚归。平凡的生活，竟被作家的慧眼巧思，编织出缤纷的浓郁的诗意。

　　在《纸上》第二节"一些竹和另一些竹"中，作家写道："一棵竹，在一个个深情凝望里，经过整整十个月的孕育，将以一张元书纸的生命形态重新启程。洁白的纸上，会长出一轮一轮的年轮，在许多生命无法抵达的时空里，继续延绵一千年、一千零一年、更多年。"从一棵竹，到一张元书纸，经历了艰辛、精细、巧妙的传统手工劳作，拥有了崭新的生命形态。在新的征程里，纸上，会有文字记录、留存，会有文化传承、延绵，延绵有限的个体生命无法抵达的时空，延绵千年，延绵永恒。

　　在第四节"水在滴"中，作家写道："泥地上站着一些正方形的阳光，是从木窗跳进来的。捞纸架的枯毛竹上，站着一些细碎的阳光，是从顶棚的瓦片间跳下来的。还有一束光柱从两扇旧木门间挤进来，浮沉着几粒灰尘。……"冬日的捞纸房，是阴冷，幽暗的。临近中午，人去吃饭，房空了，又分外寂静。"正方形的阳光""细碎的阳光""一束光柱"。此刻，冬日的光线，透过木窗，透过顶棚的瓦片间隙，透过两扇旧木门间隙，跳下来，挤进来，呈现迥然不同的几何形状，给人以艺术的美感。在平常、简单的环境里，作家以独有的观察力和艺术视角，发现美的画面与诗的意境。

作家在《与茶》第五节"戌时，月下"中，写道："一声声鸟鸣从经过一夜沉静的空气中穿行而过，叫声也被洗得更加清冽。一夜之间冒出来的芽尖，也像一张张雀嘴在鸣叫。太阳一跃而上，在他面前发射出万道金光，仿佛为他指明了一万条道路。……一杯茶里，藏着多么美好的清晨。"茶园清晨，清新，美好。群鸟的鸣叫声，被沉静的空气洗得更加清冽，声音清洗，这是通感手法的妙用；刚冒出的茶芽尖，像一张张雀嘴在鸣叫，芽尖鸣叫，这是比喻修辞的巧用。晨阳的耀眼金光，宛若为茶农敞开了充满光明与愿景的道路。明朗的格调，给人希望，给人振奋。

养蜂人在新疆一路辗转，一路艰辛，然而又一路收获，收获奇异绝美的自然风光。作家在《牧蜂图》下篇"从碧流河到伊犁河谷"第二节中，写道："……假如没有雪山遮挡，薰衣草会一直开到天上，淡淡的紫色，冷色调的神秘芳香，将整个伊犁河谷裹进一个梦。"淡紫色、冷色调的薰衣草，芳香四溢，接地连天，蔚为壮观，将伊犁河谷裹进一个梦，也将养蜂人裹进了一个梦幻般的境界。

第四节写道："偶尔，不赶路时，他会停下来，会想世界上怎么会有这么美的湖泊，那么安静，那么清澈，天鹅和水鸟静静浮在水中的云朵之间，云朵之间伫立着荷英静静的倒影。"赛里木湖，清澈，安静，蓝空云朵映入水中；云朵之间，有静浮的天鹅和水鸟，有养蜂人妻子的修长倒影。这样的景致，纯美如仙境，绝美到不可形容。

第七节写道："他转过身，走向草丛深处的蜂箱，唱起了一首郭靖从未听过的歌。千万只蜜蜂群起呼应，直升机般嗡嗡嗡响彻四野，千万朵鲜花群起呼应，绽开一个个小小战鼓，'千军万马'托举着那个苍凉的歌声直上云端。"在天山牧场养蜂的闲暇，郭靖的爷爷唱起了苍凉的歌声，与此相伴随，千万只蜜蜂直升机般响彻四野，千万朵鲜花绽开一个个战鼓。"千军万马"，群起呼应，托举歌声，响彻云霄。作家用画笔彩绘，将原野歌声书写得如此气势雄壮，如此诗意绚烂。

散文《船娘》中，景物的精微的、灵秀的、诗意的描绘，实际上是作家自己长期留心观察、体验的结晶。历史文化的遗迹与故事的融入，历史人物的足迹与传奇的找寻，实际上是作家从自己深厚的历史文化知识积累中随性提取，并巧妙化用。乘船，摇橹，看雪落，梅开，冷、幽、野的宁静的雪雾西溪；看船穿破曙色，走在开满紫色水浮莲花的水巷里，穿过一座又一座拱桥；看夕阳西下时，船行芦苇荡，西溪特别美的逆光里的芦苇；看夏日阳光透过枝叶洒在古钟上，散发着金色的光芒；看东升初阳，已淡圆月，如苍天两只温柔的眼睛俯瞰人间；看如千百只清亮的眼睛齐齐睁开，与苍天两只眼睛温柔对视的，西溪千百个湖塘；看船穿过晨雾和晨雾般浓稠的时光，驶向湖的更阔远处。

文字如水，舒缓迂回轻流，纯净，天然。西溪卷轴，徐徐惊艳展开，隽秀，清婉。诗化了的、宛如天籁之音的灵秀文字，营造了西溪的空明意境。作者笔下的西溪，如一个透明的、由水、空气、绿意构成的结界。

正如作家在《冬酿》第十六节中写道："他忽然想起一句话：人诗意地栖居在大地上。日子不就应该这个样子的吗？"诗意地栖居在大地上，是一个人的理想生活境界与美好生活期望。我们期待的日子，就应该是有诗意，有意义，缤纷的，多彩的。

冷暖共在的深情

深入"他们"的生活现场，和"他们"一起育蚕、捞纸、唱戏、采茶、养蜂、酿酒、摇船……作家的写作，是建立在深入生活现场深度体验、与采访对象真诚真情相处交流、情感共通心灵共振的基础之上的。因此，字里行间蕴含着与采访对象冷暖共在、痛苦与欢乐共在的深情。

《纸上》写的是杭州富阳大源镇朱家门村这个古老村落里唯一一位坚持古法造纸的传承人的故事。在这种最原生态的劳作里，深藏着难以想象的艰辛，深藏着弥足珍贵的美德。在第一节"会呼吸的纸"中，作家写道："朱中华相信纸是会呼吸的，有生命的，甚至相信，纸是有灵魂的。……朱中华所有的努力，就是想用竹子做出世界上最好的纸，让会呼吸的纸、让纸上的生命留存一千年、一千零一年、更多年。"古法造纸，环境简陋，程序繁多，工作艰苦，然而，朱中华却对手上活计始终心爱喜欢，心存用竹子做出世界上最好的、会呼吸的、有生命的、有灵魂的纸的信念，从不吝啬自己的努力，默默劳作，期望实现让纸上的生命留存千年的美好愿望。

在第四节"水在滴"中，作家写道："……他不知道那些纸去往何处，纸上会被写下或画下什么，哪怕是一个沉重的嘱托，一张生死状，一个孩子的梦想，或是一个罪人的忏悔……'做生活，不管喜欢不喜欢做，总归要好好做。'"这样单纯、朴素的话语，这样专注、认真的生活态度，内蕴中华优秀传统文化的精髓，散发着魅力独具的劳动之美，人民之美，具有打动读者心灵的深沉力量。

作家在创作《跟着戏班去流浪》之前，深入老家的越剧草台戏班，和演员们一同吃住，一同演戏，深切感受、深度体验民间戏班的原生态日常生活。有了这样的坚实基础，散文语言就融入了真实的情感、感人的细节，令人过目难忘。作家在《跟着戏班去流浪》第五节"小生"中，写道："戏台在漆黑的夜色里，如同夜空洞开着一扇绮丽的天窗，走马灯似的播映着天上人间的悲欢离合。"在第九节"拆台"中，写道："庙檐下方，红光激滟的戏台正向山后浦的夜喷洒着最后的悲欢。同一个画面里，最热闹的，最寂寞的，都在。"夜空下的乡村戏台，红光激滟，如一扇绮丽的天窗洞开，播映着人间的悲欢离合与喧嚣热闹，喷洒着自己的悲欢苦乐和寂寞孤独。戏如人生，演别人的悲欢，也是在诠释自己的悲欢。戏班演员在自己的眼中泪水和哀婉的唱腔里，依稀望见了许多自己的逝去的悲欢岁月。

因此，有着这样的深厚坚实的感情的根基，作家在第十三节"重聚"中写道："……戏班人员一专多能，吃苦耐劳，既唱头肩，也跑龙套，还会'落地唱书'，深受百姓欢迎，虽在夹缝中求生存，却自有一份荣耀、一份尊严。自重，便不怕人轻看。"民间越剧戏班生存艰难，坚韧发展，但自重自励，自有荣耀，自有尊严。作家心怀敬意，期待戏班扎根民间，以吃苦耐劳的精神，以华美精湛的艺术，赢得老百姓的认可，并从他们身上，"惊喜地看到了中国越剧传承发展的希望"。

千亩茶园依山势连绵起伏，阳光下铺天盖地的茶青，如火如荼的葱绿，在这样的背景下，头戴斗笠身穿花衣的茶农，散落在茶园里，采茶劳作。然而，作家在《与茶》第一节"午时，长埭村21号"中，写道："……于闲庭信步的人而言，初春的阳光和微风是享受，而对于直直地站在太阳底下劳作的人，却是煎熬。"当作家真正置身茶园采茶，才真切体验到了茶农劳作的艰辛与煎熬，对田园生活的浪漫想象，在现实面前显得多么矫情和虚幻。

　　的确，体力劳动看上去是很美的，许多时候我们在美化田园牧歌，就会忽视具体的操劳之苦。站在远处观望、欣赏的感受是不一样的，因为不必亲自经受风霜四季。在第二节"未时，她在茶山喊痛"中，作家饱含深情地写道："……每年清明前后，戴着斗笠、穿得花花绿绿的采茶工们，静静散落在云雾缭绕的茶园里采茶……这一幅幅江南初春最美的景色，常常会出现在人们的镜头里，镜头年年记录着这种美，却无法记录斗笠下通红的脸，湿透的头发，还有腿脚的酸痛。"对于置身劳作之外的旁观者、欣赏者，眼前，固然是一幅幅江南初春优美的采茶图景，镜头与画面可以记录这种美的景致，可以记录这种诗意盎然、赏心悦目的动人景致；然而，茶农们斗笠下通红的脸、湿透的头发、腿脚的酸痛，又怎能在镜头与画面中呈现，怎能逼真的记录。唯有走进现场，亲自体验，才能避免浮光掠影的、肤浅的认知，才能写出有深度、有温度、有力量、有感情的文字。

　　作家敬重自己笔下的平凡劳动者，诗意呈现他们的艰辛而又快乐的劳作图景，触摸钟爱自己事业的人民的灵巧双手，深度挖掘劳动的朴素而又崇高之美。在《春蚕记》第四节"十万蚕"中，作家写道："他凌晨四点的样子，是我傍晚六点看到过的，夜里九点看到过的，好像从没有挪动过。"养蚕人家在桑叶房里劳作，从凌晨，到深夜，单调而又繁重，然而，却如此坚韧而又执着，令人心生感动。

　　在《牧蜂图》第四节中，作家写道："……和蜜蜂在一起，和大地河流在一起，和'甜蜜的事业'在一起，他从不孤单。"在尾声中，作家写道："蜜蜂，养蜂人，以最低的姿态活在芸芸众生视线之外，却架构着非凡的意义。"养蜂人，钟爱"甜蜜的事业"，纵使浪迹天涯，执着追花夺蜜，在自然的怀抱里，无惧劳作的艰辛，从来不曾有过孤单的感觉；养蜂人，在偏远静寂的地方，在芸芸众生视线之外，默默耕耘、坚守，以最低的生活姿态，却架构出非凡的人生意义，闪烁着光彩夺目的生命光辉。

融入个人的体验

《纸上》的艺术感染力，来源于作家深度融入现场，与采访对象坦诚真挚交流，更来源于作家在字里行间融入了个人的成长经历与苦乐悲欢，融入了个人的真切体验和真实感受。

作家在《冬酿》第二节中，写道："先人们相信，用酒喂大的海岛孩子，往后余生，不畏惊涛骇浪，亦无惧岁月苍凉。"这段文字，令人过目难忘。海岛上，自家酿造的黄酒，变成了母亲的姜酒面、糯米酒饭，变成了汩汩的乳汁，变成了作家婴孩时期丰富的营养。因此，作家亦是用酒喂大的海岛孩子，酒的浓香、酒的刚烈气息，滋养着她的成长。作家在温婉、淑静的女性气质里，与生俱来地拥有坚忍的意志、刚烈的品格，在人生的漫漫长路上，"不畏惊涛骇浪，亦无惧岁月苍凉"。

作家在《与茶》第一节"午时，长埭村21号"中，写道："……这个初春，猝不及防地永别了两位亲友，经历了一些莫名其妙的事，觉得特别疲倦、厌倦，总想找一个缝隙，把自己藏进去，比如当一天茶农。"初春，作家经历了生活的伤痛、无奈、疲倦与厌倦，想隐藏自己，回归田园自然，当一天茶农，以期放松心情，超脱自己。

在《跟着戏班去流浪》第七节"扮上"中，作家看到扮演小生的赛菊在没有上装前，脸上有一些斑，便问赛菊。她答道那是因为戏台的强烈灯光长期照射到化了妆的皮肤，起了化学反应。

"痛吗？"

现在不痛。有时灯光烤久了，痛的。

"她说'痛'字时，我感觉心里有点隐隐的痛。"

作家同演员朝夕相处，感情日益深厚，你的疼痛，便也是我的疼痛，痛感同在相连。文字真实自然，质朴无华，读者的心里仿佛也会生发一种隐隐的痛。

穿戏服，化上妆，作家自己准备登台演戏了，"……我被她们牵引着走上耀眼的灯光前，回头看见了长立镜中的自己——一个修长的淡蓝色的影子，云鬓高耸，步摇微晃，脸庞丰满，眉眼间有一丝陌生的妩媚。

"她是谁？是我吗？……"

在长立镜中，作家看到了陌生的妩媚的自己，简笔白描，生动传神；亲自演戏，丰富了自己的传奇经历，也预示着自己已经深度融入了戏班的生活。

在第十五节"沉香"中，作家写道："……越剧于我，在生理上心理上如同降真香，也是一味珍贵的良药。当我烦躁，当我疼痛，当我失眠，当我迷茫，我听的每一段越剧，都是药。……"作家与戏班演员们朝夕相处，情感相容，真情无间，成了真正意义上的一家人，同时，越剧与作家的生命已浑然一体，越剧是一味良药，在烦躁、疼痛、失眠、迷茫的时候。文字，如此真切，如此坦诚，如此感人。

在《船娘》中，作家以第一人称"我"展开船娘的叙述，童年的回忆、少年的恋情、成年的相守，以及又看风景又健身还有钱挣的工作。

"'我'是沧桑，'我'亦是船娘……"

"夜色像一个家人，为西湖脱去了喧嚣的外套，给了她一个幽宁的怀抱。此时的我也想要一个怀抱……"

"沧桑，你冷吗？来，再喝口酒吧。……"

在作品中，"我"是沧桑，"我"亦是船娘。作家与船娘的人生经历，生命情感已经融为一体，密合无间。船娘平凡，艰辛柔韧而又光彩诗意的生活。作家同船娘一样，追求一种柔韧、恣意、隐忍，而又优美、健康、自然的生命形态和生活方式。

　　作家苏沧桑的散文集《纸上》，新颖巧妙的叙事结构，真实感人的情感底色，清雅俊秀的散文语言，描绘如画如诗的山水风物之美，颂赞熠熠生辉的人民劳动之美，掩卷沉思，清音回响，意蕴绵长。

《烟火漫卷》里的风景

作家迟子建在长篇小说《烟火漫卷》上部"谁来署名的早晨"的开篇写道:"无论冬夏,为哈尔滨这座城破晓的,不是日头,而是大地卑微的生灵。……"

在下部"谁来落幕的夜晚"的开篇写道:"无论寒暑,伴哈尔滨这座城入眠的,不是月亮,而是凡尘中唱着夜曲的生灵。……"

无论冬夏、寒暑,为哈尔滨这座城破晓,伴这座城入眠的,是平凡的生灵,普通的百姓。万千平凡普通的市民是这座城市的真正主人,他们在这里生活劳作,演绎苦乐悲欢,开篇便定下了讲述哈尔滨这座城市人间烟火故事的基调。

松花江是大自然馈赠给哈尔滨的一册日历。清明一过,融冰开始,和风与暖阳加速着松花江的解冻进程。"它们有的像热恋中的情人,在激流中紧紧相拥;有的则如决斗的情敌,相互撞击,发出砰砰的声响,仿佛子弹在飞。……"作家用形象贴切的比喻、拟人手法,描绘出了河流开江时万千冰块或相拥或撞击的奔涌向前的极为壮观的景象,开江过后,这册城市日历就焕然一新了。

哈尔滨的早晨也是通过松花江水变幻的颜色感知的,朝阳初升时，"江心先是有了一条柠檬色的光带，接着这光带颜色加深，变成了淡淡的胭脂红，然后面积变大，向岸边扩展。等到太阳完全升起来，半面江水流光溢彩的，好像太阳在水中的悉心耕种，获得了大丰收。"这样逼真的描写，细致入微，从柠檬色，到胭脂红，色彩变幻，扩展，太阳的悉心耕种，获得丰收了，半面江水呈现流光溢彩的绚丽奇景。

夏天来了，松花江畔，斯大林公园，是时装长廊，是女孩们展览夏装的天然T台，她们走过江畔，就像花蝴蝶翻飞。公园还是音乐长廊，从清晨到夜晚，乐声轰鸣，口琴、笛子、萨克斯吹起，二胡、手风琴拉响，电子琴、吉他弹奏，"他们占据不同的时段，把斯大林公园当成一排悠长的琴键，每个乐者在不同的音区，错落奏响哈尔滨之夏市民的交响曲。"公园成为悠长的琴键，乐者们占据不同的时段，在不同的音区，高低错落地演奏，时而舒缓婉转，时而急促高亢，真如一组组交响乐曲，盛大、繁复、恢宏，装点着哈尔滨的迷人的夏季。

"……一群鸽子绕着砖红色的教堂在飞。那巨大的绿色穹顶和小巧的帐篷顶上，竖立着十字架，像别着金色的发夹。"哈尔滨著名的圣·索菲亚教堂，红色砖墙，纹饰精美；拱券高窗，绿色穹顶；最高处的十字架，如金色发夹别致。走进教堂，站在中央仰望穹顶，"密集的高窗摆渡过来的阳光，仿佛把悬挂着的枝形吊灯点燃了，熠熠闪光。这是阳光的隧道，引人飞升。"密集的拱券高窗，犹如阳光的隧道，照得枝形吊灯熠熠闪光，就像点燃了火焰，令人震撼，精神仿佛飞升起来了。

哈尔滨初秋的落日，浑厚苍茫，"像个沾了尘土的烧得红彤彤的铁球，坠落时似乎带着砰砰的声响，充满力量。它落下去了，气势犹在，晚霞从西边天一直弥漫到西北角，好像为着月亮公主的驾临，铺就一条长长的红毯。"落日如彤红的铁球，充满动感，读者仿佛听到了带着砰砰声响、充满力量的坠落的声音，晚霞弥漫扩展，如红毯铺就，像是要迎候月亮公主的驾临。两组比喻，巧妙，新奇、灵动，静态的平面的文字幻化出了听觉、视觉的双重艺术效果。

"晚霞红红粉粉的，好像太阳离去之际，做了一道鲜艳的水果沙拉，那草莓似的晚霞，石榴似的晚霞，樱桃似的晚霞，盛在西边天狭长的青瓷盘中，最终吞吃了它们的是黑夜。"哈尔滨的十二月，日照时长缩短。落日西斜，西天有晚霞，而晚霞的红，是有层次的，浓淡多样的。作家将"晚霞"比作"水果沙拉"，新颖、形象、生动，色彩鲜艳丰富如草莓、石榴、樱桃的组合荟萃，不仅有视觉的美感，还有味觉的享受。

夜空被火焰点燃，烟花的盛宴开始了，"看到了火红的百合花、金黄的菊花、雪白的莲花、蓝色的鸢尾花、粉红的桃花、紫色的丁香花……"星辰世界变成了一个五彩的花园，一花方落，一花起，盛开，寂灭，恰如人间的离散与聚合、繁华和苍凉。"……其中一个巨型烟花，在更高的夜空豪情万丈地绽放，中心处那粉色红色紫色和绿色的光焰冲天而起，而边缘处的白色光束，却向下倾斜，仿佛流向大地的泪滴。"这是对烟花的特写，中心处的绚丽光焰，冲天而起，绽放得豪情万丈；而边缘处的白色光束缓缓下落，恰若泪滴，流向大地；此时，作品中的人物也流下了泪滴。烟花的描写，是渲染作品气氛，衬托人物情绪的，看似闲笔，却有光辉，与故事情节的推进密合无间，与作品人物的悲伤心境完美契合。

迟子建作品《烟火漫卷》，语言典丽精致，内蕴奔涌气势，风格雄阔与温婉兼具，在故事情节的推进中，有关哈尔滨城市四季景观与日常风俗的叙写，巧妙穿插点缀，尤为出色出彩，引人入胜。

聆 听

培训

一

长期以来，我的文学阅读与写作，缺乏老师的有效指导及同行之间的相互交流，处于自身几乎无法克服的环境局限中。我认识到，真切地现场聆听老师讲课，与学友们直接进行学习交流，对于避免独学无友，孤独地阅读写作，至关重要。2018 年金秋时节，在古都开封，我有幸参加了由大观杂志社举办的第二届大观作家班。聆听了徐晨亮、文清丽、顾建平等国内名家的精彩课程、互动解惑，与各位省内外学员相识沟通，建立了深厚的友谊。杂志社张晓林社长的渊博学识和人格魅力，令人敬佩，深受教益。各位编辑老师热情认真，事无巨细，全力为学员的学习、生活提供周到服务，令人感动，我铭刻在心。短短两天，时光欢愉，紧张学习，收获颇多。

"作品是读者的精神陪伴""我知道你难过，我也很难过"，写作者与读者是平等关系，要用同情心和想象力，写熟悉的人，写承载时代信息的人，表现普通人的精神伤痛，触及读者普遍的精神难题，与读者相互倾听诉说，为读者提供精神抚慰，通过一个生命个体来映射时代精神，才能与读者生命发生共振共鸣！好的文学一是求真，二是要有细节，要顺其自然，娓娓道来，写自己的记忆系统和感觉系统中最真挚质朴的经历与情感，写出真心与真情。要避免描述不具体，堆砌形容词，行文如记流水账，用简洁生动的语言，优雅地展现生活的细节，使作品呈现画面感和烟火气；要注重作品的结尾转折，悉心经营符合生活本身逻辑的"惊讶与意外"；要认真阅读经典，深入体察生活，持续加强训练，努力写出好作品。

2019 年 5 月下旬，我到开封参加第二届大观作家班第二次培训学习，以诗歌《相逢古都》总结听课学习的收获：

天空蔚蓝
金黄麦浪涌动
列车疾行
疾行在正待收获的沃野中原

我们从地北天南
怀抱文学的真挚初心，与殷切企盼
来到滔滔奔流、不舍昼夜的黄河南岸
经受千年风雨的洗礼
铁塔依然高耸云天
阅览古都的沧桑巨变
龙亭巍峨，碧波辉映
鼓楼雄伟，碧瓦重檐
汴西湖，澄澈宽阔，波光激滟
水中映，楼宇长桥，美轮美奂
老城百年河大，古朴典雅

新区河大新校，精致谨严
绿树成荫，书香浓郁
青春朝气，映花笑脸
新区新地标，恢宏博物馆
陶瓷玉器，石刻佛像，珍品琳琅
绘画年画，构图细微，敷色绚烂
水运天象仪
规模宏大，设计精妙，令人惊叹
清明上河图，穿越悠长历史，浮现眼前
步入画卷，恍若梦回千年
古都千年，魅力无限

我们相逢在文学的旗帜下，相逢在大观
讲座，专注聆听：
小说是表达的艺术
表达自我的想象、经验与观念
小说写作是自我意识的构建
注重人物内在性格变化、内在精神成长的表现
注重把人物性格命运推向极致来加以表现
……
散文写作切口要小
确立个性，传达经验
写好散文的前提是丰富的经历，与深刻的体验
散文要回到情感原点，回到场景还原
情感表达要节制、隐忍与内敛
……
写诗要有自己的味道，原汁原味
诗歌要抒写自己的灵魂

作品要精致、清隽

……

专家老师，雍容博学，平易温和

授课要点，字字珠玑，灵光烁闪

直抵心灵，释疑解惑

自己长期存在的认知空缺，得到补填

社长编辑，知识渊博，思想敏锐

热情关怀，周到服务，坦诚相见

学友交流，友情深厚

思想碰撞，火花四溅

期盼各位学友佳作频出，蔚为大观

期盼在不久的将来

我们定会在文学旗帜的召唤下

重逢古都，重逢大观

如今我离开了你

可是

纵然分隔天涯，也恰如就在眼前

魅力古都

在我心里，刻印心间

二

"十年面壁高于一朝顿悟，面壁的力量永远大于顿悟的力量。"2019 年 4 月我在郑州参加全省第六次青年作家创作会议，李佩甫老师的授课至今记忆犹新，我认识到，文学写作要有"十年面壁"的决心和坚持，要甘于寂寞，一步一个脚印，执着地向前行进。

去年，我在《散文海外版》2020 年第 8 期，发现了李佩甫老师的两篇散文，并认真阅读。

通读散文《生命的呐喊——读段正渠油画》，我感知到了作家饱满的创作激情与深厚的艺术力量，宛若有一簇簇火焰映照眼前，有一声声呐喊回响耳畔。然而，我还不能够较深入地理解文字的深意。我从网络上搜索到了文字中较详细解读的《山歌》《红崖圪岔山曲曲》《东方红》《二更半》《黄河》《出门》等油画作品。对照一幅幅油画，来阅读理解文字内蕴的意义；同时，较深入地阅读文字，也一定程度理解了油画语言的意义，以及油画艺术的魅力。我得到的收获是双重的。

散文叙述了画家的艺术求索的历程，"为了走出平庸，他可以剖开生命，举出一团心的火焰！他可以化为灰烬，而绝不苟且。"这样的文字是燃烧的文字。画家戴一副温情的眼镜，镜片后的目光仿佛平和，然而，画中的目光却是炽热的，画中的语言是冲天而起，是吼出来的。油画中的颜色与生命竟然会有那么多令人震惊的组合方式，颜料在画家手里变成了呼啸的炮弹，"在中国美术界炸出了一片来自北方、来自高原的声音。"

在对油画《村歌》的解读中，作家聚焦一片黑色之中的光亮，那光亮是生的光亮，来自心底，"是自我燃烧中的照亮，充满着悲壮的动感"，洞见出画作表现的是生命的呐喊与自赎。

在对油画《红崖圪岔山曲曲》的解读中，作家聚焦仅有的一豆热的灯光，那些透出久远的韧力和耐性的人脸，生命的群像在无边的黑夜里涌动着苦难中的温热，那温热化成了一蓬生的火焰，生命各个自燃而又彼此互燃，"站在这幅油画前，任何人都会感动的，那是对一种'活下去'的生存意志的感动"。

在对油画《东方红》的解读中，作家聚焦连绵起伏的大山，漫天的火红，和呐喊的沧桑面容，"那一声无比雄壮的呐喊有着十万大山的回应"，画作展现出血花四溅的光辉瞬间，注目凝视，"即使是最懦弱的人，也会生出几分豪气来"。

在对油画《二更半》的解读中，作家聚焦"她"在浓得化不开的黑夜里，在窑洞里安座，凝视方桌上一盏灯光；浓黑正在慢慢融化，化出一些温热，泻在"她"那半张脸上，照出思念，照出恋情，"一个巨大的'等'字，火辣辣地泼在了黑色之上，泼出了一片希望的彩霞！"等待成了"活下去"的燃烧，成了焦灼中的企盼之光。

这篇散文是作家对油画艺术的独特感知与解读，也融入了自身对个体生命的审美体验与期许；作家评析画作到处都是跃动着的"活"字，"那一声无比雄壮的呐喊"，是对"站立着的生命"的歌颂。如果说画家是用色彩点亮世界，那么作家就是用文字点亮世界，作品呈现一种肃穆、庄严、昂扬的艺术风貌。每一个"站立着的生命"都可以从作家解读画作的文字中，生出几分豪气、勇气与力量，得到生命的感动与启示，获得艺术之光的照亮。

而散文《我怀念》，文字质朴清淡，而又蕴满深情，同样令我印象深刻。

2021年3月，我在郑州商学院图书馆一楼报告厅，再次聆听李佩甫老师的讲座《中原文化漫谈》，倍感亲切与惊喜。李老师讲到，读书改变一个人的见识和格局，改变人的一生，可以拯救一个人；过程不可超越，在大时间的概念里，任何聪明、算计都不起作用，要读最好的作品，写最熟悉的生活；思维统摄语言，文学语言体现思维水平，要使认识照亮自己的生活；每一个人都有一条自己最适合的路，要不断修正自己，不能一成不变，隐忍，坚韧，寻找文字的感觉，寻找文学语言行进的方向。

听完讲座，我购买了李佩甫老师的小说《生命册》。随手翻阅，在第十一章，我发现了几页熟悉的文字，是散文《我怀念》的文字。原来这篇散文，节选自小说《生命册》。我仔细重读了《我怀念》。

牛毛细雨，瓦檐儿上的滴水，夜半的狗咬声，藏在平原夜色里的咳嗽声或是问候语，蛐蛐的叫声，倒沫的老牛，冬日里失落在黄土路上的老牛蹄印，静静的场院和一个一个的谷草垛，钉在黄泥墙上的木橛儿，简易的、有着四条木腿儿的小凳，门搭儿的声音，有风的日子。这样看似互不关联的普通的意象，在回忆的思绪里自然流淌，寄托着身处异地的作家对家乡风物的深挚怀念，对童年生活的深挚回望。

家乡的细雨，密密、绵绵、无声、像牛毛一样的细雨，在天光的映照下，斜斜飘落、丝丝亮着的雨丝，扎在身上，有一丝丝的润意、寒意；落在脸上，有一点点的湿意、凉意，还有孩子气的痒意。而雨后初停的瓦檐儿上的滴水，一串一串地滴落在房前的黄土地上时，那声音是有琴意的，是有如琴弦拨动的美妙的意韵。

"你叹它也叹，你喃它也喃，就伴着你，安慰你，直到天亮。"静夜，蛐蛐的不离不弃的不高不低的叫声，与作家相伴，觉得孤单时相伴，心里有了什么淤积时相伴，安慰的聒语直到天亮。在这里，自然生灵的声响，与人的情绪、心境映衬连通，密合无间，凸显出对家乡怀念的浓情。这样的文字，质朴自然，有打动人心的深沉力量。下雨的时候，来到静静的场院，睡在谷草垛里边，"枕着一捆谷草，抱着一捆谷草，把自己睡成一捆谷草。"人在谷草中安眠，融入故乡大地，大地的气息与律动，梦里一定能闻到，听到。

当你坐在摆在村街上或是谁家院子里的简易的小凳上时，就觉得安稳、踏实，"那姿态也是最低的。"看似平淡的、一笔滑过的叙述，却有深刻的生活哲理。做人要放低姿态，脚踏实地，不事张扬，过平和稳重的生活。

夜里，屋门开启，或关闭时，门搭儿吮的一响，荡出去又荡回来，晃悠着，"和日子一样……碎屑，安然。"家乡的生活，静谧，纯粹。门搭儿的声响，象征着无数碎屑平凡的乡村日子，然而，在这种碎屑平凡中展现出安然恬淡的生活诗意。

"要是能跟着风走，多好。"然而，作家还是渴望有变化、有波澜、有律动的生活，怀念家乡那种有风的日子，想跟风结伴同行，去看天宽地阔的世界。

《生命册》中《我怀念》一节，正如雨果《巴黎圣母院》中《圣母院》和《巴黎鸟瞰》两节，王安忆《长恨歌》中《弄堂》一节，皆可独立成篇，成为优秀的散文。小说里的散文《我怀念》，没有故事情节的推进，没有人物形象的刻画，唯有对景观风物的逼真生动的描摹，宏观勾勒与微观细描浑然天成，最见散文语言的功力与光彩。

三

2019 年 11 月，奔流文学院举办第十一届文学创作培训班。10 日下午，我有幸聆听了单占生老师的授课。单老师博学睿智而又平易风趣，介绍自己早年在郑州大学中文系读书，之后留校任教，现在已经退休了。关于诗歌创作，单老师说，"诗歌语言是有限度的语言，是戴着镣铐跳舞；新诗要表现普通民众的生活，拉近同普通读者的距离。"进而，单老师谈了自己对于文学的理解，他说："文学要有纯净情怀"。是啊，唯有情怀纯净、清澈，才能写出纯净、清澈的文字，才能拥有净化心灵的力量。

课间休息时，我拿着笔记本，走到讲台，邀请单老师签名留念。他微笑着答应，接过我的笔记本，在空白页认真地写下赠言："诗是神的居所，把生活过成诗"，并签了自己的名字。无论顺境、逆境，都要有"把生活过成诗"的襟怀和心态，在阅读中，在行走中，努力过有诗意、有境界、有质量的生活。

网课

一

2017年初春，我在"爱课程"网站"资源共享课"中，找到了较系统的中文专业网络课程。《中国现当代文学史》这门课程，我选择了郑州大学文学院教学团队的在线授课。

在《现代文学史》第13章"沈从文"专题中，老师讲解了沈从文小说的艺术追求，举例分析作家语言的古朴明丽，令我印象深刻。

"这时节他们正过一条小溪，两岸山头极高。溪上一条旧木桥，是用三根树干搭成，行人走过时便轧轧作声。傍溪山腰老树上有猴子喊叫。水流汩汩。远处山鹊飞起时，虽相距极远，朋朋振翅声依然仿佛极近。溪边有座灵官庙，石屋上尚悬有几条红布，庙前石条上过路人可以休息。"沈从文小说《山道中》的这段文字，没有用一个结构助词"的"字，句式简洁凝练，文风质朴生动，造语新奇明丽，这是创造性地借鉴湘西口语所得到的效果。

开卷阅读原作。山道沿途所见所闻，使人耳目一新与使人心上不安兼具。"茨堆上忽然一朵红花。草地里忽然满是山莓"，还有朋朋振翅的山鹊，水声汩汩、凉爽的、有鱼有蟹有花石子的溪流，在寂寞荒凉的景象中，这抹亮色，令人悦目。从云南军队中辞了差的三个同乡人，一路相携相助，相互温情的关爱，使人温暖。折得一枝开成一串的紫色山花、把花插在包袱上面、样子很快乐的年轻人，天真烂漫。然而在从容舒缓的叙述中，隐藏着内在的紧张与危机。年长的经验多的什长，感觉溪边灵官庙处不保险，催促想要在庙前石条上睡觉的年青人赶路，"走，不许停！""不许说空话。好好上路！"日落时候，三人平安到达寨堡休息。小说结尾掀起波澜，情节转折出人意料，既有对三个同乡人躲过灾难的庆幸，也有对几个纸客被抢、两个不服抄掠的军官死亡的痛心。"沿路还有的是关隘险阻，得一一过关。"末句意味深长，引人思索。小说真实反映了作家对西南边地当时社会动荡无序、人民安全失去保障的不安与忧心，彰显出作家深挚的人文关怀。认真品读，我深切感受到，沈从文小说语言格调古朴，句式简峭，主干突出，明净秀雅，单纯而又厚实，朴讷而又传神，具有独特的艺术风貌。

"站在门边望天，天上是淡紫与深黄相间。放眼又望各处，各处村庄的稻草堆，在薄暮的斜阳中镀了金色。各个人家炊烟升起以后又降落，拖成一片白幕到坡边。……一切景象全仿佛是诗，说不出的和谐，说不尽的美。"这段如画的文字吸引了我。"沈从文语言特别的美感，来源于对文言文优长的一种吸纳。读了这段文字，你有没有想到古典诗词？有没有想到中国的山水画？"作家对乡村傍晚景象的描绘，给人一种非常写意的感觉，就好像随手拈来，轻轻点染，就写出了山村景色的韵味。文字平实，没有刻意的雕琢和修饰，但是画面疏朗，色泽清丽。这样一种文字表达效果，让人感觉直逼中国古典诗词的意境，甚至与中国山水画的特征也是相吻合的。

我听了老师的讲解，认真阅读了沈从文的短篇小说《秋》。

新中国成立后，沈从文主要从事中国古代服饰研究，但并没有终止文学创作，《过节和观灯》《春游颐和园》《新湘行记》等散文，以其清新、明朗的风格，令人过目难忘。

近读《倾心"融合"还是漠然"旁观"——沈从文川南土改行的思想史和文学史意义》这篇文学评论，发现新中国成立后沈从文是写过小说的，分别是反映新时代与新生活的短篇小说《中队部》和《老同志》。"现在觉醒了，明白地意识到自己作了主人，而且和万万人民来共同创造一个崭新的既属于民族也属于世界的文化。……"评论指导阅读。

　　浓郁的抒情格调是孙犁的重要艺术风格之一。在《当代文学史》第29章"当代小说（上）"专题中，老师讲解了孙犁的小说创作："浓郁的抒情格调，让孙犁的创作充满了诗的情怀。孙犁的小说是以现实主义的描写和浪漫主义的气息而见长，抒情色彩浓厚，充满诗的意境，充满乡土风味，追求清新、隽永、淡雅的艺术风格，这让他整体的创作有一种诗体小说之美。孙犁说道：'在现实的生活里，充满着伟大的抒情。'……""用诗写成的小说"，吸引了我。我开始了孙犁长篇小说《风云初记》和中篇小说《铁木前传》的阅读。

　　《风云初记》："行军当中，她可以听到各个地方的民间小曲。家乡啊！你的曲调是多么丰富，为什么一枝横笛，竟能吹出这样繁复变化的心情？原来只是嫁娶时的喜歌和别离时的哀调，现在被保卫祖国的情感充实激发，都变得多么急促和高亢了啊！"

　　《铁木前传》："青年钻井队的高大的滑车，在平原上接二连三地树立起来了。它们给漠漠的平原，添上了一种新的使人向往并能诱发幻想的景色。它们使人想起飘扬的旗帜……青年人为开发水源，勤奋地工作着，他们的歌声和空中的滑车一同旋转飞扬着。"

　　一段文字是抗战时期年轻战士们的高亢嘹亮的行军进行曲，一段文字是和平年代青年建设者的激昂优美的劳动交响乐。尽管时代背景不同，但语言一样明快如诗，叙述一样酣畅节制，气韵一样温婉凛然，宛若清新的山风拂过心间，给予我审美的愉悦和昂扬的情感。

　　《风云初记》："时代分别划定了人们前进的路程。只要在康庄大路上行走，就可以每天遇到和你奔赴同一方向的旅客。"

　　《铁木前传》："你希望的不应该只是一帆风顺，你希望的是要具备了冲破惊涛骇浪、在任何艰难的情况下也不会迷失方向的那一种力量。"

走抗日救亡的康庄大道，一定会遇到志同道合、生死与共的战友同志，一定会迎来胜利的光明前景。在和平建设年代，生活的道路不会一帆风顺，会遇到艰难坎坷，甚至是惊涛骇浪，这需要拥有坚定的信念、无畏的勇气、顽强的意志和强大的力量，把稳方向，有所作为，实现人生的价值。孙犁的文字激越、清朗，蕴含冷峻深刻的思想，引发我对生活的理性思索，激励我在人生这条长路上的前进意志。

从热情歌颂冀中军民抗日伟绩，真实地描写在抗日大潮下各种人物的精神面貌与心理状态的《风云初记》，到表现新中国成立初期合作化运动，给农村各阶层人民的思想感情带来的深刻震荡和人与人关系的新变化的《铁木前传》，孙犁用彩笔真实书写，融入深情，始终高扬浪漫主义的诗情和乐观主义精神，给我以净化的向上的力量。

我非常喜欢郑州大学文学院几位老师讲授的《中国现当代文学史》这门课程，感觉收获很多，开启了经典作品的阅读。

二

最近几年，我在网上注册听专业课，《新闻采访学》《中国哲学史》《西方哲学史》和《马克思主义哲学原理》，我选择了武汉大学的网络专业课程。

2020年春季，我曾系统听过武汉大学新闻与传播学院老师主讲的《新闻采访学》网络专业课程。

在讲到"知识积累"时，老师指出：知识的积累是一个漫长的过程，广泛涉猎知识，但要杂而不乱，积累知识应该有序积累，而不能无序积累。开卷有益，但有一个效率问题，有序积累知识的最有效的方法是带着问题，集中精力去读书。这样的阅读积累，才能有序有效弥补自己知识结构的盲点与空白，解决自己的疑问与困惑，并使之化为始终记忆犹新的知识储备。

在讲到"新闻观察"时，老师指出：新闻观察，就是用眼睛采访，并指导学生训练写作"观察记"；只有善于悉心观察，身心投入，才能产生真情实感，直接获取第一手现场材料和细节材料，为写作具有现场画面感的"视觉新闻"创造条件。

冬季，我曾经在网上听过武汉大学哲学学院老师主讲的《中国哲学史》课程。

老师在讲解《先秦哲学思想》时，专门对武汉大学校训"自强"与"弘毅"两词的意涵进行了解读。

"天行健，君子以自强不息；地势坤，君子以厚德载物。"在《易传》的哲学思想一节中，老师讲到了《易传》的积极辩证法思想。"自强"二字在校训中有两个含义："第一个含义，武汉大学之前身是张之洞在1893年所创办的自强学堂；第二个含义是武汉大学的师生们都要有一种像《易传》所提出的自强不息的精神。"自强不息，启迪人们摒弃消极地守柔无为，积极进取，奋发向上，在人生的旅程中有所作为，书写精彩无悔的生命篇章。

"士不可以不弘毅，任重而道远。仁以为己任，不亦重乎？死而后已，不亦远乎？"老师在讲解《孔子的哲学思想》时，提到校训当中的"弘毅"二字就是从《论语》来的。"弘毅"二字寓意抱负宏大，坚强刚毅，"体现的是孔子的一种思想和精神，也是孔子所寄予中国知识分子的那样一种历史使命感。"

系统听了老师主讲的哲学史课程，使我收获很多。老师学识渊博，讲课认真投入。令我至今记忆犹新的是老师讲到动情处，同学们不约而同地两次热情的鼓掌。

在导论《中国哲学史的研究》一节中，老师讲道："萧萐父、李锦全老师主编的《中国哲学史》，已经由武汉大学文学院张思齐教授译成英文，花了几年的时间，非常之艰辛，由外文出版社于2008年出版。"这部译作为《中国哲学史》教材走向英语世界开辟了一条新的道路，"而我们武汉大学的中国哲学的学科点，却要使自己的教材堂堂正正地走向西方世界，走向英语世界，所以同学们一定要重视我们自己的这样的成果。"

老师动情真挚、充满自信的话语，感染了每一名听课的同学，引来了不约而同的掌声！

"在邹容看来，革命可以'去腐败而存良善''由野蛮而进文明''使人人享其平等自由之幸福'。"在《辛亥革命前十年的政治哲学思潮》一节中，老师对邹容的《革命军》进行了讲解："所以《革命军》大呼革命，'我中国欲独立，不可不革命；我中国欲与世界列强并雄，不可不革命；我中国欲长存于二十世纪新世界上，不可不革命；我中国欲为地球上名国，地球上主人翁，不可不革命。巍巍哉！革命也。皇皇哉！革命也。'"1903年《革命军》的发表，"使革命之声在中华大地上响起来了，正式成为二十世纪中国思想世界的主旋律"。

老师有力地挥动右手，声音高亢，慷慨激昂，强烈地感染了每一个学生，热烈的掌声再次响起。

当时我坐在电脑屏幕前，专注地聆听，深受感染，久久无法平静。

悦 读

悦读散文

一

作家肖复兴的散文《广安门记》刊于 2022 年 5 月 7 日的《北京日报》副刊。作品中，广安门是载体，叙写广安门的今昔对比、沧桑变化与时代新貌是主线，富有历史纵深感；同时，结构谨严精巧，融入亲情与友情的接续的片段回忆，细节描写质朴真挚，是一篇非常有感染力的散文。

作家的母亲于 1952 年病逝，埋葬在广安门外的田野里。那时，广安门的城楼还没有拆除。清明节，作家的父亲带着自己和弟弟给母亲上坟，"留给我印象最深的，是刚到就看见父亲从衣袋里掏出两页纸，扑通一下跪在了坟前。……然后，对着母亲的坟头，父亲把纸上密密麻麻的字磨磨叨叨地念上老半天，听不清念的什么，只见他一边念一边已经是泪水纵横了。"这个朴实感人的细节，真切还原了久远的上坟的场景，跪在坟前，流着眼泪，寄托思念，凸显出作家的父亲对自己逝去妻子的深厚感情和无尽哀伤。这样的刻骨铭心的夫妻之爱，哀伤沉痛，力透纸背，同样也感动了读者。

1963 年秋天，作家上高一，到广安门外的农村劳动，劳动没几天，突然患急病，天已经渐渐黑了下来，出了村，四周是一片荒郊野地。此时，作家的同班同学老朱主动提出护送自己回家。四野漆黑，没有一盏灯，老朱赶着一辆毛驴车，陪伴自己走十几里的乡村土路。"我不知道老朱独自一人赶着那辆小毛驴车，是怎样回村的？可以想象荒郊野外，秋风瑟瑟，夜路蜿蜒，夜雾弥漫，不是那么容易走的。"老朱的热心助人与勇敢无畏，令作家感激与敬佩。尽管经历了数十年的漫长时光，作家依然在担忧一个人走夜路孤独返程的老朱，同学之间的真挚友情始终闪烁光辉，令作家心怀感恩，记忆犹新。

1974 年春天，作家从北大荒调回北京，在郊区一所中学当老师。那时候，姐姐一家在呼和浩特工作，姐夫有一辆自行车，是当时的三大件之一、紧缺商品。姐夫将自行车托运到了北京，取货地址在广安门火车货运站。"我很过意不去，对姐夫说：'把车给我，您怎么上班呀？'……姐夫说：'我上班离家近，走着去就行。你上班远！'"空间距离不管有多么遥远，也难以割舍浓烈亲情；一家人纵使相隔千里万里，也依然心灵相通，情感共振，相携互助。在艰难的岁月里，作家的姐夫对自己的雪中送炭，慷慨援助，令人倍感温暖，难以忘怀。

人生长路漫漫，有爱情、亲情、友情相伴相随，我们从不会感到孤单寂寞。珍惜眼前人，珍重人生路。

二

2021 年 8 月，《收获》杂志微信公众号推送了作家王安忆的散文《风筝》。这是一篇回忆母亲——著名作家茹志鹃的散文佳作，文字平实冷静而又内蕴挚情。

"风筝"是文学的意象，是叙事的线索。作家开篇坦言，她的妈妈是天下母亲中最爱操心的母亲，女儿是母亲永恒的牵挂，是母亲手中永远挣不断线的风筝。

作家写到了母亲认真仔细地帮助上小学的姐姐画苹果、严肃地教育开导当了红卫兵的姐姐的细节，写到了辅导自己算术、管制自己读书的细节。

作家和姐姐先后离家远行，去农村插队，"可我们却像风筝，飞得再高，线还牢牢地牵在妈妈手里，她时刻注意我们的动向。"作家年过二十，到了一个地区文工团拉大提琴。母亲路过那里，鼓励自己写散文，竟成第一篇印成铅字的作品，建立了继续写作的信心。之后，作家写的每一篇稿件，母亲都要过目，意见提得极其具体、细微，给予自己有益的指导，比编辑还要严格。作家去北京讲习所学习，"风筝的线仍然牵在妈妈手里，每一篇东西总是先寄给她看"。通过书信往来，母亲继续认真地指导自己写作。直到有一天，母亲在父亲的劝说下，不再具体"干预"自己写作，任由自己自由发挥。作家感觉自己像断了线的风筝，没头没脑地飞了起来……

然而，"风筝或许是永远挣不断线的"。很显然，母亲是作家走上文学创作之路的最早的启蒙老师，正是有母亲的悉心呵护，教育启迪，作家才一步一步地成长、成熟，文学的建树，终于蔚为大观。

母亲茹志鹃的言传身教，潜移默化，对女儿王安忆的文学创作产生了深远的影响。如果将茹志鹃名作《百合花》与王安忆早期作品《雨，沙沙沙》《本次列车终点》对照阅读，尽管时代背景迥异，但风格却有相似之处，清婉秀雅而又风骨气度。静心对照阅读，自会有不一样的新的发现。

三

近段时间，先后读了作家安宁的《北疆自然笔记》（刊于

《散文百家》2020年第6期）、《自然的声响》（刊于《草原》2021年第12期）、《行走在苍茫的大地上》（刊于《十月》2022年第1期）、《倾听寂静声响》（刊于《散文百家》2022年第3期）等散文作品，视野阔大宏远，风格雍容冷峻，情思沉静飞扬，用空灵、通透、秀雅、清隽、挚情的笔致，描绘出了内蒙古草原的苍茫雄浑、绚烂壮美的万千风光气象。

《北疆自然笔记》："风席卷着大片大片的云朵，将它们吹成嘶吼的烈马，腾跃的猛兽，繁茂的森林，壮美的山川，或者舒缓的河流。于是，北疆的天空上，便有气象万千、荡气回肠之美。"

"今天呼啸的大风，吹出大片大片抒情的云朵，天空宛若仙境，无数金色的光线穿越云朵的缝隙，洒在辽阔的大地上。"

塞外草原的呼啸的大风，劲烈，凌厉，带着亘古的威严，浩浩荡荡，长驱直入，永无休止，将大片大片的云朵吹成烈马、猛兽、森林、山川、河流，或者吹出气象万千的抒情的云朵，使得北疆的天空宛若仙境，美得令人惊艳、荡气回肠。

《行走在苍茫的大地上》："草地宛若没有边际的河流，从高山上倾泻而下，并在秋风扫荡过的大地上，现出黄绿相间的斑驳色泽。"

"途经此地的人们，会惊喜地发现，无数的草汇聚成一条黄绿相间的河流，伸向无尽的远方。"

"……她们是科尔沁草原上永不凋零的花。多少风雨途经这片大地，带走枯败的草木，夭折的鸟兽，老去的人们，唯有民歌中的少女，穿越漫漫时光，却依然闪烁琥珀般永恒的光芒。"

北疆壮阔高原，秋风扫荡，无数的草，没有边际的草，现出黄色绿色相间的斑斓色泽，宛若一条倾泻而下、肆意流淌、伸向无尽远方的彩色河流。秋日草原，美如彩河，灵动多姿。风吹无边草原，发出天籁般的宏大清音，仿佛河水奔流的喧哗呐喊声响，就像演奏出一场壮阔的秋天交响曲。作家歌颂世代栖息在草原上的人民就像永不枯败、焕发青春的草木，颂赞草原民歌中的少女们就像永不凋零、绽放芳华的繁花。

《倾听寂静声响》："注视着窗外烟雨中连绵起伏的群山，我忽然很想化成一抹深沉的青，融入这无边起伏的壮阔之中。"

"世界变得开阔疏朗，仿佛群山后退了几千米，树木消失不见，大地一览无余，只有茅草在深蓝的天空下自由地飘摇。因了它们轻逸的身姿，面前的荒山也平添了几分灵动雀跃。"

大青山的青色，是介于蓝色和黑色之间的颜色，连绵起伏的大青山，静穆在烟雨中，作家倚窗凝眸，想要化成一抹深沉的青色，融入这无边起伏的壮阔群山之中。作家对北疆草原，对大青山，饱含深情，声气相通，身融心入。大青山秋色，开阔萧瑟，而又明亮寂静。树木的茂密绿叶凋零了，枝条疏朗，群山没有遮拦，容颜清晰，仿佛后退了几千米，比喻动感逼真。此时，蓝空下，无边茅草自由摇曳，身姿轻盈、飘逸，眼前画面并不寂寥苍凉，有灵动雀跃的生机与活力。

呼啸大风，抒情云朵，黄绿草地，疏朗群山……这些构成了北疆草原秋天的底色，作家静寂行走，观察，体悟，描摹，笔触从容淡然、冷静有力、卓尔不群，文风安静质朴、内敛空寂。其散文风格感觉与作家苏沧桑名作《船娘》相似，但却实在又迥然不同，前者叙写北疆苍茫壮美，后者描绘江南温婉灵秀。

四

《散文海外版》2020年11期转载了作家周晓枫的散文《悦读》（原刊于《北京文学》2020年9期），这是一篇在广泛、深入阅读基础之上的深度写作，指导阅读写作的好文。文笔极具纵深感，妙语佳句，入眼入心。

"无论何时开始，只要沉浸在阅读里，我们就被赋予不同。——无论老枝或者幼枝，只要怀有耐心，知识会慢慢装饰，把你变为更加闪耀的自己。""一生之计在年少",只是年纪大了再省悟,需要付出的劳动强度更大。然而,无论何时开始觉悟,开始真正意义上的阅读,都不会晚,都会开启丰盈充实的生活。

"不懂外语的人,假设从不阅读翻译文学作品,就无法形成经纬更广的审美参考。——翻译文学,不仅是汉语重要的组成部分,而且扩充了汉语表达的边界,使之更为丰富。"作者从理论的高度和全新的视角,阐释了阅读翻译文学作品的重要性。只有中外作品兼收并蓄,才能向更深广的阅读境界迈进。

"深入生活,并非是写作的套话,恰恰是写作的真谛;潜心阅读,也是磨刀不误砍柴工——"写作固然是独自面对困境,是永无尽头的远方,然而,只要一个人置身书籍,有觉悟地开始深入而不是肤浅的阅读,被周围和自身的光所照亮,并用最大的诚意、勇气和能力去写,"即使身处困境,只要握牢手中这支笔,他就拥有破冰的镐和自救的绳索。"

五

河北作家、鲁迅文学奖获得者胡学文的散文《时间里的母亲》,原发《北京文学》2021年2期,《散文海外版》2021年4期转载。在平实简洁流畅的叙事中,蕴含着深挚的浓情,"她的样子像个孩子,而我成了家长,我不由得笑了。然后,钻心的痛突然弥散开,我不敢再看她……"这个细节令人过目难忘,感同身受。作者的母亲长期患病,吃药吃怕了,说谎自己已吃药。在作者的监督下,承认说谎,羞涩不安地笑了笑;并服从自己孩子的要求,乖巧地吃药。孩子监督患重病的母亲,不由地笑中潜藏着"钻心的痛",迸裂着无法抑制的追思亲人的伤痛。这样的痛感无法虚构,必是写实。

散文的感染力由一个个真实的细节组成。而真实细节需要简洁地、诗意地呈现。融入真实情感的亲情的书写,永不过时,常写常新。《时间里的母亲》用纯净、凝练、朴素的文字，书写逝去的平凡的母亲，字里行间奔涌的却是刻骨铭心的挚情和绵延无尽的怀念。

六

《散文》2020年11期刊发江西作家蔡瑛的散文《飞翔》。一个人在生活历程的每个阶段并不总是荣耀亮丽光鲜的，能够直面自己曾有的暗淡处、伤处、痛处，才是文学写作的真正品格。作者坦率地写到了自己复读生、委培生的原初历史，凸显了文学写作态度的赤诚，同时自然有文学写作强大自信的支撑，这种强大自信源于漫长岁月的磨砺，以及文学素养的深厚积累。

作者写出了自己青春的失落、困惑与烦扰，然而绝不悲观与消极。"……一头扎进了文学里。我开始偷偷地写点东西，找寻存在的星光"，一个专注写作的勤奋身影，一朵优雅绽放的青春之花，在年少的记忆里，永存一份素净温煦的美好。作者不甘平庸生活，没有停息探索的脚步，执着找寻自己的出路，追逐梦想之路。

青春岁月如歌。男朋友发电报说要千里迢迢来学校看望，作者没有回复，而是对母亲撒谎自己患病央求寄钱，订做了一件白色的雪纺裙子。"谎言"，无邪、率真、纯净。这个细节恰如清风拂面，令人感动。挂在窗前，在风里轻轻飘荡的白裙子，像美丽的翅膀，作者完成了人生的初次的飞翔。

"哪个人没有在青春年少的时候，渴望过飞翔呢？"这是对久远的青春年少时光的深情回望，一首抒写率真情感、渴望自由飞翔、找寻存在星光的歌谣。语言简净、清雅、精致、温婉，是一篇关于成长的佳作。

七

2019 年，在开封，我有幸两次聆听冯杰老师的授课。前段时间，我曾在《大观》杂志的封底看到冯杰老师的竖幅绘画，青绿柳条，随风轻舞，取名《故乡的身影》，感觉很妙。冯杰老师擅长绘画，为文呈现画境。

散文《有花可吃》刊于《奔流》2020 年 9 期，写作视角新颖，行文谈笑从容。作家最敬仰的诗人是有风骨、不为权势、媚事而折腰的陶渊明，诗人爱菊、赏菊，因为他是经霜不怕霜、是最后撤退的花。并且以菊花烹饪做菜肴，食菊而饮。作家说："陶渊明就是一朵不怕霜的菊花，在寒冷秋风里，诗章散发沁人幽香。"

杜甫吃槐花、槐叶，有诗为证："青青高槐叶，采掇付中厨"。

杨万里吃梅花，嚼梅时一边蘸蜜食用，有诗为证："南烹北果聚君家，象箸水盘物物佳。只有蔗霜分不开，老夫自要嚼梅花。"

苏轼将松花、槐花、杏花在一起蒸，密封后成酒，有诗为证："一斤松花不可少，八两蒲黄切莫炒。槐花杏花各五钱，两斤白蜜一起捣。吃也好，浴也好，红白容颜直到老。"

文风质朴、风趣、简约，古典诗词信手拈来，巧妙运用，有化俗为雅的神奇功力。

"母亲逝去了。木槿花仍在开放。"结尾处，深挚、绵长的怀念，融入冷静、平淡、简洁的叙述中，意蕴深远。

八

2019 年金秋，我去威海刘公岛，参观过甲午战争纪念馆，"海军公所"，由李鸿章题写署名，金字蓝底，赫然醒目；显示出对这位怀抱富国强兵的初心，发起推动洋务运动，苦心创办经营北洋海军的晚清名臣的敬重与纪念。作家潘小平的历史文化散文《孤臣泪》，刊发于《美文》2020年12期，《海外文摘》2021年2期转载，是《2020年中国散文漫谈》重点推介的十篇散文之一。人物历史资料翔实，历史遗迹考察深广，宏阔历史叙写与诗意现实描绘巧妙穿插，文字优美清畅，笔端倾注深情。作家从"孤臣泪"这一独到的视角，深入全面解读晚清历史人物李鸿章的具有立体感的一生，人物功与过评价客观公允，塑造了一个在国势积贫积弱，列强环伺欺侮的时代背景下，勇于任事，忍辱负重，四顾茫然，独木苦撑，散发过光辉的，凛然而又悲情的孤臣形象，极具感染力。

九

山东作家冯连伟的散文《沂蒙父亲》，刊于《绿洲》2020年3期，《散文海外版》2020年9期转载。二十六年漫长时光的沉淀，沉淀出了这篇长文。语言平静从容，真切流畅，如同普通拉家常一样。细节平凡，写出了内疚、遗憾、纠结的真实情感，因此，平凡中自有感人处，平凡中发散质朴的光华。如果说绘画呈现出一个凝固的时刻，文学细节则呈现出成千上万个、前后相续的凝固时刻。这篇散文的细节呈现出的一个个凝固的时刻，长留在了读者心中。作家的深情回望，朴实无华的叙述，开头与结尾前后呼应，内蕴着感人的净化心灵的力量。行文似无艺术技巧，但无技巧便是最高的技巧。

十

近读蒋建伟老师的散文《有没有一个人在哈尔滨等我》。作品原发《湘江文艺》2021年6期，《散文海外版》2022年3期选刊。这篇散文讲的是哈尔滨一家文学杂志的编辑对蒋老师文学成长过程中的帮助与鼓励；尽管未曾谋面，但一直感激着、记挂着编辑。普通写作者的投稿到刊用，编辑老师付出了艰辛的劳动。编辑没有任何功利心，无私的雪中送炭，给予普通写作者以激励帮助，是编辑给予了作者继续写作的勇气、信心与动力，是最令人敬重的老师。这篇散文视野开阔，内蕴丰厚，朴实清新，感动人心。尽管未曾谋面，从文字中能够读出蒋老师的人格魅力与专业精神。

十一

作家林汉筠的历史文化散文《一壶茶的阳光》刊发《北京文学》2021 年 4 期，《海外文摘》2021 年 9 期转载。作品潜心挖掘石碑文化，讲述明初东莞人袁友信拾金不昧、三年还金的久远而感人的故事，"面对摆到面前的银子，诚实的袁友信憨笑着说：'我的三年守护只为一声清誉。'然后，客气地将钱推到失主手上。……"此时，一壶阳光在袁友信和失主的脸上闪耀起来。坚守茶亭，三年等待，只为还金。"还金亭碑"，用方块汉字纪念一场细微又伟大的壮举，在阳光下闪烁出道道光亮，带给人们感动和激励，召唤人们坚守诚信的诺言与美德，践行岭南传统诚信精神的当代价值，构筑起一座城市的道德高度。

十二

《散文》2020 年 10 期刊发安徽作家金国泉的散文《扶贫记》，在天地开阔的乡村感知到了画意诗情，展现出基层贫困群众在脱贫进程中的精神风貌，基层贫困群众生活艰辛，然而始终坚毅前行，秉持滴水之恩涌泉相报的信念，拥有良善、温厚、真诚、质朴的优秀品质。"然而乡村实际是天地开阔的……田野里，无论是冬季的麦浪，还是夏季的稻禾，都是那样的朴素与亲和，每看到它们，心会旷远，耳会清爽，眼会澄明……"下乡扶贫辛苦，但苦中亦有甜。乡村田野广阔，四季风景如画，自然田园馈赠给人的是身心愉悦，心境旷远、耳畔清爽、眼光澄明。作者用心书写坚实的大地，真实、真情，朴素、朴拙，是一篇扶贫文学的佳作。

悦读小说

一

我仔细阅读了几遍美国作家海明威的短篇小说《白象似的群山》，感觉并没有完全理解这个短篇小说的内涵。借助百度搜索相关赏析文章，阅读了外国文学史关于海明威作品的分析，对这个短篇有了大体的认识理解，但仍然是粗浅的。

一个新生命的即将诞生，本是令人欣喜的，对怀有身孕的女孩来说是一种美好的希望，但故事的男主人公却认为是一种生活的沉重负担，男主角不断地劝女孩打掉腹中的胎儿，反映出其自私冷漠、不负责任的态度。"那些山看上去像一群白象。"女孩将群山比作白象，并不准确、贴切。女孩用这个并不恰当的比喻，一方面是想打破沉闷的气氛，另一方面也象征着她腹中的胎儿。女孩看到的是"白象"，她内心十分想要这个孩子，但不能说服男友，男友表现出的冷漠令她失望，最后她说道："那就求你求你求你求你求你求你求求你，不要再说了，好吗？"从中可以体会到女孩当时心中的绝望，也可体会到男友的无情带给她内心的伤痛。男主角自私冷漠、不负责任和对未来渺茫的精神状态，真实地反映出了当时美国"迷茫的一代"的虚无主义精神生态。

"埃布罗河河谷的那一边，白色的群山连绵不绝。这一边，没有树木，没有阴凉。火车站就在阳光下，在两条铁路线的中间。""车站的对面是埃布罗河两岸的农田和树木。远处，在河的那一边，就是连绵的群山。一片云影飘过庄稼田；透过树林，她看到了大河。"……作品的景物环境描写朴素简洁，意境含蓄凝练，使人有身临其境之感。作品没有起承转合，省略故事背景交代，主要以明快有力、生动鲜明的对话，推动故事情节的发展。海明威从事过新闻工作，作品强调客观真实，而非主观表现，运用冰山原则，将主题深深潜藏起来，将情感低调处理，使读者通过思考分析，阐释作品的深厚主题和内在美感，体悟作品的独特风格和艺术魅力。

行文要简洁朴素，追求含蓄凝练的意境；用明快生动的对话，推动情节的发展；省略冗长拖沓的描写，将情感的波澜平复冷却，转化为冷静自然的叙述，等等。这个短篇小说可供借鉴的创作方法是多方面的，给予我许多有益的启发。

二

赏读美国作家莉迪亚·戴维斯的几篇短篇小说，给予我的启发是：文无定式。文学的表现是自由多样的，没有固定的模式，不要让形式束缚了思想，即使在极其简短的篇幅中，也可以表现丰富深广的内容，传达出力透字背的感染力。

比如《恐惧》："但是我们也明白，我们也会遭遇像她那样的恐慌，而每次，我们都需要耗费全部的力量，甚至是亲友们的力量才能使自己冷静下来。"这段话极具穿透力，令人过目不忘，一个人即使精神足够强大，也有脆弱无助的时候，需要借助他人的力量获得度过生活困境的勇气与信念。

比如《爱》："一个女人爱上了一个已经死了好几年的人。对她来说，刷洗他的外套、擦拭他的砚台、抚拭他的象牙梳子都还不足够，她需要把房子建在他的坟墓上，一夜又一夜和他一起坐在那潮湿的地窖里面。"在如此简短的极具感染力的文字中，蕴涵了刻骨铭心的至情，那是生死相随、灵魂相通的挚爱，没有一丝功利与世俗，带给读者的是真切的感动。

用心体察生活，融入真实情感，运用简洁、恰当、准确的文字进行创作，增强文学表现力、感染力，才是问题的关键。

三

作家邵丽的中篇小说《黄河故事》刊于《人民文学》2020 年 6 期，《莽原》2021 年 2 期《重温经典》专栏予以选载，写的是郑州黄河岸边的平凡的"小人物"，然而每一个"小人物"都有着像黄河水一样浑浊而奔腾的一生。

叙事者"我"作为女性，在四女一男姊妹中，排行老三，在深圳历尽艰辛，坚韧奋斗，成就了属于自己的事业，母亲和小妹跟随自己生活。然而，两个姐姐和一个弟弟，都在郑州或开封生活；父亲早逝，骨灰存放老家郑州。

以"我"为父亲寻找墓地为线索，展开了父亲短暂而凄凉的一生。母亲的形象并不完美，因袭陈旧落伍的传统观念的重负，对父亲曾有过精神戕害。晚年的母亲仍没有反思文化的能力，但也在困惑中生出了对父亲的歉疚。

姊妹们的人生道路迥然不同，各有各的挫折与坎坷，然而却都始终保有坚韧追求和果敢决断的勇气。

"郑州，无论像谁，她毕竟是她自己，她有自己的核心文化，她有自己的发展逻辑。""我"最先逃离黄河故园，然而又始终魂系梦牵黄河故园，重回郑州后，产生了振兴豫菜的雄心与壮志。

作家对既往人情世故，悲欢起伏人生的深情书写，定然会呈现出黄河的几分魂魄来。故事情节引人入胜，人物形象真实饱满，语言质朴纯正而又有奔涌的气势。

四

作家郑旺盛的短篇小说《风大，雨也大》刊发《奔流》2020 年 12 期。

作品紧扣"风大，雨也大"的主题展开叙事，乡党委书记老岳一手抓脱贫攻坚，一手抓治水工程，工作成绩卓著，深受群众称赞，"……这次还是老岳书记有战略眼光，要不就出大事了，老范一家从他家的摇摇晃晃的老房子里搬出来后，只有两天的时间，天就下起了大雨，刮起了大风，那一天晚上，老范家的老房子一下子就在大风大雨中倒塌了……"老岳书记高度关注贫困户范大花家的住在河堤下的危房，自己首先垫付工资，组织村里想办法筹措资金，争取民政部门支持，及时将贫困户全家从危房中搬了出来，住进新房，避免了雨大风大里的现实危险。

夏季一天傍晚，瓢泼大雨说下就下。此时，接到消息，天打炸雷，将大王村的变压器烧坏，造成15座新建的鸭棚停电。7万多只小鸭苗最怕见不到光，如果停电时间长，就会相互挤压踩踏，导致大面积死亡。老岳毅然放弃晚上回家为老父亲过生日的打算，不顾电闪雷鸣、风雨交加，当机立断，带领干部一起连夜驱车到县城购买发电机。

事隔不久，天又下起了大暴雨。老岳正在兰兰河指挥防汛，接到父亲打来的电话，老岳的爱人突然得了急性阑尾炎，被家人送往县城医院手术治疗。因河堤汛情紧急，老岳尽管焦急万分，但依然坚守岗位，带领干部群众加固河堤。

在风大、雨也大的紧张凝重的艺术氛围里，一位思路清晰、行动果断、坦诚待人、不顾小家、勤政为民的乡党委书记老岳的光辉形象，跃然纸上。

作家对农村工作熟稔，情感相通共振，写作视角新颖独到，人物形象鲜活真实，生活气息浓郁。作品语言来自农村基层，来自乡野泥土，并进行了精心提炼，质朴无华，流畅自然，有音乐般的节奏与韵律。"窗外，风大，雨也大……"结语，老岳来到医院，满含对妻子的歉意，意味悠长。

五

作家侯发山的小小说创作气象万千，异彩纷呈。

小小说《守灯》以海为背景，展开故事情节，酝酿感动的力量，令人耳目一新，显示出作家创作视野的宏阔。故事的主角是一位中年女性，丈夫在海岛上守护灯塔，在一次台风中牺牲。作为妻子与母亲，并没有被生活的苦难不幸所击垮，而是在人生的低谷与困境中始终跋涉、坚守，选择无悔地接续丈夫的事业，孤独地坚守海岛，同丈夫的灵魂陪伴，守护灯塔，为来往的船只领航，守护一方海的安全，同时，含辛茹苦养育孩子成长。中年女性坚韧承受孤独与苦难，为海的事业，默默奉献一分光与热，散发着质朴的人性的光辉。聪慧的孩子的生活是崭新的，考入大学后，探索运用遥测遥感的自动化技术守护灯塔，将人从艰苦孤独的劳作中解放出来。这样的雄心，这样光明的前景，令人振奋。海岛是荒凉的，没有绿色。然而海的风景，又是壮丽的。海上壮丽的日出，预言着一个新的时代的开启。作家在如此有限，简短的篇幅里，蕴含如此深广的思想内容，这需要深厚的叙事功力。文学需要酝酿感动的力量。带给读者精神的愉悦与感动，给读者以启迪与鼓舞，这是文学价值的重要衡量尺度之一。《守灯》是一束清新朴素的花束，是一束明彻闪亮的灯光，给人以感动，启迪与鼓舞。

窗外，明黄的蜡梅花，在明净的阳光下，迎着寒冷的风，傲然绽放，一树斑斓。辞旧迎新的美好时刻即将来临。晚上，我看了作家侯发山的小小说《最好的礼物》。困难与障碍一重又一重，回家之路山重水复，眼看无望；然而，转机就在一瞬之间，公司安排大巴车送外地员工返乡，迎来了峰回路转，柳暗花明。春节返乡，亲人团聚，就是最好的礼物。亲情无价，超越任何贵重的实物。语言朴实，内蕴深意；结构精巧，结尾出人意料，给读者惊喜。虽是作家旧作，但仍然给读者带来融融暖意，给即将到来的春节以最好的礼物，那就是祝愿每个家庭团圆，幸福。

悦读评论

一

最早是在 2021 年 11 月中旬，偶然读过《文艺报》评论部编辑行超写作的文学评论《美的突围——读苏沧桑散文集〈纸上〉》，这篇评论 2021 年 11 月 4 日刊于《人民日报海外版》，有高度、有深度、有温度，视角新颖、见解敏锐、文字灵动。行超的文学评论《小说的光韵》，荣获《长江文艺》双年奖（2019—2021）。这篇评论令人耳目一新，通过评论的引导，1990 年出生的小说家陈春成作品的散淡典雅、含蓄蕴藉的语言特色和云淡风轻的艺术风格，跃然纸上，魅力独具，使人惊艳；颠覆了长期以来认为 90 后写作者生活阅历尚浅、缺乏丰富经验、作品缺乏深刻性和厚重感的错误认知，年轻一代的文学作品具有开阔的思想视野、锐利的反思精神与天然的美学追求。这样的纯文学、严肃文学，是真正意义上的"面向未来"的写作。"光韵"笼罩着行超的评论，还有陈春成的小说，仔细体味，有通透的光亮和迷人的光芒。

二

"如果说思想是文学的光，风景描写就是小说里的湿地。"

"文学经典，无论中外，都有大量的风景描写。"

"风景描写是文学创作的基本功，就像绘画的素描和写生一样，需要下功夫苦练才能完成。"

······

最近，读了扬州大学文学院王干教授的文学评论《为何现在小说难见风景描写》，很有共鸣与启发。这篇评论刊于 2022 年 4

月 13 日的《光明日报》文艺评论版。

　　精彩的风景描写是增强作品文学性的一个重要方面。我非常喜欢风景描写出色出彩的作家，最早我读了沈从文的《边城》，建立了学习文学的自觉；《边城》吸引人不仅有凄凉感人的故事，更有如诗如画的湘西风景描写，《边城》与《长河》《雪晴》《湘行散记》《湘西》等作品一起，共同建构了神奇瑰丽的湘西风景艺术长廊。现代作家：茅盾的《幻灭》《虹》《霜叶红似二月花》，巴金的《家》《寒夜》，老舍的《骆驼祥子》《四世同堂》，当代作家铁凝的《哦，香雪》《没有纽扣的红衬衫》，王安忆的《雨，沙沙沙》《长恨歌》，张承志的《北方的河》《黑骏马》，史铁生的《我与地坛》，张炜的《你在高原》等作品，均有或乡村或城市、美不胜收、地域特色鲜明的风景描写。国外作家：俄国屠格涅夫的《猎人笔记》《贵族之家》《前夜》，契诃夫的《草原》，肖洛霍夫《静静的顿河》，英国托马斯·哈代的《德伯家的苔丝》《还乡》《无名的裘德》，法国罗曼·罗兰的《约翰·克利斯朵夫》，美国梭罗的《瓦尔登湖》，以及日本岛崎藤村的《破戒》，川端康成的《雪国》等作品，均有极具魅力、斑斓绚丽、令人神往的异域风景描写。有个性、精炼、精彩、情景交融的风景描写，最见作家的写作功力，是纯文学语言的不可或缺的重要组成部分。

辛词，沁入我心

一

在古典文学的"众里"寻觅，蓦然发现，辛词似乎在冷落处、在寂寞处、在灯火阑珊处，显示出她容仪美丽、气度非凡、魅力独具的身影。

如果仔细留心，我们会发现辛词从未走远。

作为全球最大的中文网络搜索引擎，"百度"二字源自辛弃疾名作《青玉案·元夕》中的词句"众里寻他千百度"。

宋孝宗乾道七年（1171年）正月，辛弃疾在南宋都城临安（今浙江杭州）任司农寺主薄时，创作了这首词。

"众里寻他千百度，蓦然回首，那人却在，灯火阑珊处。"王国维把词句理解为古今成大事业、做大学问者所必至的最高境界——第三重境界，比喻历经艰苦探索和不懈追寻，终于获得事业的成功、学问的成就而体悟到的喜悦和欣慰。而梁启超则说词中"那人"、佳人是作者"自怜幽独，伤心人别有怀抱"的产物，是作者自己遭受排斥、冷落而又不肯趋炎附势的人格的象征。这显示出词句思想内涵阐释的巨大包容性，其意义可以被创造性地延伸。

但我阅读这首词的真实感受，来自词句创造的优美的意境本身。元宵节夜晚，焰火灿烂，彩灯万千，观灯女子盛装打扮，幽香袭人，笑语盈盈，一派热闹欢腾的景象。然而，词人苦苦寻觅的"那人"，那位自己思慕、钟情的佳人，不随俗流，自甘冷落，孤高幽独，竟然在不经意的回首一瞥中出现，在灯火零落稀疏的地方，显示出她的绝美侧影。这样的词境，沁入我的心灵，给我留下了深刻、愉悦、美好的印象。

二

1984 年，我九岁。父亲在新华书店买了一本上海教育出版社出版的枣红色封面的《古典文学名篇赏析》，叮嘱我认真阅读。

我翻开书页，《介绍辛弃疾词〈水龙吟·登健康赏心亭〉》这篇文章，映入眼帘。

"楚天千里清秋，水随天去秋无际。遥岑远目，献愁供恨，玉簪螺髻。"南方的天空一派秋色，水天相接，茫茫江水随时向天边流去。纵目远山，秀丽多姿如梳着高髻、面带愁容的美女，但徒引人愁恨而已，词人心中的郁闷与愁苦浓到见山则情满于山的程度。"倩何人唤取，红巾翠袖，揾英雄泪？""我"从哪里找到一位红颜知己，为我擦干英雄的眼泪？看似抒写柔情，但却不是狭隘的自我哀怨忧伤，而是流贯着报国之志无法实现的英雄之痛，内蕴有一腔愤烈豪迈之气。

然而，有一段词，我的记忆里却没有留下深痕，近段时间重读，"……落日楼头，断鸿声里，江南游子。把吴钩看了，栏杆拍遍，无人会，登临意。"眼前宛若出现了一束耀眼的光亮。词人，自称"江南游子"，自己孤身一人从北地济南来到江南，随仕宦而辗转漂泊，心中始终有如影伴随的无边乡愁，有对济南家乡望眼欲穿的绵长想念。

济南，我去过一次，停留时间非常短暂。

2020年金秋，我们一行人送侄子到山东大学威海校区上学，返程时，我们在泉城济南转车，有四个多小时的等候时间。

走出火车站，还不到下午六点。为节省时间，我们打车前往大明湖北门。

我们沿湖畔向东漫步，折向南行，过巍峨高峻的超然楼，再沿湖的南岸向西行，抵达南门牌坊。而后，我们步行去趵突泉了。

泉城四小时，匆匆游览，返回车站。火车启动了，我坐在卧铺车厢过道的座位上，在手机高德地图上随意搜索，发现有一个地方没来得及看，就是辛稼轩纪念祠，位置在大明湖南岸，距离我们抵达的南门牌坊仅有不到一里距离。真的很遗憾，近在咫尺，却又失之交臂。

然而，遗憾中又有庆幸，在济南停留仅有四个小时，我阅览了大明湖的旖旎风光，来到了伟大爱国词人辛弃疾生前魂牵梦萦的故乡。

从济南返回后，我翻阅辛词，却并没有找到词人直接描写济南故乡山水风物的作品。但我惊喜地找到了涉及词人思念故土的词作。辛弃疾活捉起义军叛徒张安国，从由金兵占领的故乡，押送其南归临安时，词人仅有23岁。南归后，词人始终肩负着抗金救国、收复故乡、收复北方大好河山的神圣使命，始终牵系故土，并将一腔思乡深情化作感人肺腑的词句：

"恨此中、风月本吾家，今为客。"宋孝宗淳熙五年（1178年），词人，作为"江南游子"，在临安（今杭州市）任大理寺少卿，游览灵隐寺前、飞来峰下的冷泉亭，眼前幽美的泉声山色，引起了词人的思乡之情。"恨"是壮志难酬、忧思深沉的游子之恨。大明湖风光秀丽，不减西湖；冷泉景色与家乡风光非常相似，词人仿佛看到了家乡的熟悉的自然风物，可惜自己不是在济南老家，而是在江南为客。

"……层楼望，春山叠。家何在？烟波隔。把古今遗恨，向他谁说？……听声声、枕上劝人归，归难得。"这是一首风格婉约的思乡之作，作于宋孝宗乾道中期（1169 年前后）。词人登楼眺望家乡，有层山叠水阻隔，归乡的愿望永远成了无法实现的梦想，乡土难归之恨，家国收复无望之恨，无人可以倾诉。思乡的好梦难成，唯闻杜鹃的啼鸣声，声声劝人北归，然而宋金却南北分裂，江南游子难以北归故乡，亲人无法实现团聚的夙愿。

三

初次踏上福州的土地，大街小巷，江边湖畔，处处可见榕树的伟岸身影，树干高大，繁枝垂地，叶片碧绿，密密层层，织就喜人的榕荫。去福州是 2015 年 11 月，我和几位同事一起参加第十三届中国国际农产品交易会。几天后，会展结束，家乡农产品的展位也撤展了。离开福州前，有一天自由活动时间。

此时，西湖公园的菊花正在绚烂绽放。随着如潮人流，漫步湖畔长堤，卧波虹桥，水榭亭廊……各色菊花，成方成片，色彩缤纷，恰如锦绣铺地，使西湖妆容愈见秀丽。

南宋著名词人辛弃疾曾赞道："烟雨偏宜晴更好，约略西施未嫁"，足见西湖古之胜景。我随意浏览一块公园导游图展板，左侧是导游图，在右侧公园简介的文字里，偶然发现了这段词作。当时我还没有通读过辛弃疾的全词，这段词第一次跳入眼帘，非常惊喜，愉悦。

宋光宗绍熙三年（1192 年），词人任福建提点刑狱，雨中游览福州西湖，写下了这首记游词《贺新郎》。

烟雨，空蒙灵秀；晴空，真切明朗，福州西湖之美浓妆淡抹总相宜。然而，西湖的美又是朴素的，约略像尚未出嫁的西子一样；要使西湖更加美丽，还须要加以开发，"待细把、江山图画"。

辛弃疾宦游福建，还有一首名作，令我印象深刻。

宋光宗绍熙四年（1193 年），词人在福建巡视途中，创作了《水龙吟·过南剑双溪楼》。福建路南剑州，就是今天的南平市。双溪楼在南平城东，为当时的游览胜地。

前几年，我在网上听过叶嘉莹先生对这首内蕴含蓄的词作的讲解。"举头西北浮云，倚天万里须长剑"，登楼遥望西北浮云，渴望得到一把扫清西北浮云的万里长剑，表明了词人亟待获得宝剑收复沦陷的中原故土以雪国耻的爱国情怀。"千古兴亡，百年悲笑，一时登览。问何人又卸，片帆沙岸，系斜阳缆。"结句可能是词人眼前的实际景物，但更多的是象征与比喻。登楼远眺，词人怀古伤时，悲己笑人，萌发生命短暂、事业难成的感慨。斜阳，是南宋国运难振的象征，也是词人自己年华不再的隐喻。试问何人在斜阳下、沙岸边，卸帆系舟，以充满画意的深婉之笔，隐喻了在投降派当权的时代，北伐中原、抗金复国的脚步停滞不前的社会现实，以及作者壮士暮年、报国无路的忧愤悲凉。然而，词人壮志难酬，剑气长存，忠义奋发收复中原的宏愿犹在。

四

家住巩义。连接新老城区，有一带状公园，中有河道，并未有四季长流水。但家乡人从北面伊洛河提灌水源，在河道开阔处蓄起一湖碧波。两岸高低错落的绿树、鳞次栉比的楼宇，以及横跨两岸的大桥，倒映在波光潋滟的水中，景色颇佳。东岸绿荫下，草坪上，竖立一块长方的浅褐色巨石，上面镌刻有三行艳红色油漆精心涂描的行楷字：我见青山多妩媚，料青山见我应如是。我觉得青山是妩媚可意的，更猜想青山也同样觉得我是妩媚可心的。"情与貌，略相似。"青山是自己的知己，感情和相貌，都大抵相似。

《贺新郎·甚矣吾衰矣》，作于宋宁宗嘉泰元年（1201年），这是词人为他在瓢泉所造的"停云堂"的题词，是词人的得意之作。

辛词在身边，在眼前。

山水不单是愁恨、寂寞的象征化表达。将山拟人化，写青山妩媚，还有一首辛词佳作。

1999年5月，我参加新闻学专业本科自学考试，学习过《中国古代文学》，在教材里，辛弃疾的词是作为专节介绍的。我第一次对词人的生平、辛词的思想内容和艺术成就有了较系统的了解，我第一次读到了"一水西来，千丈晴虹，十里翠屏。……青山意气峥嵘，似为我归来妩媚生"。词人开阔旷达的人生态度和豪酣精神赋予山水以明朗欢快的性情：在翠色屏风般的万山中，一条水从西边蜿蜒流出，在山间形成巨大的瀑布，宛如千丈白虹，从晴天垂下。……这高峻的青山，本来是意气峥嵘，颇不趋俗的，现在喜我归来，竟然显出一副妩媚的样子，格外轩昂、秀美，流露出词人不胜欣喜之情。

这段词把山写活了，有性格，有感情，优美，灵动，令我惊艳，再难忘却。

《沁园春·再到期思卜筑》作于宋光宗绍熙五年（1194年）秋，此时词人在福建安抚使任上，再次被罢官，回到信州带湖闲居。南宋时的信州，即今天的江西上饶市。带湖在上饶市城北灵山下。此前，词人罢居带湖时，曾在期思买得瓢泉，并经常往来于带湖、瓢泉之间。期思瓢泉，在今上饶市铅山县稼轩乡期思村的瓜山之下。

江西上饶市我是去过的。

碧水，曲曲折折，在青翠山峦间，畅快流淌；碧水中，有游船缓缓驶过，有廊桥的优美倒影。悠长的廊桥，黛瓦斜顶，棕红护栏，灰石桥墩，设计巧妙，建造精美……很有历史的沧桑感和文化的厚重感。民居，白墙黛瓦；古亭，重檐翘角，也是黛瓦覆顶。有山，有水，有繁茂的绿树，夏日里的田园，也凉风习习，恍若置身世外桃源。

叠翠山峰，峭拔山石，幽深峡谷，飘逸游云……漫步凌空栈道，仿若如履平地，视野开阔，风光壮美。攀上峰顶，左侧灰白石栏间，有一株青松，身影挺秀，枝条向一侧伸展，犹如敞开手臂，热情迎接远道而来的游客。倚栏凝望，"女神"姿态优雅端庄，形象逼真曼妙，仿佛就在面前。女神峰，大自然的鬼斧神工创造而成，令我惊叹称绝。

词人中晚年的归宿地，上饶市市区北面的带湖和下辖的铅山县瓢泉，我没有去过。但是，2007年盛夏，我和家人曾到上饶市的婺源县几个村落和玉山县三清山旅行，其俊秀风光，我是领略过的，是有真实体验的。我想，整个上饶市的自然山水风貌是有相通相似之处的。因此，辛弃疾归隐上饶带湖、瓢泉时创作的大量词作，我有别样的亲切感，有深刻的共鸣和审美的愉悦。

"东冈更葺茅斋。好都把轩窗临水开。要小舟行钓，先应种柳，疏篱护竹，莫碍观梅。秋菊堪餐，春兰可佩，留待先生手自栽。……"《沁园春·带湖新居将成》作于宋孝宗淳熙八年（1181年）秋天，词人经营的带湖隐居之所即将建成之时。带湖新居，词人取名"稼轩"，并作为自己的名号。词人对带湖新居作了进一步的规划，修葺茅屋，轩窗临水敞开，柳下垂钓，看竹观梅，即将到来的田园生活清幽静美、诗情画意，然而终难抵消词人忧心如焚的爱国热忱和郁愤不平，"沉吟久，怕君恩未许，此意徘徊"。

从秋，经冬，迎来明媚春天。"带湖吾甚爱，千丈翠奁开。……废沼荒丘畴昔，明月清风此夜，人世几欢哀？东岸绿阴少，杨柳更须栽。"这首词作于宋孝宗淳熙九年（1182年）春天，词人深爱带湖风景，以带湖的今昔不同，感叹世间的悲欢变化，但结句调转笔锋，打算在带湖东岸种柳，流连山水，安居绿荫之下。词作基调从叹息沉重转为乐观旷达，信手拈来，不事雕琢，清新自然，便成千古绝唱。"东岸绿阴少，杨柳更须栽。"十多年以前，我是在《人民日报》的一篇访谈文章里见到的。一位专家针对国学教育的不足乃至缺失的现状，借用这段名句，呼吁加强国学教育。可见词作在当代的影响力。

"千峰云起，骤雨一霎时价。更远树斜阳，风景怎生图画！青旗卖酒，山那畔、别有人家。只消山水光中，无事过这一夏。午醉醒时，松窗竹户，万千潇洒。野鸟飞来，又是一般闲暇。……"《丑奴儿近·博山道中效李易安体》，这首书写上饶博山自然风景的词作，纯美、优雅、灵动、惊艳，过目难忘，沁入心灵，给予我强烈的视觉美感冲击。博山位于上饶市广丰县，山下有博山寺。宋孝宗淳熙十三年（1186年），词人隐居带湖，曾多次出游博山，山间雨收云散，天晴日出，斜阳的光辉敷染在远树上，这骤雨复晴的清美风景无法描画；但求在这水光山色间，闲散地度过这个夏天。本词画面疏朗，清雅淡净，极能传南方夏日山间气象，以及作者摒除尘世干扰、唯求放情山水的淡泊情怀。这首词将寻常口语提炼、雅化从而度入音律，在平淡中呈现光泽与美感，是稼轩词中的一颗独特的珍珠，具有"清水出芙蓉，天然去雕饰"的美学风貌。

词人归隐上饶带湖，看似放情山水田园，但爱国的赤诚热血依然滚烫，恢复中原的宏愿、雄心犹在。

"……我最怜君中宵舞，道'男儿到死心如铁。看试手，补天裂。'"二十多年前，我在《中国古代文学》教材里，第一次读到了这首铁骨铮铮、气度凛然、雄心万丈的豪放词。《贺新郎·老大那堪说》这首词作于宋孝宗淳熙十六年（1189年）春，是与友人陈亮的唱和词。尽管时运不佳，但词人自己依然要与朋友一起，像女娲补天那样，重整山河，完成统一祖国的大业。"闻鸡起舞"的爱国激情、坚持抗金的铮铮誓言、"试手补天"的钢铁意志，表达了昂扬激越的战斗精神，唱响了奋发进取的时代强音。

展读辛稼轩全词，我找到了词人写给友人陈亮的其他两首词，分别是《贺新郎·把酒长亭说》和《贺新郎·细把君诗说》。

"铸就而今相思错，料当初、费尽人间铁。长夜笛，莫吹裂"。鹅湖之会犹如费尽人间之铁，铸就一把相思错刀，比喻作者与好友友谊之深厚坚实，并谴责了南宋统治者采取投降路线，结果造成南北分裂、山河相望而不得相合的莫大错误；希望长夜笛声不要停歇，以舒解同好友惜别与家国之感的余痛。"夜半狂歌悲风起，听铮铮、阵马檐间铁。南共北，正分裂"。那含着无限悲痛的狂歌，连天地也为之感动，悲风扬起，吹得屋檐下的铁马铿锵作响，听到铮铮之声，仿佛置身于万马奔腾的疆场。作者之所以悲思如潮，夜深难眠，正在于南北分裂这一惨淡的现实。作者希望友人跳出文人自设的精神藩篱和自伤沦落的平常境界，放眼时局，以做力挽狂澜的爱国志士为己任，一起为实现南北统一而战斗。

三首《贺新郎》词，集中反映了词人抗金复土的爱国热情和坚贞志操，自有一种穿越时空的不朽价值。仔细品读，心弦共振共鸣，给我以昂扬奋进的精神力量。

须信稼轩未死，到如今凛然生气。

五

阅读辛词，入眼入心，犹如一幅境界雄奇阔大、气势郁勃激荡的艺术长卷徐徐铺展，真觉"眼前万里江山""千古兴亡，百年悲笑，一时登览"。

同为送别词，"啼到春归无寻处，苦恨芳菲都歇。算未抵、人间离别。……谁共我，醉明月？"写伤春惜逝的悲哀总抵不上人间离别的痛苦，与族弟别后孤独无伴，唯与明月共沉醉，笔调沉郁苍凉；而"问谁千里伴君行？晓山眉样翠，秋水镜般明。"却避开抒发别情的俗套，以晓山如眉，秋水如镜陪伴行人远行归家的秋日行旅图，赋予离别以清俊明朗的格调。"今古恨，几千般；只应离合是悲欢？江头未是风波恶，别有人间行路难"。作者南归以后，看惯了数不清的迎来送往、离愁别恨，只有国家和民族的深愁旧恨，却渐渐被人遗忘。不管江头风浪多么险恶，人间路途多么艰难，作者仍信心百倍地去面对这些险阻。这首送别词，集刚健、婉转双美于一身，深刻地暗示出主战派爱国事业实现的艰难，全词主旨超越离情常境，升华到人生忧患的高度，体现出辛词"群峰万壑"般的"集大成"艺术风貌。

辛词入心，爱国热忱、凛然风骨、气节操守、胸襟气度入心；辛词入心，开阔视野、优美意境、清新风格、闲适情趣入心。

辛词，沁入我心，生活如此多彩。

后　记

　　1997 年，我刚毕业参加工作时，在中国一拖集团有限公司冲压厂生产科任计划员。1999 年开始，兼任分厂通讯员。2000 年 7 月，我被分厂推荐到拖拉机报社记者部学习两个月。当时的《拖拉机报》，是由中国一拖集团有限公司党委主管主办、有正式国内刊号的一家企业报。

　　我写作的第一篇散文《一程山水一程歌》刊发于 2001 年 2 月 16 日的《拖拉机报》副刊，那年我 25 岁。

　　从这篇散文起始，我逐步走上了文学阅读与散文写作的征途。

　　我是通过参加全国高等教育自学考试，于 2003 年 12 月，取得了郑州大学新闻学专业本科学历的。

　　数年来，一本教材，一本辅导资料，是我准备自学考试的常态。除了《大学英语》《普通逻辑原理》《现代汉语》《新闻评论写作》等个别课程听过老师辅导或考前串讲，绝大多数课程，我并没有系统听过老师讲课。专业知识视野的狭窄，理解的肤浅，难以克服与超越。

　　要弥补系统听课的缺憾。这样的打算，始终萦绕心头。

在参加新闻学专业自学考试中，我学习了《文学概论》《现代汉语》《中国古代文学史》《中国现当代文学史》《外国文学史》等中文专业基础课程，这成为我进一步学习文学的重要基石。

先从学习文学专业课程开始吧。

2012 年开始，我在网上搜索文学专业课程，找到了《唐诗宋词的审美类型》《唐诗艺术》《六大名著导读》《中国现代文学名家名作》《中国当代文学史》《西方文学经典鉴赏》《俄罗斯文学的品格与文化特性》等网络公开课。除了中国现当代文学，相对比较系统，其他课程都是"片段"的、不系统的专题讲座，尽管如此，我的眼前宛若开启了一个新的世界。在这些课程的指导下，我开始了较为深入的文学阅读。

阅读文学作品后，自然有了尝试继续写作散文的想法。

散文《雪晴》《记忆长河》刊发巩义市文联主办文学内刊《河洛潮》2013 年 1 期，截至目前，我已在《河洛潮》刊发散文作品 17 篇。

2013 年 8 月，散文《新容》荣获中共郑州市委宣传部举办的"党的十八大·郑州和我"征文比赛优秀奖。

2015 年 9 月、2016 年 3 月，《站在鲁迅墓前》和《太行走笔》这两篇散文，先后在《郑州日报》郑风副刊发表，这鼓励了我坚持写作的信心。

在这期间，我先后申请加入了巩义市作家协会和郑州市作家协会。

我整理修改了在十多年时间里，写作的二十多篇散文随笔，汇集成书，于 2016 年 11 月在北京现代出版社出版。并于当年 12 月，经巩义市作协推荐，加入了河南省作家协会。

考试，阅读，写作，我的路途，坎坷而又艰难。当我拿到了黑皮封面，封面正中一方金黄色的徽章，内页呈浅蓝色的省作协会员证时，诸多安慰充盈心间。

然而，站立在新的起点，我深深自知，还没有系统听过文学专业基础课程，散文写作数量还太少，没有在纯文学期刊刊发过散文。我的写作之路依然艰难。

我没有放弃在网上搜索专业课。2017年初春，我终于在"爱课程"网站"资源共享课"中，找到了较为系统的专业课。我选择了在线学习北京师范大学的《中国古代文学史》、天津师范大学的《外国文学史》、扬州大学的《文学理论》和郑州大学的《中国现当代文学史》。

我暂时终止了写作。经过近一年半时间的努力，我于2018年5月底，系统听完了四门文学专业基础课程。

为了进一步深化学习，我没有停息系统听课的步伐。

2018年6月初，我在"资源共享课"中，找到了《新闻理论》《马克思主义新闻思想》《新闻采访学》《新闻记者的基本功——采访与写作》《中外新闻传播史》等新闻专业，《马克思主义哲学原理》《马克思主义哲学著作选读》《中国哲学史》《西方哲学史》等哲学专业，《中国古代史》《中国近代史》《世界古代史》《世界近代史》等历史学专业，共计13门网络课程。听课任务，带给我如山的精神压力。我只能循序渐进地听课、记笔记，一步步地解压。

我用了两年多时间，断断续续，匆匆忙忙，于2020年8月底，浮光掠影地听完了13门课程。这一次是真的如释重负了，系统听专业课的缺憾，终于在一定程度上得到弥补。

网络上听专业课期间，我认识到，真切地现场聆听老师讲课，与学友们直接进行学习交流，对于避免独学无友、孤独地阅读写作，至关重要。为此，2018年9月底，我报名参加了开封大观杂志社举办的第二届作家培训班。

我将听课阅读的收获体会，凝结在了散文《重建》里，发表在《大观》2019年1期，实现了在纯文学期刊发稿"零"的突破。

2019年4月27日，巩义市作协推荐我，参加了在郑州市开幕的全省第六次青年作家创作会议。

会后，我创作了散文《静》，发表在《大观》2019年9期。9月25—29日，大观杂志社的编辑老师推荐我，参加了省文学院在开封市举办的全省基层作家文学创作培训班。

当年11月8—12日，巩义市作协推荐我，参加了奔流文学院在巩义市举办的第十一期作家研修班。

"十年面壁高于一朝顿悟，面壁的力量永远大于顿悟的力量。"

"诗是神的居所，把生活过成诗。"

"深入生活，书写大地。"

培训学习中，专业作家老师、文学期刊编辑老师和高校文学院老师的授课，给予我写作的视野格局、指导启迪与鼓励动力。

我持续坚持阅读写作。散文《江城初见》刊发《奔流》2020年9期。

2021年1月19日，巩义市作协推荐我，参加了郑州市作家协会第四次会员代表大会。

组织的鼓励，进一步激发了我的阅读写作热情。散文《山村速写》刊发2021年3月17日《河南日报》中原风副刊，散文《无尽的怀念》刊发《散文选刊·下半月》2021年10期，散文《音乐相随》刊发《散文选刊·下半月》2022年1期，散文《初冬，乡村掠影》刊发《西部散文选刊》2022年2期，散文《河岭入画屏》《楸树花开的时节》分别刊发郑州市农委主办内刊《郑州三农》2022年2期、4期，散文《春节序曲》刊发《青年文学家》2022 年 7 期。

其中，散文《音乐相随》在"2021 年度中国散文年会"评选活动中，荣获二等奖。散文《山村速写》荣获郑州市作家协会首届（2021 年度）优秀作品新人奖。

2022 年 3 月，我向中国散文学会提交了入会申请，7 月，经学会专家组审议评定，我成为中国散文学会的正式会员。

断崖固然是山的挫折，然而却产生了壮丽的瀑布。生活长路漫漫，有坦途，也有崎岖；未来的征途，有险峻的山峰，也有美丽的风景。年少时，有挫折，有坎坷，有伤处，有痛处；也有坚韧探索，积蓄力量，突出重围的喜悦，欣慰。

所幸，我找到了一条弥补缺憾之路，这条路就是阅读文学、尝试写作散文之路。

弥补年少时的缺憾，是我阅读写作的内在动力。然而，又不是全部的原因。兴趣与真心喜爱，是最好的老师。因为我在阅读写作过程中，体验到了愉悦、丰盈与感动，这是更深层次的一种内在动力。

这两种动力，使我无惧写作的艰难，持续坚韧地向前行进。

"再卑微的生活也有自己的一方天地，再渺小的事物也有自己的存在方式，再黯淡的生命也有自己的微光。"

我非常欣赏这段箴言警句。

作为一名普通的文学爱好者和写作者，我内心怀抱对文学的虔诚信仰以及自发性的单纯的阅读写作诉求，这构成了我的散文写作的纯粹性因素。

阅读写作一直在路上。

一路风景斑斓。

作　者

2022 年 7 月